赵忠祥◎著

赵忠祥岁月随笔

赵忠祥作品系列

中国工人出版社

图书在版编目（CIP）数据

赵忠祥：岁月随笔／赵忠祥著. —北京：中国工人出版社，2017.12
ISBN 978-7-5008-6853-8

Ⅰ.①赵… Ⅱ.①赵… Ⅲ.①随笔—作品集—中国—当代 Ⅳ.①I267.1

中国版本图书馆CIP数据核字（2017）第302882号

赵忠祥：岁月随笔

出 版 人	芮宗金
责任编辑	葛忠雨　李　倩
责任印制	黄　丽
出版发行	中国工人出版社
地　　址	北京市东城区鼓楼外大街45号　邮编：100120
网　　址	http://www.wp-china.com
电　　话	（010）62350006（总编室）　（010）62005039（出版物流部） （010）62379038（社科文艺分社）
发行热线	（010）62005049　（010）62005042（传真）
经　　销	各地书店
印　　刷	三河市嵩川印刷有限公司
开　　本	710毫米×1000毫米　1/16
印　　张	17
字　　数	256千字
版　　次	2018年4月第1版　　2020年1月第2次印刷
定　　价	38.00元

目录

上 篇 书画人生

中 篇 友情追忆

下 篇 旅途随感

上 篇
书画人生

SHANGPIAN

此生早与画有缘——话说从头

一

小时候，我住在北京东城的平房小院，鲜有玩伴，常坐在院中仰望蓝天，看云卷云舒，看蜻蜓掠空，看鸟儿飞来又飞去，看天上的星星亮晶晶，看雪花飘飘，听虫鸣鸟语，捉明灭流萤，闻花草清香，看滴滴雨水溅在地上的小水花……我曾痴坐在门槛上看朝日升空，从柔晕之光看到强光刺眼，那光怪陆离的大万花筒发射出千般万般色彩入我瞳中，幸未目盲。清纯儿心，小小庭院，些许清风，从不孤寂。这或许造就了我日后探究洪荒大野、关注生物境态的兴趣。自己常常寄情于万物生灵，并生发出与天地、山河、花鸟鱼虫相亲相近的感情。

我还不会写字时，就想用笔把爱物留下，喜欢一个人涂涂画画。记得家中来的客人还曾经拿走过我的“作品”。我今天回想，大概人家不会拿去珍藏，极大的可能倒是给自己的孩子看上一眼，告诉他们别瞎玩儿，也做点儿让家长高兴的事儿。

我最喜欢坐在桌前，用铅笔随便在什么纸上，津津有味地勾勒出一只蚂蚱。我太喜欢蚂蚱了，记忆中最深刻的情景就是姐姐给我捉住一只青头蚂蚱，用一根白线捆在它的胸部，让它趴在一根竹筷子上。至今我一旦看到那雄健异常的蚂蚱，仍会激动。也许因为小时候，常常屏住呼吸、蹑手蹑脚地向趴在草地上的蚂蚱掩进，离得越近，心儿越怦怦跳，然后突地用手扑向它，但十有九空。蚂蚱身体的各个部位都长得矫健优美，两条大腿无论绷紧抑或舒展都充满了神奇的力量。因为一年中只有盛夏与初秋时才偶尔看得到它们，所以我就想用画画儿的方法以慰想念之情。

记忆中的儿时绘画

在很小的时候，我就得到过高人指点，幸何如之。

那是在小学三四年级时，放了学，我经常到一位姓文的同学家里做功课。他家住在美院宿舍，他的爸爸妈妈都是美院教授。文家有三个孩子，我和他们一道做完功课并玩耍过后，常常会静静地在他们家的一间大屋子里画画儿。文伯伯、文伯母有时也会指点指点我们。从那时起，我就很认真地开始画人像了。

一天，我回到自己家的院子，邻居谢大爷问我为什么放学回来这么晚，我就十分自豪地告诉他，我在学画画儿。老人家很高兴地问画的什么东西，我说正在练习画人物，并引用一句新听到的以为他绝对听不懂的名词对他说："我们画模特儿，我们的模特儿是同学的小妹妹。"谢大爷立刻皱起浓浓的眉毛："咦，怎么能让同学的妹妹做模特儿？"

我那时根本不懂模特儿到底应该如何解释，也不知道西洋画在画人体时的模特儿是裸体的。后来我才弄明白了，在美院宿舍中听了那么久的模特儿这个词的多种含意。我们那么小，怎么会去画人体呢？只不过有时求小妹妹安静地坐一会儿，我们画她的头像而已。

我大概天生不能对画人物入门儿，怎么也拿不出画昆虫的劲头儿来学好这门业余课程。后来，我的兴趣逐渐转移，再后来干脆就搁笔不学画画儿了。我的同学还有几位常去他们家的小朋友，以后倒真的成了专业画家。我直到很久以后才懂得，学一样东西千万不可半途而废，否则不但会一事无成，还耽误工夫。我在他们家“入乡随俗”，他们全家都讲四川话，我不知不觉地也跟着讲起来了。但我学得快，忘得也快，四川话早就一点儿也捡不起来了，要是在他们家学一口流利的英语，以后得省多少事儿啊。倒是半途而废的绘画技法，诸如透视焦点等还隐约记得一二，使我终身受益。长大之后重握画笔，我总算还有点童子功。

我也很想成为名副其实的画家，但我却步上了心甘情愿为它献出多半生精力的播音主持专业。与画界朋友的交往，也许源于我小时候曾产生过的绘画梦。我与许多位画家有过或多或少的接触，如果一一列举，那将成为一个人物长廊，只能在本书中列举几位，不足以全面展现我的笔墨之友和我所敬重的大师们的风采。

每当我在难得空闲之际铺纸挥墨时，眼前就涌现出画界的前辈师友。他们的音容笑貌，他们的精湛画风，以及他们作画时那雍容大度、挥洒自如的神情，都是我的人生以及学画的法帖。尽管我画得不好，但我心中涌荡的却是一种无法形容的美感和激情。

天赐我乐，幸何如之！

二

从小学四年级一直到参加工作以后很久，我有过各类文体爱好，但唯独把绘画这项儿时的爱好冷落、搁置了很多年。重新点起我对绘画的爱好之火并与画界人士交往，已是20世纪70年代末的事儿了。重燃儿时的热情是出于对艺术的向往，和有很多与画家接触的机会。“文革”之后，在文化界首先被重视和活跃起来的就是画家。人们开始以价值观，或干脆以谁的画标价高来看重谁的作品。社会上不少人以求得名家的作品为荣，有的真会欣赏，而更多的是附庸风雅。

早一天重燃往昔的热情，我都会更早地结识许多位大家。因为“文革”后，电视台曾多次组织画家、书法家进行笔会，为他们录像，播放他们的专题节目。可惜我重入此道太晚。记得有一次，全国近百位赫赫有名的书法家会聚北京，会聚中央电视台，我因工作关系和他们有多次接触，但根本就没有开口求过哪位的一幅墨宝。其实，有时不求还算有些失礼。开口相求，人家不一定给你，或虽许诺给你，却不过是一句托词。但我相信，如果谁都不向某位画家求画，他未必高兴。另外，别看他口头上多么烦别人要画，如果真的谁也不求其墨宝，他也会很苦闷的，这跟我们在台上演出完了谁都不鼓掌差不多。反正你求画儿人家烦，你不求他，他也未必见得高兴。

第一位主动送我画的就是范曾。我认识他的时候，他已经很有名气了，而我那时的知名度，尚不能与他相比。在一次偶然的工作机会里，我们相遇、交谈，非常投机。后来他给我来过一封信，邀我去他家做客。那时候通电话都很难，我们家有电话已是后话了。在接到范曾来信以后，我犹豫了很久。我很少到别人家里做客，再说他的住处离我们家又很远，实在不方便，那时候北京也没几辆出租车。

范曾第一次赠我的画

拖了很久，再次见到他时，他又一次相邀，我就去登门拜访了。

一进门，他笑容满面，立即在画案上铺好纸，四尺对开，提笔就画，边画边聊，勾线、设色、题款、盖章，画好了，又替我卷好。我们聊得也差不多了，于是我告辞。他出门送客。返程路上，我觉得这不像串门做客，倒好像是我到他家定做什么东西，而且立等可取。

以后，一来二往我们就熟悉了，而且成了很好的朋友。再以后，我也开始技痒，也铺纸弄墨，不过那绝不是受他启发，也不可能受他启发，因为我自认为与人物画无缘，不是不喜欢，而是学不来。

再以后，我和范曾合作画过多次，算是友谊的结晶吧。

我对范曾的文采十分钦佩，尤其是他对中国古典文学惊人的记忆力。我根据自身的情况估计，他早年下的功夫比我苦得多。

记得 1982 年在密云水库，我们一起做一个电视节目。他对我说过这么一段话，他说："画有九品，可分为正六品与负三品。一品，谓之画家，作品赏心悦目；二品，谓之名家，作品蔚然成风；三品，谓之大家，作品继往开来；

20 世纪 80 年代和范曾（右）在密云水库工作时合影，从此我们结成好友。

四品，已成大师，凤毛麟角；五品，谓之巨匠，五百年出一位；六品，可称魔鬼，从未看到。负一品，不知美为何物；负二品，看之越久，离美越远；负三品，与美不共戴天，在艺术的审判所，判处死刑，立即执行。”我问他：“那么，你认为你属于这九品当中的哪一品呢？”他颇为得意地笑着说：“哈，我是坐四望五，以待来日。”

有一天，范曾又神采飞扬，高谈阔论：“忠祥还真有人缘，我们两位大家给他补画，他画了两头小丑驴，黄胄补了一头驴，我添了一个小人儿。”

可见，他认为我连正一品都不够格。不过，我当时真是刚入门儿，不如现今的水准。后来我的一张泼墨四尺整纸骆驼，参加了广电部电视界画展，还得了优秀奖。在周涛主持的《真情无限》栏目中，她要我献出一幅画当场拍卖，我手头只有这幅裱好的，于是一咬牙一跺脚，把画捐了。我没想到，现场竟以5万元的价格落槌，天地良心，我绝没安“托儿”。这对我是极大的鼓励，很长时间没有人打破我的纪录。那幅画的收入已当场全部捐给环保事业了。那张画已不归我了，不过这也说明今天之笔墨当不可与早期同日而语。

画外音——我对画画的一些思考

“画外音”在影视节目形态中是专业术语，是对影片幕后的解说。我在《动物世界》中的讲解就是画外音。而本文名为《画外音》，乃弦外之音之意。在学画过程中，我也对画外的一些事有过思考。我是以画为乐趣者，绘画是我的所爱，但不是职业，因此，喜爱和乐趣汇在一起，其乐悠悠，其乐无穷，乐此不疲。

在演艺圈多年，我深知票友比许多业内人士更认真、更来劲，甚至更下功夫。无论雨雪风晴，严寒酷暑，无论在河边凉亭、公园长廊、楼房内、四合院中，我们不时可以看到很多人自觉齐聚，围在一起，又拉又唱，风雨无阻，拉者认真，唱者投入，围观者专注。

票友们不把演出当成工作之累，而是享受吹拉弹唱的无限乐趣，何等的潇洒，何等的畅快。

学画亦然，别人我不知，但唯自知甚深。说我画得好，我不会怦然心动，也不会沾沾自喜；人家若是说我画得不怎么样，我也绝不恼火。总而言之，外界评价于我太无所谓了，而外界也没人会对票友进行认真的探讨评论。美也好，丑也罢，我都独享其乐。不像某些卡拉 OK 的演唱者，有的人简直是在虐待别人，声嘶力竭，荒腔走板，别人受不受得了他（她）全然不管。尤其有时外出住在有歌厅的饭店，隔音很差，时至深更半夜，那犹如狼嚎的声音直往耳朵里钻，这种嘈杂之音太可怕了。画画儿则不会影响他人，只要你在自己屋子里画，绝不干旁人之事；只要你不逼人家拿回去必须悬挂客堂，那真的不关别人的事。

但在多年非职业状态的绘画中，我也深有体验和领悟，也探究出了其中的奥妙。

一、绘画可以使我的生命处于欢乐之中。

现代科学认为，人的生活质量分为物质和精神两个方面，而精神方面有满足与幸福两个层次。

丰衣足食、无病无灾、无忧无虑、无欲无求，这或许是满足感；但幸福感就高出一个层面，那是一种发自内心的平和与愉悦，是一种绝不受外界干扰的快乐。而这快乐又是通过自身的活动而不是依靠外部雨雪风清的施予所产生的。换言之，有爱好的人，且这爱好由自身营造出来，那就会获得幸福感。

画画儿就是我的爱好。只要有纸有笔、有墨有工夫，我就可以画起来，而在绘画过程中，内心自然会涌起愉悦。

二、绘画与歌舞一样起源于原始先民内心的诉求、愉悦的宣泄和情感的表达。

千万年前的岩壁之上和山河之中的岩画、壁画已经有了人类生活与劳作的记录，也有了对九天的疑问与对不可及世界的向往。绘画与人类发展同步，与历史更迭同行。再后来伴随丝帛的出现、纸笔的发明，人类开始有了以画为生、为行当的分工，有了画工、画匠、画师，有了吴道子，有了敦煌壁画，有了唐、宋、元、明、清、民国，乃至当代的画家和由若干同气相求的画家所形成的画派。

放眼世界，埃及人、玛雅人、古希腊人和他们的后代，莫不如此。从文艺复兴的大师们出现算起，绘画形成了新潮流，成了文艺奇观，产生了不可计数的艺术财富。在绘画与画外的扫描中，我受到了前人的感染，了解和逐渐熟知了近万年、近千年、近百年和近年来的绘画历史与名人、名作。这是何等值得欣喜与快乐之事啊！

古罗马先哲西塞罗（公元前 106—前 43）说过："不知道自己出生前的事情，我们就会永远停滞于孩童阶段，假使没有历史记载，我们的生活不能与祖先的生活融而为一，人生有何价值可言。"在斗室之中的自娱自乐，在咫尺之中的挥毫泼墨，竟能时时生发出欲与千万年前先人的沟通之情，在临习前人笔墨时又仿佛跨越了时空，到了他们生活的时期，到了他们创作的地带，生命仿佛延伸了。我们后人正是前人这棵古树上生发出的新叶。这不是幸福，是什么呢！？

三、二十多年前重拾画笔，结交了许多活跃在画坛上的名家大师，这是何等自豪与幸福的事情。

我从事电视播音主持四十七年，阅人无数，交友万千，这是我的人生价值之所在和人生快乐之所在。

我曾接受央视戏曲频道采访，当主持人白燕升问我："您喜爱戏曲，也有机会观看和接触过许多如今已不在的前辈，能告诉我们您印象中最深的几位大师吗？"我笑而答道："我当年可以说是人微言轻，无名小卒一个，但由于我处在一个极为特殊的工作职场中，你应该这般问我，自梅兰芳大师之后，有哪位你叫得出的大家和名伶是我没见过的？"因为当年电视只能直播，我的工作职责是为每位上电视的艺术家报幕，介绍他（她）们和说明他（她）们演出的剧目和剧情。因此，我不想看也要看，我不想接触他（她）们也得接触，何况我羡慕他（她）

和主持人白燕升在节目中

们，崇拜他（她）们，所以，我可能是如今存世的见过那么多20世纪戏曲艺术大师为数不多的几个人之一。我还被认为是京剧票友，其实票友之称对我也是过誉，但我也确实在电视上表演过几回京剧唱段。

我喜欢绘画，有机会结识、结交的20世纪后半叶健在的名家大师也是数不胜数。与他们结交，就有过往，就有交谈，仅耳濡目染就能从他们那里了解到书画渊源、艺术承传、画派纷争，乃至看到一些名作之诞生，以及观看大师们的创作过程。那份受益，怎能用“匪浅”两字形容。以业余作者身份而结交无数位大画家，其乐何如。

李可染先生的弟子们都没什么机会看老师创作，我却在大师画堂目睹过可染先生作画。先生说过：“阅读一本教太极拳的书，是学不会太极拳的，作画也是一样，只有亲自观看别人作画才能学会。”我有幸看过太多的名家作画。如今在欣喜之余，只能自愧学得太不到家。

四、唐代草书大家张旭观裴将军舞剑、观公孙大娘舞剑而草书大进，说明各类艺术都有触类旁通的关系。

书画是空间艺术，语言是时间艺术。在同一时空中书画艺术的规律或是在绘画之时产生的灵感，都是可以和播音主持工作触类旁通的。黄胄在几次和我谈及书法时，教我一横一竖一撇一捺，都要以十分质朴的笔法下手，“不可扭捏作态，亦不可故弄特征”。这番话使我顿悟到，语言的声情表达，每字、每句、每段、每篇，吐字发声、表情达意，都必须从质朴平白出发，不能矫揉造作，更不能以立异为高。

艺术越进步，越难继承与逾越，即使寒窗苦读，也会感到学艺甚难。前人的成就如高山横亘在面前，正路难通，于是标新立异者不断出现。写字不像字，画人不像人，日为出新，日为立异，日为变法，其实是畏难，企图找捷径而已。

这种另类，甚至丑类的出现，不仅画界独具，各行各业亦屡屡出现，且代不乏人。这大约也是我在学画之后的所悟吧。

综上所述，学画虽非职业，但游戏其中，应需敬重门径，不以业余而乱法，不以非职业而胡为。

这就有点像艺术反串，不糟蹋别人，又不糟蹋自己才叫修养。如果反串中任意妄为，那就是既嘲笑了别人，又损毁了自己。我认为无论正业、副业，做什么都要认认真真。玩也要玩得有模有样，有章法、有规矩。这就是活得认真和活得有趣有味。

从绘画扯出这些话，也是我学艺中的自省和自律。

画花卉——好花也常开

传统中国画中，花卉是一大项。人常说："好花不常开"，若想留住它，就得把那可爱的花儿画在纸上。

花卉岂止百万种，凡植物都开花，即使无花果，也会开花。那么，中国画表现的花卉有多少种呢？荷花、梅花、牡丹、兰花、菊花、玉兰，再往下数还有一些，但这些相对大千世界中似锦的繁花，实在可说是寥寥无几。

然而千年以降，中国绘画的画者，上至大师，下至初学的稚儿，鲜有不画花卉者。所画的花卉，约定俗成地圈定为不多的几种，桥窄人多，纷纷挤上了这块园地。

中国画所表现的梅、兰、竹、菊，仅是花卉的概念性表现，不可能细化到若干种兰和若干种菊。春兰与秋菊不相上下，在历代中国画中同样体现了文人追求高洁的品格。

算来我作画所涉及的花卉大致有梅、兰、荷、菊四种，还有我十分钟爱的仙人掌类植物的几种。

近年来，仙人掌类植物进入中国画的越来越多，但仍是概念性的笼统表现。大约仙人掌类植物的植株造型很符合山水画的要素，尤其是虎头山影、核桃山影等品种，这名儿就取得如群山叠嶂，而再加上沧桑的岁月留痕和顽强的新绿萌发，使得一个植株就色分五彩，令人喜爱。而仙人掌那不太起眼的刺球上，有时还会绽放出风情万种的娇艳花朵，最有名的一种已入成语“昙花一现”。花朵美得令人惊艳，而花期短得令人心碎。所以戈宝权先生在翻译俄罗斯伟大诗人普希金的爱情诗时用了昙花一现一词：

我记得那美妙的一瞬，
在我的面前出现了你，
有如昙花一现的幻影，
有如纯洁至美的精灵。

中国绘画的花鸟画种类并不多，莫非在人类利益（包括审美）选择上使生态的多样性、丰富性变为单一和单调了？事实的确如此。

春兰、秋菊各擅其芳。我画菊时想到过两个人，一位是陶渊明，这是任何文人都心向往之的高士：“采菊东篱下，悠然见南山……”

另一位是黄巢，唐朝农民起义领袖，凡对封建王朝“犯上作乱”的，大都被列为农民领袖。

飒飒西风满院栽，蕊寒香冷蝶难来。
他年我若为青帝，报与桃花一处开。

这是一首好诗。黄巢绝非目不识丁的大老粗，他确有帝王气魄。他借诗发挥，想要踏平天下不平之路，重整河山，那气概着实无比，也是人定胜天的意识在古代的闪现。

必须说实话，我不怎么爱种菊花，愿菊花仙子幸不以为忤，但我却觉得菊花在百花园中是最入画的品种，也就是说它十分上相。无论植株、叶片、枝蔓、花朵，无论黄、白、粉、青，无论含苞待放、才舒花瓣和蓬勃放开，都十分符合水墨和彩色的描摹润染。

画菊

我画过若干幅菊花，无一画好，有伤大雅。但我想过历史传承，想过画外的很多事情，使这短暂的动笔时光思接千载，神游八荒。

用文字来描写花就难了，用文字来描述内心的感受还差不多，但文字总是难以抒尽心头的情结，因为还有许多朦胧的情愫，还有多层的回味，以及在逝去的年华中的种种情缘纠结缠绕，理不清，剪不断。再贴切的描写，再多的文字，有时反而不如一幅画。

愿纸上的花儿常开不败。

画鱼——碧波银鳞无限情

“桃花尽日随流水”“寒雨连江夜入吴”，这两句诗放在一起，让我有一种无尽的遐想和隐隐的酸楚。

因为那是一幅工业社会前的图景，描摹的是原生态的景象，同时加上农业社会田园牧歌般的叙事抒情的点染，让人深思。那是白日的明媚——“日出江花红胜火”；那是夜晚的神奇——“半夜鲤鱼跳上滩”。

水发人生之清思，鱼增人生之乐趣。水是生命的源泉，鱼就是高级生物的早期状态。我自小就又爱水，又怕水。爱那浅浅溪水、池塘静水，因为没有危险，但怕那一望无际的水面，风急浪高的江心。

儿时的梦，梦中的鱼

“喂，大小金鱼儿哟！”儿时那街巷吆喝叫卖金鱼之声是最令我激动的乐声。我会立刻跑出门外，也许正赶上那小贩把一副挑子卸下肩来，摆在我们的院门口。

挑子一头儿是一个杂物箱。我从未仔细看过和想过里面装些什么，因为我的注意力已完全被牢牢地锁定在装着水，水里游着鱼的另一头——那个扁扁的、大大的，一块块木片箍成的浅木盆中。这木盆高不过二十厘米，直径将近八十厘米，里面由木片隔成几角。清清的浅水中，红的、黑的、红白、红黑、五花的大大小小的鱼儿们在轻轻地荡漾，悠悠地、款款地游来游去。我边看金鱼，边听买卖双方的交谈，知道鼓鼓眼睛的叫龙睛，听过大人们喝的茶叫龙井，睛与井字音相近，以致我很多年来分不清，弄不懂这鱼和茶为什么叫同一个名字；眼旁有两个水泡的我们叫它蛤蟆头；什么望天、珍珠、狮子头（这又和扬州菜的大肉丸子同名）……种类太多，而这些小贩们的木盆中偶尔会出现一两种小红草鱼，这些鱼便宜又好养。

哦，想起来了，担子的另一头儿，还有不少透明的、薄薄的大大小小的金鱼缸。那时，我还没上小学，鲜有玩伴儿，于是看来看去，就看得心痒起来，真想让外婆给我买几条鱼，养在家里天天看。那时的孩子们哪有如今的孩子那么容易心想事成呀！

有一天，我终偿夙愿，外婆给我买了几条小红草鱼，放养在家里一个蓝色刻花的厚玻璃瓶中。这花瓶肯定要比卖鱼的玻璃缸贵重，可是在我心中还是觉得那薄玻璃缸更时尚、更具“权威”，因为那是人家卖鱼的人专卖的养鱼器具，当然要比金盆、玉盆都珍贵。孩子的价值观往往和商业价值观并不一致。外婆用这个花瓶替我养了几条小红草鱼，其实是为了省那买玻璃缸的钱，小孩子怎知什么叫节俭用度。总之，我要天天搬个木凳，站在上面俯下身去看那几尾小鱼在水里的姿态，那美感由于器皿的不配套而大打折扣。

买个大点的玻璃缸，看那水中鱼儿的游姿，是我的一个梦想，一个儿时萌生的梦想。所以我这些年偶一画鱼，似乎早就有印在心中的稿本。

每当画几笔墨色小鱼，就会想起那儿时看到的清浅水中游弋的小鱼，就有一股甜甜的梦想成真的感觉渐渐地浮上心头。

钓鱼奇遇记

第一次钓鱼是上小学放暑假时和对门的两个哥哥出豁子的经历。

两个哥哥姓郝，是亲兄弟。我那时觉得他们无所不能，其实今天回想起来，他们不过是两个大男孩。他们答应带我去玩，就借给我一副自己做的鱼竿，就是用城外苇塘的苇子秆做的，一共粗细三节，能接上套在一起成为两米多长的小鱼竿，轻巧结实。他们要我回到自家院子，掀起地上的花盆，捉几条小蚯蚓。我照做了，然后我们一块儿步行出了建国门。那会儿建国门就是在城墙上扒开一个口子通往东郊，我们就叫它豁子。出了豁子就是一片绿色，有农田、有荒草，有无数个苇塘和一方方的窑坑。烧砖取土成了大坑，下雨灌满了就成了水塘。城里孩子把这儿当游泳池，水深又有鱼，所以这儿是老少咸宜——孩子们戏水，大人们钓鱼。

我和两个哥哥来到一个苇塘，四周长着没人的苇子，而中间是一小方水塘，已有几个人站在那儿垂钓。我在他们的指点下开始下钩，那漂儿也是自己做的，找来鹅毛把两侧细羽剪净，涂上一条条红漆就成了鱼漂。至今什么河竿、海竿、玻璃钢竿儿都没有我初次钓鱼用的自己做的竿儿好看。

话说，我拉了几次空竿之后，这回水面上送漂了，立在水面上的漂儿一上一下地动，大哥说："别着急，送大点再拉！"手上已觉着钩子上有了重量，因此我就拉了，往上一提竿，哇！我的心在跳，钓到一条小银鱼，它那么鲜活，犹如一只银色蝴蝶。这是我儿时中最有趣味的一个情节。

开学时，在作文课上，老师出题"假日一天"，我就把这次钓鱼的经历写了出来。我写道"那条出水的小鱼在阳光下跳动翻滚，活像一只银色蝴蝶"；我还写了这样一句"从它身上滴下的水滴在水面上荡开几个圆圈，像一张张笑脸"。结果，作文大获成功，老师表扬了我，就为这"蝴蝶"和"笑脸"。从此，我爱上了写作文，爱上了语文课。爱读书，爱写点小文章，后来鬼使神差地走上了电视荧屏。回顾以往，是否与那次钓鱼有关呢？可能有。但我直至四十岁，大概只钓过那么一次鱼。此处还需向读者坦诚交代一个有关细节，当我把鱼线拉近身旁，一手持竿一手抓鱼解钩时，不知是我太过兴奋，还是鱼儿又小又滑，只听"咚"的一声，它掉进水里不见了。只见了一回面，就从此永不相见。那仿佛只是一场游戏、一场梦。

第二次钓鱼是在密云，那是20世纪80年代的事了。1982年，我参加央视《九州方圆》的专题栏目录制，住在密云水库旁的一处招待所。据说，这片

楼房当年是为毛主席下榻而建，可是毛主席却没来这儿住过，以后就对外开放，接待游人了。

一天下午，没安排拍摄，导演马靖华约我去水库钓鱼，我就随他前去。我那时对密云水库没有太多了解，只知水面很开阔，风起云涌，浪涛滚滚，像一个海湾。那天恰值暮秋，天高云淡，荒草没膝。来到一处水边，四下再无旁人，一片寂寥，没有时间的概念，没有空间建筑的对照，你可以认为这是在远古，无论秦汉，无论魏晋。总之，这里是大城市周边难得的杳无人迹之处。

我们择一处岸边，坐在衰草之上，开始甩线。这一年我四十岁出头，算是第二次垂钓。我是来体味在这水库边的感觉，想学古人在渭水之边的枯坐，并不指望能钓上鱼来。可是，因为这里的鱼儿从未见过钩，所以不怕钩，一条条的被钓上来，我记得那不是一般大小的鲳鱼。

忽然，马导“啊”了一声，他手中鱼竿的尖子没套牢，被咬钩的鱼拽入水中。我们相视默然。据说那是一副德国鱼竿，却为了几条鱼毁了一套高档的竿儿。正懊恼间，蓦地那竿子在离我们三十米处的水面上竖了起来，活像一个大鱼漂插在水中。我站了起来，脱了外衣，说：“你在这儿等着，只要不被水中那大家伙拍晕，我就没事。”我水性尚好，当年民兵训练游泳，我当过救护工，也曾救起过两个人。

我用蛙泳悄悄地向那鱼竿靠近，一手抓住竿子转身向岸边游。咦，那鱼并没有挣扎，很顺从地跟我游回了岸边。我把竿儿交到马导手中，说：“别急”，我随后上岸。待我们把竿儿拉起，却相对哑然失笑，原来是一条极小的小鱼儿，跟我小时候钓上的那条差不多。莫非三十年后，我和那条小鱼有缘再次相会？这段经历，在后来我与杨澜共同主持《正大综艺》时，当串场词用了。现场观众和我一同紧张，一同期待，最后当他们听到是那么小的一条鱼时，哄堂大笑。

白洋淀遐思

我爱鱼，从小就爱鱼，爱在浅清的水中游来游去的鱼，爱柳宗元笔下潭水中那游鱼的“往来翕忽，似与游人相乐”，闭上眼就能感到身临其境。

鱼儿离不开水，喜欢鱼儿，必然喜欢那一泓碧水。水至清则无鱼，水过浊也无鱼。我爱那碧色的活水，活水不仅意味着流动，也让我联想到在活水中活跃着的以鱼为代表的一切生灵。活，即意味着生气与生机，意味着生生之态和生活的甘美。

记得20世纪60年代初，我曾到河北白洋淀采访雁翎队。从著名作家孙犁笔下，我早就对这片神奇的水荡，对那丛丛芦苇、无边莲叶、朵朵红花的荷花淀心仪已久。尽管那是抗日战争烽火连天的年月，但白洋淀的美感与神奇仍然在硝烟战火中散发出生生不灭的凄美艳丽。

那一年，我一边在一个大淀的船上听老人家讲述抗日战争中雁翎队打鬼子的往事，一边领略那无边的水波和远处无际的青苇。

那一年我二十岁。采访之余，我再也按捺不住一跃碧波的念头，于是和同来的几位记者，从船头一个猛子扎了下去。在跃入水中的一瞬间，我看到眼前的水面是黑色的，这是我以往和以后都从未感觉过和再未经历过的水色。

但入水的刹那间，我感到的是从未有过的惬意。渗入口角的水是清甜的，睁开双眼在这犹如墨染的水底却能清晰地看到伸出去的手，看到指尖，并顺着指尖看得老远。那淀水清澈得令人心醉，没入淀水后仿佛在水晶世界中徜徉。那次的游泳经历令我久久不能忘怀。

从那以后，我一直再没机会重返那个淀子，后来好像在20世纪80年代，在报上看到白洋淀干涸了，船儿搁浅在了干裂的岸上，渔民只能当上农人，我觉得那是惨不忍睹的情景。那水淀、那芦荡、那接天莲叶和点点红莲，都成了永远的回忆，而那碧水中的鱼儿们也尽数丧生。

我去的那一年记得十分清楚，采访过后，当地主人请我们吃了一顿饭，只有一道菜：熘鱼片；一盆汤：鱼骨汤；一摞香喷喷的粗麦粉烙饼。累了一天，早就饿透了，再加上二十岁的年龄，狼吞虎咽，吃得酣畅淋漓，以前没有过，以后也再没机会吃到那么香、那么爽口的鱼片了。所以当我得知白洋淀碧汪汪的水面成了暴土扬烟的旱土地时，心中是何等的惨伤。不知过了七八年还是更长时间，又从报纸上看到了一则令我欣喜不已的消息，“白洋淀又进水了”。“忽如一夜春风来，千树万树梨花开”，情境有别，而生机一脉。

我心头，我梦中，我眼前，分明又荡起了那淀上清的、深的、黑汪汪的碧水。

1995 年夏天，我应友人之邀，满怀故地重游之心，驱车又去了白洋淀。在水面上行船，在苇荡中穿过，在莲花荷叶中荡漾。但那碧汪汪的大水淀却没有找到，仿佛是消逝的时光再也无法重现一般。登岸后，进了全新的酒楼，窗明几净，菜肴丰盛，但缺少的却是三十多年前那村边树下矮凳木桌上那一菜一汤一摞麦饼的香喷喷的口感。

总而言之，时光难再回了。

我时常在回想，向往那一年那一幕的美妙景观。

我喜欢鱼但画鱼不多，不过每次画鱼，总会想到那一年淀上的时光。

淮阳冬夜清水河

水性至柔，上善若水。鱼儿得水则灵活无限，风情万种。于是我想到了20 世纪 70 年代，在一个凛冽刺骨的寒冬之夜，在河南淮阳，所在干校旁的清水河中，月夜、清雾、波光，驾一叶扁舟和一位校友荡在杳无人烟的河面，布下一张张网儿。那一夜的情景，只有在那个年月和那个特定的环境中才能出现，那是充满神奇、充满梦幻、充满风险、充满愉悦、充满至美和纯情的一夜。在冰冷寂静的河上的那一夜，永存我心。

那是冬天，中原大地的冬天，我正在河南淮阳“五七干校”的广阔田野炼红心。大田的活儿我都干遍了，连里分配我去喂猪，这是下放中的下放，一个人管几十头猪。那年月猪圈的条件不提也罢，我独自一人住在靠猪圈的一间四面漏风的小土屋里，冬天没火，跟露宿荒郊差不多，幸亏年轻，什么苦都吃得，人仍是乐乐呵呵的。

养猪为了给连队改善伙食，归炊事班管，班长姓毕，学中文的，到了伙房能炒一手好菜。为了让大家吃好，一天老毕约上我：“晚上咱俩一块儿去打鱼吧！”于是，在这个寒冬的晚上，我和老毕在干校边的清水河上，进行了我平生第一次下网捕鱼活动。

我至今仍记得那冷寂的甚至有些阴森的岸边，在凛冽的寒风中，我荡出小船，天上挂着半轮晕柔月亮。水面一层朦胧轻雾，桨声和水拍在船帮上的波浪之声划破四下的岑寂。光这一段经历就不是现在想亲历就能实现的，虽在当时可称为苦不堪言，但在我心中这叫天赐良机。老毕是个能人，他一个中文系大学生，会杀猪、炒菜、做饭，还会捕鱼。

那一晚在寒冬的水面上，共下了 20 面网。我划船，他下网，然后我帮他一块儿收网，一共抓了 70 斤鱼。最大的一尾放在食堂的大菜盆里，一边露头一边出尾，足有十多斤呢！

在冰冷的水中，居然拉上活生生的鱼来，那感觉无疑是如梦幻般奇妙，回忆起来永远是神奇的。

1995年，我在《岁月随想》中是这样记述的："这一天，寒风刺骨，月上中天，照得水面一闪一闪。夏天的水波荡漾，给人一种亲切感，而此刻四野一抹黑，一滚一滚的水波令人胆寒。小船漂荡，溅上船头的水结了一层冰壳。"

我记起苏东坡的《赤壁赋》。我多次诵读那前后双绝的两篇美文，且有幸到过据说是苏东坡当年夜游发出惊人低吼般的振荡之音的地方，莫说黑夜，就是青天白日，有十余位同伴相随，也令人胆寒。心性旷达，兼有侠客般的豪情胆气，这正是苏东坡的过人之处。

我们在干校那年，尽管是隆冬寒夜在不宽的河水中泛舟，却也是柔美的婉约之旅。那是良辰美景，那是赏心乐事，那是四美俱、两难并。尤不可思议的是天赐鱼丰，打上的鱼装了约有小小舱底一半的容量。对我来说这是一个童话故事，是一个奇妙的梦境。

我会将那一夜以及此前此后所经历和感知的，与鱼与水有关的一幕幕剧情和冲击我心弦的美景，荡然于胸，寄之于心，将不断地在我朗读的节目中慢慢道出。

论画鱼

画鱼其实难画的是那至柔至善、至灵至活难状其形的水。浪花尚可捕捉，水波也可点染，唯独鱼在水中，如何能画出水形来？那无疑就是要画出鱼儿的动态，那甩尾，那摆头，那划鳍，那粼光的闪烁，那进退翕忽的动感，总之要把鱼儿画动了，画活了，水就有了形，有了勃勃生机。

在黄胄为鱼图所题的款上有两则意思一样的叙述："形神兼备或曰神形兼备，应先取其神，然后认真了解其形。中国花鸟如不解决神似，只能画死标本。但标本极为重要，把形体结构了然胸中，再捕捉神情，方可得心应手。"

又有一题款："画鱼应注意在水中游动的感觉。因此掌握大的结构，不可画成标本，但需有画标本的本领，才能神形兼备，得心应手。"这无疑是十分全面的阐述。黄胄是造型的高手，他笔下的人物、景致、飞禽走兽、花鸟鱼虫，无不描摹得活灵活现。而且由于他热爱生活、热爱自然、热爱各种生命，再加之观察入微，笔不离手的勤奋好学，使得他对描绘对象的外形能了然于胸。黄胄把笔墨技法运用得得心应手，没有几个人比得上他的用功和灵性。所以，他能把瞬间的动感捕捉造型，凝固在纸端，使一个个物相栩栩如生。

画的对象呈现在纸端或出现在画布之上（西画、油画），我主张的是越像越好，但黄胄所主张的是要有画成标本的本领。把动态的物体在凝固中描绘，毫发毕现，结构精准；又把这合乎原物结构、比例、细部的描绘放在生态环境中，在瞬息万变中表现出动感，甚至表达出物体的情感。这既是客观的描述，也是画家对生活的提炼和倾注情感的创作。

学会观察，学会倾听，不完全专注于所能听到、看到的事物，也要学会描述你所难以了解到的事物本质和动物内心，譬如被捕捉动物在逃生时变化的路线，以及捕猎高手声东击西，伪装潜猎的种种方式。这就是“万类霜天竞自由”的大格局。

传神要有传神之笔，物体被请上纸端靠线条，那是将光影的千折百转和实体的千姿万态从大背景上剥离出来，用线条勾勒出大致的轮廓，再用墨的深浅浓淡以及色彩变幻的光影来凸显被描绘事物的形象。

线条和墨色（即施墨施彩的浓淡）构成画者笔下的物象。物象的表现风格和所反映出的情调，应体现出创作者的心境与情感。徐渭和朱耷、石涛和陈淳，前者是迸发、激荡，令后来画者爱却无法效仿，都自愧弗如，后人如何努力都难近之，那是瘦石，那是枯木，那是天崩地裂的造型；而石涛、陈淳之作相对柔美，有希冀和憧憬，观者多亲近之感，故受藏家喜爱。

中国画状物有物象，笔墨有传承。“师法自然”，以自然万物为师，只能解决“成竹在胸”和“全豹在心”。但若只到此为止，那就大错特错了，因为绘画不是摄影，当然摄影也有技法。绘画，尤其中国画更讲究笔墨传承，无笔无墨，无技法，那画出来的画一定不是中国画。这就应了“不似欺世”之说。

末了，再引用黄胄的《鱼藻图》题识：“藏《鱼藻图》近四十年，纸本、画法如（南）宋晚期大家范安仁，余定为明初作品，生动工谨，虽无作者名氏，当是高手。余每临摹，自愧不如。”

大师都讲自愧不如，更让我们知道学无止境。临摹总会不及原作，因为无论如何，原创才是老大。我又想到1996年，我陪黄胄到故宫参观一个画展，他当时坐在轮椅上，当看到马远那幅名作《踏歌行》时，黄胄眼观画幅，口中犹如自语，其实是说给我听："有这么一幅画挂在家里多好呀。"这是爱之切的由衷感慨。伟大的画作只属于全体人民，但这艳羡、感叹仍告诉我们，连黄胄这样的大师都会对前人高手的精品怀着崇敬之情。学无止境，夫复何言。

黄胄画驴，也画鱼，他用泼墨法画鲶鱼更能凸显他的风格。

有一天我去看他，他引我进了浴室，浴缸中有好几尾鲶鱼在清水中游动。看了一会儿，我们也没就此交谈，而是聊别的事儿了。

但那目的尽在不言中，这几条鱼是观察结构、颜色、动态的绘画样本。这么大的画家有机会还是要从自然万物本身去捕捉那生动的瞬间。当然，如果想象它们在池塘江河——它自己的家中，当更欢实、更生动、更富于美妙的动感。

我画鱼时想到的就这么多。我画得少想得多，想得多却又表现不出来。但画画能激发我的想法，仍其乐无穷。

我曾看过占画幅很大的鱼，觉得拥挤，了无天然之气。而看那小小的鱼儿三五条、十余条，甚或更多，却不觉狭小，反而生动。

一群小鱼，笔墨不多，但锋毫飘曳，信手拈来，清新俊逸，鲜活灵动，把水光也衬出来了。

水的面积无分大小，晶莹碧透则妙；鱼儿不在大小，活泼可爱则佳，这份情趣只有静心细品才可知道。

画细小之鱼时，常会想到柳宗元的"永州八记"之《至小丘西小石潭记》，从文中可知这是一处野景，鲜有人至，因为柳宗元写道："伐竹取道，下见小潭"，可见并无路可通。描绘潭边景色，妙笔生花，而对这一潭碧水，以鱼相衬，描述得清澈晶莹。

"潭中鱼可百许头，皆若空游无所依"，好一潭至澄至清之水！他又写道："日光下澈，影布石上，怡然不动，俶尔远逝，往来翕忽。似与游者相乐！"由鱼写水，亦同。

作画，有了鱼形就有了水意。水至柔至广至大至细至微，水本无形，随器而然，装瓶则瓶，在井则井，江河湖海所处茫茫，大者无形。这就是自然界永远无法参透的谜题。

生命的悲壮之旅

"鲤鱼跳龙门"，这是很早就听过的一句民间谚语。我也较早理解这不是单纯的自然现象，而是对人生转机的一种描述。不过，我很小就看到过跃出水面的鱼，倒不是在龙门看到的，跳龙门其实也并非专指在黄河的龙门之址。一般在公园的水塘闸口泄水处，经常会有一群鱼儿不停地蹿出水面。

刚参加工作那几年，我每天清早都会到北海公园少年水电站前，面向湖心练声、念白。每到春季总会有一些鱼儿围在湖中的水草丛上产卵，也有鱼儿跃出水面。

我从一开始学画就想画鱼，可是鱼的动作，鱼的身姿，鱼在水中的飘逸神态，我认为我基本上是画不出来的。但是，我还是要画。追求灵性、追求美感和体味鱼儿在水中是多么的愉快。人类生活在陆地上，而鱼儿生活在水中，水是生命的源泉，不仅清净可亲，而且幽深不可测，充满了神秘感，水又以惊涛骇浪的狂放和一望无垠的广阔而令我们怀有敬畏之心。

我在二十年前画《春潮图》的时候是有蓝本的，虽非一板一眼地临摹，但也算依葫芦画瓢，大致有个参考：一是出自一幅古画的启发；二是在我脑海中那一幕幕的跃出水面的鱼儿，包括我在鱼塘边看到渔民起网时，那千百条大大小小的各色鱼等瞬间的跃起，那可是它们最后的一跳。

春江潮涌鱼先知，我画这条鱼儿，就是希望表述多年前，当我感受到事业开始有了广阔的前景，发自内心的一种跃跃欲试的冲动。我并不想一跃“龙门”改变身价，只不过想到那句“海阔凭鱼跃”的古语，有了创作《春潮图》的欲望。江河湖海、山涧小溪，甚至家中的鱼缸都会有鱼儿的纵身一跃。

春潮图

人就是从水中出来的，我们离不开水，但却不能回到水中生活。人的一生只在生命萌生的时期，在自己的娘胎羊水中度过生命最初的时光。但此后，如果不加以训练就很难浮在水面。我们人类中的高手可以从高处跃入水中，而所有的鱼儿也或许都期待或尝试从水下跃上空中，甚至包括水中的庞然大物——鲸。鲸有鱼之形却不是鱼，它是水中的哺乳动物。总之，就我之前所列举的各种情况都没有鲑鱼出乎我之意料。它是那样不可思议，壮烈地一跃，那是它们生命旅程中死亡的舞姿。令人感到震撼，感到凄艳。

我解说《动物世界》描述鲑鱼的洄游过程，每一次都令我动容，令我感怀，甚至令我目瞪口呆。

鲑鱼在大海中生活三年之后，该产卵了。它们千军万马、万众一心从入海口洄游到江中，逆流而上，顶着激浪的冲击，越过险滩的阻隔，忍受和躲避灰熊在水中的拦截掠杀，竟然能集体拼命跳跃，跳上瀑布。这多么不可思议，不可想象，但影片画面却揭示了这无法形容、不合自然常理的活生生的一幕。

它们当中的很多成员成功了，“跃上葱茏四百旋”。这一跃的成功，并不是鲤鱼一跃龙门成为俊杰，更不是人生“高官得做，骏马得骑”的得意之时。鲑鱼这时要临近它的出生地了，它们从入海口逆流几十、几百公里，跃急流、过险滩，不吃不眠不休息，此时它们浑身虚弱，雌鱼通体变红，产下一粒粒的鱼卵，雄鱼又在卵上排出精子。于是，它们的生命在这可歌可泣的最后一幕中悲壮地、毫不吝惜地、义无反顾地结束了。鹰、雕开始集结，啄食鲑鱼的尸体，它们又为另外的生灵做了最后的奉献。这是感天动地的祭坛。

鱼卵一粒粒地沉入浅浅清流中的鹅卵石缝隙中，在冰封雪冻之后，一条条小鲑鱼出世了，又一个生命的轮回开始了。它们大部分顺流而下游向父母生活过的海洋。三五年后，将再回到这里，生下后代，牺牲自己。生生不息，大自然呀。

我解说过不同版本的有关鲑鱼的影片，每一部片子所表现出的这生灵惊人的一生都是同样令人深思和启迪人们。“春蚕到死丝方尽，蜡炬成灰泪始干”，鲑鱼正是奔劳一世，为了养育后代，把死作为归程，视死如归。

其实很多人在餐桌上吃过的刺身三文鱼片——那胡萝卜色的生鱼片蘸着绿芥末和酱油汁吃的，就是鲑鱼的肉。

鲑鱼是所有鳟鱼和鲑鱼两大类的统称。此外，北极灰鳟、大西洋油鲱、北美青鱼和北极寒鳟等也都属于鲑鱼科。鲑鱼是著名的洄游鱼类，俗称大马哈鱼，主要生活在北部海洋及流入北部海洋的河流中。

2006年，适逢四年一次加拿大最动人的鲑鱼洄游生态奇景，从九月起就能观赏到数以百万计的西岸鲑鱼，这是远从500英里外的太平洋逆游至内陆淡

雌性鲑鱼到达产卵地时，身体已经变得通红

水河域的壮观景象。

看到那些健壮的鲑鱼历尽千难万险，回到出生地的湖中产完卵，就沉入湖底，大片大片的鲑鱼尸体形成厚厚的一层，让人感到悲凉和壮观。

鲑鱼忠于自己的故乡，叶落归根。鲑鱼也忠于自己的目标，繁衍后代。这种强烈的使命感，使它们活着不仅为自己，也为生命的延续而奋斗，即使洄游一开始就注定了这是死亡之旅，它们也会一代代地无怨无悔，并快乐地度过一生一世。

美好期盼，年年有余

农耕社会普遍的心态和期盼就是“年年有余”。在农业靠天吃饭的年代，一年打下来的粮食，省吃俭用，每天能吃上一顿干的，喝上两顿稀的，这样能吃过十个月也不容易了。

1965 年，我在北京昌平县（现为昌平区）流村公社黑寨大队参加“四清”，年轻人不知道什么叫“四清”，这里就不再解释了。总之，我当时 23 周岁，是一个生产队的工作组长。那一年到了冬天还没开春，粮食已不够吃了。我们工作组吃派饭，交给农户粮票和钱，就在这家吃三天饭，吃完一家换一家。春耕刚开始，有不少农户已没粮食了。有人会说，花钱买呀，可是钱呢？社员点油灯都要拿家里的鸡下的蛋去换，哪有钱呀，再说有钱没粮票也是白搭。

我于是跑腿儿，找关系，拜四方，给缺粮户拉回一车麸子和糠。很多时候我和大家一块儿吃糠咽菜。

那时有的农户家中墙上贴一张印刷的年画，大白胖小子抱着条大鲤鱼，这就叫“年年有余”，有时又叫“连年有余”，因为画中有荷，荷为莲，莲、连谐音。

于是许多画家多年来都会以“年年有余”作为绘画主题，来表现人们的心里诉求。

“年年有余”中的这个年字，只有一种鱼跟它谐音——鲶鱼。鲶鱼是生命力极强的鱼种，吃别的鱼也吃同类，像一个水中的杀手，身强力壮，鲜活生猛，而且体表黏黏的，很难在水中抓获它。那一嘴触须是它潜在底层，探寻食物，躲避敌人用的。其实在鱼塘中，它没有天敌，要是有，那就是人。当年在河南淮阳干校的小河沟里，有不少鱼，干校曾组织我们这些壮劳力摸鱼，有人摸到过鲶鱼，但空欢喜一场，手一滑它就跑了，反正我是没摸到过。

鲶鱼肉质细嫩，是餐桌上的一道佳肴。东北有一道菜叫“鲶鱼炖茄子”，为形容它好吃，有一种说法是“鲶鱼炖茄子，撑死老爷子”。鲶鱼在市场上不常见，因为没有鱼塘来养它，那要用多少鱼喂它呀。捉到的少，所以餐桌上不多见。而在中国画中，鲶鱼却是常见的题材。因为鲶、年谐音，“年年有余”画成鲶鱼就更贴切。

曾看到中国科学院可持续发展战略研究组发布的《2007中国可持续发展战略报告》，有关水治理与创新的第一章有这样一段文字：“由于污染和水资源的过度开发利用，众多珍稀水生生物数量锐减，如长江的白鳍豚、江豚、鲥鱼、胭脂鱼、银鱼等。”

一些经济鱼类，已不具有大规模商业捕捞的价值。黄河中原有鱼类150多种，每年捕捞量70余万公斤，目前约有1/3的种群已绝迹，年捕捞量下降

40%。目前黄河鲤鱼、黄河刀鱼、北方铜鱼等黄河名贵鱼种类已在大多数河段绝迹。河南省境内黄河支流上的洛河鲤鱼和伊河鲂鱼，如今已基本绝迹。

我心目中，如梦如幻的那一年冬季，河南干校河边的夜半渔歌，那一条条在月色清辉下闪着银光的、肥肥的鲤鱼，如今也已绝迹。

我所希望“年年有余”的小康、温饱实现了，但鱼的种类却越来越少了。更不必说鲶鱼这么强势的物种，有一天也会和我们永远说“拜拜”。使它成了我们富余的“牺牲品”。

“鹰击长空，鱼翔浅底，万类霜天竞自由。”这图景不仅是人类之间的和谐理念，也蕴含着人与自然和谐的美好愿望。

“年年有余”这个美好题材，很久以来就是人们对自己温饱的祈望，如今，就在我写这篇文稿的那夜，央视《新闻联播》第一条消息就是：杂交水稻之父袁隆平在20世纪70年代就成功做到了水稻的杂交，提高了产量，解决了中国和世界人民的粮食问题。人是何等聪明，总会在困境中找到出路。

今天再看“年年有余”的绘画，我想到的应该是年年都有鱼存在，年年都有各种生物存在，我们要为各种生物祈福了。

“羁鸟恋旧林，池鱼思故渊”“相濡以沫，莫若相忘于江湖”。我如今画鱼，常常忘了这点。

画猫画虎

画　猫

猫给我的印象是乖乖的、温柔可爱的。在白天的强光下，它的瞳孔眯成一条缝，成了一条竖黑道，这就有了咪音。它在需要主人爱抚它和讨要吃的的时候，又会“喵喵”地叫，主人大都唤它猫咪，叫起来甜甜的，嗲嗲的，显得那么亲昵、柔情、温馨。

猫是中国画中一个恒久的题材，每代都有精品。而令人叹为观止的是苏绣中的猫。绣娘可以把手中的各色丝线破开来，再掺揉起来形成丰富的色彩，又一针针地在绷子上绣出可爱的猫咪，超过了历代工笔画家纸上画猫的表现力。原因就在于不但有飞针走线、纤毫毕现的细腻手法，还有丝线的天然光泽更接近于猫咪的皮毛光色。苏绣可把多种颜色的丝线变幻成多达两千种的色彩，因此苏绣的两面绣中活灵活现的猫咪形象，玲珑剔透、栩栩如生、巧夺天工。

但我还是更看重国画。

我尤为喜爱黄胄用写意手法画出的猫，有时他稍加淡彩，在眼睛和轮廓上似有若无地轻描淡写，就把猫在我们惯常的理解和观察中的神情活脱脱地表现出来了。

黄胄笔下的动物，可以驴为代表，但他绝不是只画驴。大家在寻常生活中看到过多少种动物，黄胄先生就能在纸上用毫墨勾勒出多少种，而且我十分佩服的是他用写意手法、速写笔法，在细部用小写偏工的技巧，把人们不甚留意的动物形象凸显在他的画面上。黄胄的画作可以激活我们的想象力。

我看到过黄胄画的几种形态的猫，有坐的、卧的、仰观的、俯视的、饮水吃食的、欲扑欲捉的，这使我唤回自己童年时候的记忆。我记起四合院里，各家各户养的形体不同的猫咪们。

绘画的对象如果是大家熟知的事物，画家笔下的造型一定会在某个部位触动观赏者的心曲，不然就不是高手，不能使作品成为充盈着美感的画作。

大约二十年前，在四川，我和李羚（《黄山来的姑娘》中的扮演者，金鸡奖得主）共同主持一部专题节目时，她对我说，她妈妈喜欢猫，让我画一张猫，她想送给老人家。

我在写本文时，第二天就是“母亲节”，而那一年，母亲节还没进入国人的节庆范围，但儿行千里还惦记母亲，令人感动。于是，我以黄胄的画册为摹本，画下了几张猫咪图，送给李羚一张，留下几张幸未丢弃，作为本文之佐证。

家猫的好日子

猫捉老鼠，狗看家，这是农业社会家家户户养猫喂狗的原因。从一开始，家猫就是主人的乖乖宝贝。

进入21世纪后，如今城市家庭养猫的没有多少人指望猫逮耗子，大多数人养的狗也轮不上用它看家，能看家的必是大狗、猛犬。城里不让养大的狗，而准许养的巴儿狗、博美狗、贵宾狗、吉娃娃，别说防小偷了，自己的主人如果一个没看住都可能让他人抱走，可怜哪！有时狗又极有可能因迷路，回不了家，而成了流浪狗。

狗离开家，生存困难，而猫则不然，在主人的呵护下，当然还是在家里舒服；而如果离开家，它们中的绝大部分照样能找到住的地方，找到吃的，能生儿育女，也照样能得到善良人的关心与照顾。

家猫，是由野猫驯化而来的，据说已有上千年的历史了，是古埃及人首先驯化的。近来，传媒报道，首先驯化猫的是地中海沿岸的人，不过没列出具体证据，我只能依然相信源于古埃及之说。这要归结到古埃及的农耕社会，尼罗河定期泛滥，使肥水沃土铺满平原，带来五谷丰登。粮食收下来放进仓里，而那粮食虽是人的宝贵财富和命根子，但也成了老鼠们的美食。老鼠在这堆满了粮食的地方像进了天堂一般，加上老鼠繁殖的速度快且子代数量多，简直就是天灾。中国诗经中就有《硕鼠》一篇。虽然“硕鼠”被暗喻为贪官，可是事实是有粮食的地方就会出现虫蛀鼠咬。

我请朋友代我拍回的作品

家猫的祖先在古埃及的原野中游荡，在深夜中悄悄潜入粮仓，它是为老鼠而来，偷吃粮食喂肥了自己身子的老鼠成了猫的美食。人们因此发现了猫在捕鼠方面的天赋，这真是天兵下凡，助人为乐。

古埃及人就这样爱上了猫，逐渐与猫建立了联系，产生了感情，并养起了猫。几千年前，猫简直成了古埃及人的宝贝。即使是存活在野外的野猫，都是那么好看，那么神秘，那么轻灵，那么优雅，难怪古埃及人都爱上了猫，寺庙也养猫，那是神猫。古埃及人对猫不仅是爱而且是奉若神明。猫如果死去也会备享哀荣，加以厚葬；如果有人伤害了猫，那就是死罪。今天那些吃猫、虐猫的人要是在当年的古埃及，可就惨了。

不过全民爱猫也成了古埃及的罩门，以致当年波斯军队入侵时，波斯人在自己的盾牌上画了猫，两军对决，古埃及人大败，因为猫是古埃及人的偶像，他们无法用利器刺向持有猫图像盾牌的对方。波斯军队这招儿真够阴的，但古代两军对垒，什么招都可以用。

老鼠不仅糟蹋粮食，还传播疫病，过去的年月，人只能靠猫捉老鼠平息鼠患。所以猫咪又被水手带上了船，因为船上的老鼠也在为害一方。可见，凡是有人居住的地方，猫都会被接受，成为受欢迎的动物，那时还算不上宠物。

据说，中国、英国和美国都堪称养猫大国，而现今城市家庭中的猫，并不指望它捉老鼠，但只要养猫就避鼠。央视新闻曾报道，俄罗斯圣彼得堡的冬宫，至今有50只猫的公家编制，那是从女皇叶卡捷琳娜时定下的规矩，让这些猫负责吓走老鼠，以防宫内名画被鼠咬。当然只要给它一条通道能出去，猫是饿不死的，比狗狗强。猫能捕活食，狗只能吃喂它的食。所以猫咪永远那么高傲，而狗狗则成天都围着主人转，就算是猎犬、军犬、警犬，也很难独自捕食。

时下养猫只有一个用途，那就是当玩伴，寄托主人的情感。所以猫成了宠物，是主人的心肝宝贝。

美国有一家人要搬到很远的一个城市，根据航空公司规定，猫上飞机要装笼子托运，放进行李舱。主人舍不得，于是决定雇一辆大货车装上全部家当，全家人坐着车、抱着猫走了上千公里，多花了不少美金。

养猫的人都可以理解，而不养猫的人就很难想象。为了猫，古埃及人吃了败仗；为了猫，一家人不坐飞机，宁愿多花钱雇车。

爱过了头，有时虽好笑，但爱小动物的人的心肠一定很软，很善良。

如今，城市街头多了一些流浪狗和野猫，有一部分流浪狗也许是和主人失散，找不到回家的路。它着急主人更急，指望再团聚，不知要等到哪一天，但有些却是被变态的主人抛弃的。我亲耳听到一位出租车司机跟我说，在北京三环路上，一辆汽车在他面前停下来，下来一条狗和一个人，那个人抓了一点吃的，放在路边上，狗正在吃食时，那人竟飞快钻进汽车，扬长而去。待狗抬头时，那辆车早已没了影儿。而在这样飞快的车流里，狗狗的生命危在旦夕。

这简直是“借刀杀人”。即使它躲过一劫，也无家可归了。

还是说猫吧，只要是健康、正当壮年的猫，只要没被人逮着卖到某地当菜肴，大多数会比流浪狗的处境要好。

达尔文的进化论告诉我们“适者生存”“最适者生存”。他讲的是在地球上，随着生态环境的渐变或突变，很多物种，包括动物、植物、微生物，都由于不能适应环境的变化而被自然淘汰，因此许多物种如今都不存在了，而且永远没有再生的可能。要继续生存就要适应环境的变化而进化，谁适应得最好，族群就会最兴盛。

从进化论角度讲，猫科和犬科是两大旗鼓相当的成功家族。狗的祖先是狼，猫的祖先有人说5000万年前就存在了，叫小古猫。

自从猫与狗进入人类生活及变为宠物之后，大多数家犬已丧失了在野外存活的能力，它的祖先是集群动物，靠长途奔袭的本能集体捕猎，个体存活困难；而大多数猫科动物都是“独行侠”（狮子除外），靠尖牙利爪和悄无声息的潜行逼近猎物，力求一击成功。

猫进入人的家庭，虽说成了家猫和宠物，但只是暂居此处，从内心到生活习惯都维系着自己的基因和本能。它不完全屈从主人的指使，有时温柔可爱、小鸟依人，但只要到了夜间，离家外出，它又成了亘古不变的野猫，成了残暴、凶悍、神秘而恐怖的杀手，白天在家里的那副温顺模样一扫而光。主人喂它再好，也改不了它仍要独自捕猎和嗜血的本性。

如今，英国每年会有400万只鸟死在家猫爪下。有一次，我深夜归来，在院子的灯光下，看到一只猫叼着一只两翅犹在扑腾的鸽子，一溜烟儿不见了。第二天，我问鸽子的主人，他说一只小鸽子丢失了，那只小鸽子的身价不菲。猫当然顾不得什么商业价值了，这叫暴殄天物。

所以猫一旦离家或被主人抛弃，它仍能在城市的水泥建筑丛中找到安身之处，并且活得挺不错。

我们小区后面小花园的假山石洞中就住着好几只流浪猫，有善心的退休老人带着吃喝每天按时去喂它们，也有时看到年轻女孩在阳光下和猫咪们近距离接触，与它们对话。人和动物对话是不需要有语言沟通的，表情、动作、声音都可以表示亲善之情。

每当我看到或听到流浪狗的状况，都不禁有些感伤，而看到流浪猫倒稍感欣慰。它们成了城市中的“野生动物”，只要摆脱一些人的捕食和残害，它们其实并不可怜，又有好心人投食，它们反而会很自在。

猫兄猫弟

大大小小的猫如今遍布世界各地，在野外，脱离人们管辖的猫是地地道道的野猫（不是城市中的流浪猫），总计有 35 种。而家猫有 300 多种，那是在人的干预下，强制培育出的形形色色的品种，短毛的、卷毛的、长毛的、没毛的，黑的、白的、黄的、灰的、花的、条纹的、斑点的，眼睛的色彩各异，有黄的、蓝的……但无论野猫还是家猫，本质上都一样，外表上大同小异，都天生具有优雅的举止。尤其那步子，直到现在 T 型台上世界各地的名模们，都迈着猫步行走，但也都达不到猫那典雅高贵的步态。猫爱干净，每天用大量时间来梳洗打扮自己。有人问猫不是怕水吗？如果您看过猫抓水中的鱼儿，就不会认为它们怕水了。澳大利亚被水手带过去留在荒岛上的猫咪们，已经学会在海边捕鱼，否则它们也存活不到今天。

我的习作

我小时候住在北京胡同的四合院里，凡养猫的人家都会在门下打一个洞，盖上布帘，这是猫洞，是供猫从家里走向外面的通道。在家中它是那么温顺乖巧，尤其冬天，当我坐在火炉边看书取暖时，猫有时会跳到我腿上让我爱抚它，为它搔痒。但晚上它的眼睛泛着绿光，出了屋、上了房，它和它的祖先仍没有两样，悄悄地、遮遮掩掩、神秘莫测，不知它在干什么。只要猫的头能钻过去的地方，它的整个身子都能钻过去，它蜿蜒前行，穿过窄洞。即使从高处不慎摔下，总能先四脚着地，一般不会受伤。传说，猫有九条命，足以说明它生命力的顽强。

如此厉害的“杀手”，使很多动物恐惧。在街后阴暗的地方，它们进入了和乖猫咪完全不同的角色，带有利爪又有肉垫的脚，行走无声，体态矫健，肌肉发达，有一身可伪装和隐蔽的毛色；它下巴有力，犬齿犹如匕首；它的一双眼睛能同时向前注视，用不着侧头观物；它的视力在黑暗中是人类的 6 倍，听力极为灵敏。当它抓到活物时，先要尽情玩要一番，令人感到很是奇怪，它捕猎究竟是为了吃还是为了玩。

小古猫是 5000 万年前就出现的。如果岁月在这个数字概念下，百万年都可忽略不计，所以人和猫比起来，也就是刚刚诞生。

画驴说驴

闲言碎语白话驴

“白话”二字，识字者人人会念，念错者大有人在，这是京津两地对那些没话找话和废话太多、层出不穷之人的俗称，白为重音。这个词，大多数北方人听来绝不陌生，靠近川话，意思虽差不多，却意味有别。

我要白话驴，就先从待遇谈起。驴儿们粗粝其食，苦其筋骨，四季奔波，却都是蓬头垢面，有几头驴子像主人的爱马那样梳洗打扮的？但驴子其实也快乐，在田边地头啃青时的那份悠闲，是随着它们那优美的立姿和尾巴的悠然甩摆体现出来的。所以黄胄笔下的种种动物中，驴儿特别生动可爱，多姿多彩。往昔可以天天见到驴子的日子，我还不能理解画驴。

我去干校时，在河南黄泛区。我们干校千数口人全靠人挑肩扛，没有驴子，只有猪。我喂过十个月的猪，而那是为改善连队伙食饲养的，养肥的猪先挨宰，怪不得有句口头语：“人怕出名，猪怕壮。”

驴儿壮时正在干活，大体没人动宰它的心。但辛劳一生，骨瘦如柴时，它不进火葬场，却进了汤锅。

驴儿入画几多情

我是看了黄胄的创作过程遂萌生画驴之意的。说俗点，就是对他画驴产生了欣羡、向往和仿效的冲动。于是在无人时，找来纸、墨、笔，操练起来。但学画驴时已值壮年，又是在看黄胄的笔墨时才兴起的这个念头，于是至今都无法摆脱黄胄作画时的身影和他在画中所呈现的驴儿们的姿态以及墨色的造型。

在一次综艺晚会上，一位专家在我身边说了这么一段话："要是四岁以后才学钢琴，就永远不可能成为钢琴演奏大师和著名的指挥家。"这句话给了我很大触动，但也为我设下了一道屏障。不言而喻，毋庸赘叙，我学艺太迟，无望成功。我年近40才开始画驴，没想成为名家，根本也不可能成为名家，但是喜欢、好玩、愉悦，因此面对画过的千万张画和上万头驴（它们绝大部分已不复存在了）时，难免在自愧永不如黄胄先生的叹息中，时不时偶有成就感涌上心头。但我从不奢望能以画名和画价忝入艺术门庭并位列名家之畔。不过地摊上，甚至各地拍卖会上却有不少我的"作品"。启功的字，范曾、黄胄的画儿都有大批仿作、赝品，甚至堆积如山。启功的字（赝品）只卖五十元左右一幅，裱好送人，自是一份厚礼。即使挂在堂上，全国十三亿人，又有几人能慧目辨伪呢？这些名家的赝品，造假者大体上是模仿该艺术家的作品和他们的大致风格。高仿就装得更像，甚至把某画家的个性习惯也一并仿进，并故露瑕疵，为的是鱼目混珠。

但仿我的画就好办多了，因为很少有人看过我的画，甚至我的签名，被人冒用也无人分辨。某年，我在某市做客期间，一位领导拿了一幅画让我看，七八头驴子，署名赵某人。他说是从北京买来的，让我看看真不真。我看了半晌，对他说："比我画得好。"真的比我画得好多了，只可惜的确不是我画的。

"比我写（画）得好"，据说是启功先生对冒他名字的赝品的口头语。我曾亲耳听过黄胄对仿他作品的评语："比我画得好。"这其实也有几分无奈，作假画者自古以来层出不穷，且愈演愈烈。如果是仿的，那就应该签本人名，仿而又签原作者名是为卖的，就算是诈骗了，江湖骗术哪儿都有。

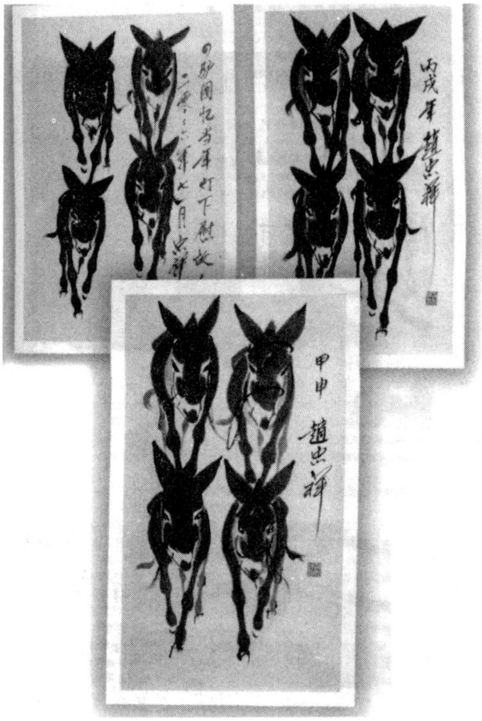
四驴图

我倒是见怪不怪，人家仿我，能卖几个钱，借我名字一用，将来我若有成，倒好分辨。因为仿我假画者属于“胡作非为”，并不是参照我的画作的。平心而论，因为很多人并没有看过我的画作，凭想象或干脆仿黄胄先生的画，又因水平实在差得太远，不好落黄胄的款，便想到落赵某人的名。且又不知我的签名是什么样，于是信手写来。

不过说良心话，近来我看到的几幅署我名的以驴为题的画作，造型基本准确，用墨也还放得开，不拖泥带水，因为不必刻意模仿黄胄的一笔一画，大致差不多就成了，反而少了一些拘谨，再加上这些人自有一些笔墨功底，所以我说：“比我画得好。”

有一次，郑闻慧老师邀我同去参加荣宝斋拍卖会会前的招待午宴。路上我们论及画的真伪，郑老师说：“黄胄生前曾讲了一个现象，荷兰著名画家伦勃朗一生画作不会超过几百幅，这已算多产了，可是现在北美市场据说有大约五万幅他的作品在流通，都是按真品买卖。”如果这一事例属实，当发人深省，若干年后，真伪更难辨，“假作真时真亦假”，我都怀疑我收藏的黄胄的作品是否也要打上一个问号。

记得黄胄住院时，我去看他，拿出一个玉件请他过目：“有人说这是假的。”他躺在床上笑了：“玉就是玉，怎么会假，只是看什么时候的做工罢了。”我们那天聊了一会儿，但给我印象最深的是他的一句经验之谈：“如果喜欢一件东西，贵点儿也值；而如果是假的，白给都别要。”这句话至今犹在耳畔。

非驴非马

在我描述驴子的形象、写关于驴子的一些文字和绘画随笔时，曾听一位友人说：“驴其实是合乎中庸之道的。”我问何出此言，他说看过我一幅画，题跋这样写道：“放蹄不如马，耕田不如牛”，所以这样说。我说：“你的这个说法值得商榷。”等而下之的层次绝非中庸。

如果非扯上中庸不可，不妨仿鲁迅先生《痛打落水狗——论费厄泼赖应该缓行》一文中所举例之巴尔狗，像猫又像狗。但这只是文学上的描述，而生物界不容中庸的概念。

人类对动物最成功的杂交就是培育出一个新品种：驴与马的后代——骡子。公驴与母马交配产下的驹子为马骡，外形两不相像，不是驴又非马；而公马与母驴交配产下的驹体形甚小，鲜有超过父系者，是为驴骡。无论驴骡还是马骡，都既非马又非驴，非驴非马则为骡也。这能称为中庸吗？

此新品种长成之后，兼有父母双方优势，比驴能跑，比马更能负重。故过去乃至现今，骡子仍是运输、驮运辎重的重要工具，是人类的好帮手。在役畜中，以其之有力能干，故成为佼佼者。

骡子看上去像马，又像驴，却非驴非马，比驴耳朵短，身量大，尤其蹄子比驴宽展许多，但比马耳朵长，且毛色似乎只有黑乎乎一色。当然如果饲养得好，也犹如高头大马，油光水滑，身强力壮，实为人的好帮手。

军旅中鲜有驴，但骡子却大有用武之地，并非冲锋上阵，而是运送军用物资。直到近代，都有不少骡子拉战炮、驮弹药箱，它比驴力气大得多，比马耐力强得多，比双亲都有优势。在人的掌控下，多少年来不断杂交培育出高品质的骡子。

骡子的一大劣势就是没有生育功能，骡子不能生小骡子，要想使用骡子，就必须既有马也有驴。所以仅此一点，可看出远在马的品级之下的驴子，亦是不可或缺的角色。

只是在画驴时若偏于像马，那画出来的就是骡子了。绘画中，马就是马，驴就是驴，骡子就是骡子。

人们都知道徐悲鸿画马，但他偶尔也画驴，譬如他20世纪30年代的作品《六朝诗意图》中就分别画有骑马者和骑驴者。此非将军与文人之分野，而是人的阶层不同的标志，锦帽貂裘和布衣之分立判于画中。黄胄画驴有名，虽也画马无数，但还是以画驴名传久远。

古人云：“画虎不成反类犬”，这是嘲讽等而下之的拙劣技法。但画驴不成反像骡，虽技法等而下，但描摹对象应是等而上。

又说毛驴

如果把马比作贵族，驴子充其量是芸芸众生。当初王公贵胄、元帅大将的坐骑和驾车之马是何等的威武和荣耀，就不必细述了，关公手下的马童周仓都非等闲之辈。现代赛场上的一匹好马，出身名门，血统高贵，便会住空调房、吃上等料，有专人饲喂和技师调教，优秀骑手与它们结伴出赛。这些骏马出入有车而出国乘飞机，享尽荣华，当然也很辛苦，跑得出彩，日子才好过。

没听说它们的亲戚，哪一位毛驴能享受到这种物质和精神的双重高规格待遇的。驴儿们太过普通，太过平庸，仅干粗活，任劳任怨度过一生。吃穿用住跑，不仅无法和高贵的赛马比，甚至无法和一般的马相比。德国高级轿车叫宝马，估计还没有谁创意把车子定为“宝驴”牌的。

驴儿们最好的品牌就是阿胶，想起阿胶的用料，听了也不好受。驴儿拉磨，被蒙住眼围着磨台转了一圈又一圈；驴儿驮柴背水，也给人做代步的工具。妇女们骑着它回娘家，彪形大汉情愿跟着，也不会跨在驴背上。老人、小孩、文弱书生、大多数农村姑娘们都常会骑驴，但专门被用作坐骑的驴儿却是少数。大部分驴是干着粗重活计，上不了战场，上不了舞台，当不成英雄，也成不了名驴。

1964年，我在北京郊区参加“四清”工作队，到了山区，天天都能看到驴。到下地时，女孩子们一斜身坐在驴的一侧，靠驴的背部支撑，那姿势煞是可爱。但那时我尚未开始画驴，也没想到日后会用得着这一幕鲜活的场景，没太记住细节。骑马时大多有鞍子，好马要有好鞍，而农村女孩骑驴那么一蹿就上了驴背，任凭它如何颠簸都轻松优美地坐得很稳，那是一首田园交响曲。在当时还贫穷的农村，在粗粮、咸菜还填不饱肚子的年代，这一路撒欢儿、一路笑语的田间风情画图，很是赏心悦目，会带给人们欢愉。我设想如果那是黄胄画成的充满欢乐的一幅作品，他或许会以《下田去》作为标题。那时，我去的那个村子真的很苦。开春时，青黄不接，我和社员们一起吃过糠，吃过榆树嫩叶，有叶子有榆钱儿（北京话叫榆钱儿，读三声，榆树的种子）加少许粗粮熬成粥。我们工作队里没人说过苦字，农民们也没人喊过饿，孩子们依旧活蹦乱跳，姑娘们没有鲜艳的衣裳，却有着健康的肤色和明亮的目光……如今，在城市中，在宽裕的生活中度过的平静时光，就会去想那红桃花、白梨花漫山遍野的景象；去想广阔田陌中传来的高亢的吆喝牲口，包括哄赶驴子的声音；想那山乡的月夜和深夜远处的狗叫；想那柳荫下农家围坐井旁聊着家长里短；想那伴着远近萤光的明暗，农家汉子手中烟袋锅一闪一亮的微光，在夜色中，显得既神奇又在心头掀起一丝暖意；想那在槐树清香的柔风中掺杂着家种的旱烟飘出的有点呛人的烟气；想那妇女们在家中煤油灯下，哄着娃儿，做着针线活，听着虫声唧唧，蛙声在远方连成一片的景象……

想起这些，我愿用如今的优裕生活换回那个在田野劳动的岁月。青春虽一去不返，往昔的一切却鲜活地留在记忆中。

“骑驴过小桥，独叹梅花瘦”，驴子入诗、入史、入名著。

在烟尘滚滚，刀兵相见，血肉横飞的古战场，肯定无法骑驴冲锋陷阵，因而将军断无骑驴者。红粉送佳人，宝马赠英雄，名将青史流芳，而胯下坐骑也得以传名。关公坐骑赤兔马，日行千里，夜行八百，过五关斩六将，功不可没。楚霸王项羽建立霸业，也有几分借助胯下乌骓马的霸气。可怜项羽乌江自刎，传说也是因为渔家渡人不渡马。英雄即使末路，也不愿人马两分离。唐僧西天取经，路途遥遥，万里取得经文归，磨难多多，也多亏白龙马减轻路途辛劳。

驴子绝对无缘享此等殊荣盛誉。但依我看，它“虽非栋梁材，亦非寻常木”（唐元稹句）。驴儿虽已入诗、入画、入史、入书，惜哉并无大号，只称驴儿。

著名神话人物八仙之一——张果老倒骑驴，亦不知他的驴儿名何。驴儿也只配称驴儿，却没“赤兔”与“乌骓”，或“白龙”等大号。

汉唐之际，大宛宝马犹如明星，昭陵六骏名噪一时，而唐三彩又塑造了多少骏马，于今发掘出便价值不菲，惜无驴儿造型，或我尚未得见。但唐代的两个名人却与驴儿有关，一是李贺，传说他常骑驴出行，身挎一囊（有扎口的袋子），有情思和诗句涌出，即提笔记下收入袋中，不知有多少佳句是在驴背上所得，只是驴儿无名，权当代步工具而已。二是《唐人小说》中所描述的风尘三侠中之红拂女骑蹇行走郊野，神秘而引人遐思。

宋之后近千年，一翻而过，只有入画之驴闪于眼帘，那就是徐渭画中以笔写成的驴儿，而陆游有诗云“细雨骑驴入剑门”。到了清代，有两部我十分喜爱的书中记有驴儿，一是刘鹗的《老残游记》，二是老派武侠小说郑证因的《鹰爪王》。《老残游记》第二、七、八、二十回中都有对驴儿的记述。而《鹰爪王》中，有两位人物，一是反派，绿林道上的女屠户陆七娘，在书中她被写成风流淫荡，但又颇有姿色和心计的邪恶妇人。她在旷野中骑一头花驴，行走江湖，往来山村野店，这驴儿也显得有几分邪气。而同一书中燕赵双侠中的老二矮金刚蓝和，一位武功盖世的江湖老侠客，也骑一头黑色驴儿，行侠仗义，并把驴儿调教得颇通人性。《鹰爪王》书中第三十一回“矮金刚河堤戏双寇”，老侠客面对骑着马的双寇向驴儿说：“黑儿，这可看你了！人家比你个子大，早就瞧不起你，你要含糊了，我剥你皮熬胶去。”这个驴子倒有个小名“黑儿”。

总而言之，驴儿不敢跟马相比，却也少不了它的作用。马与将军匹配，而驴儿与文人侠客（多半为女侠客）结伴，虽少了几分霸气，但多了几分娇媚；虽少了几分阳刚之烈，却多了几分阴柔神秘。你看矮金刚所骑之驴儿向马冲去，马上壮汉怒骂：“畜生，你要找死！”抡起马棒探着身子向驴头就打。这头驴一声隆叫，往左一蹿，挤着这匹马的左首过来，尾巴也没闲着，“嗖”地往右一甩，驴尾正抽在马头上……这匹马叫着往右一蹿，马上壮汉乐子可大了，连人带马滚下河坡，水花四溅……二侠矮金刚蓝和回头看着两人两马，浑身泥水地挣扎，哈哈一笑，把缰绳一抖，小黑驴四蹄翻飞，向前驰去！

郑证因的《鹰爪王》是我至今仍爱回味的读物。他在书中描述江湖侠义的故事时，把晚清的城镇、乡村、山野、田园、寺庙、丛林、流水绘制成一幅幅栩栩如生的风光图景，并以当时人们各色杂陈的衣着、不同风格的语言，以及对人物善恶举止、心胸气度和他们恩仇交织的描绘，活生生地呈现出我曾祖父那一辈人所处的社会生活场景和风俗画面。令我在如今目眩神迷、流光溢彩的生活中，常常短暂地用心灵去体味离我们不远，但却永远不可能再现的中国农耕社会中，人们那份闲适、恬静的心态和大自然仍未遭到大规模开发破坏时的那份壮阔与清幽、神奇与美好。当然，有时又会展现出苍茫，抑或阴森恐怖之像，使我们对原始生态产生几分畏惧之心，这种畏惧感也是对大自然应有的敬畏。

一阵清风伴着铃儿的清音拂过，山野间的岑寂被“嘚嘚”的蹄声划破，崎岖山路中无论是老者、妇人或文士、少女坐在驴儿背上渐行渐远，都会给我无尽的遐想，他（她）们是谁，从哪里来，到哪里去？

驴子步入书刊中，也有迹可循。翻开晚清另一部侠义小说《儿女英雄传》。骑驴者乃侠女十三妹——何玉凤。

时光到了20世纪50年代，《人民日报》刊登的“三条驴腿闹革命”，说的是河北农村土地改革时，四户人家分到一头驴，后来三户人家组成互助组，这三户就有了驴的使用权，因而被称作“三条驴腿闹革命”。

如果放眼世界，我想西班牙塞万提斯的《堂·吉诃德》算大大有名吧。堂·吉诃德逆时而行，仿古代之游侠，打抱天下不平，笑料百出，而一位名叫桑丘的农人却忠心耿耿地做了他的随从，犹如《三国演义》中关帝爷的马童周仓。堂·吉诃德骑了一匹瘦马，而桑丘则骑着一头驴。书中专门有对驴子的描述，也有桑丘学驴叫，被村民暴打一顿的情节。堂·吉诃德见势不妙，溜之大吉。后来桑丘指责他不仗义且临阵脱逃，堂·吉诃德分辩：“这叫撤退，不是

1995 年，拜访尹瘦石时所作，先生为我题款

逃跑。”于是堂·吉诃德骑马、桑丘骑驴继续游侠四方，捅娄子、闹笑话……

据说法国人喜欢驴，有一回黄胄说：“我这儿刚接到一盘法国人录制的驴的各种姿态的录像带，你要不要看看？”随即我们接着聊别的，竟把这录像带的事忘个一干二净，直到写这篇文字时才想起来。

2007 年 5 月 3 日，央视四套《新闻 60 分》中报道一条消息：“墨西哥在庆祝一年一度的驴子节”，人扮成驴子，颇像中国农村跑旱船的打扮，庆祝活动中，像情人节一样还有学驴叫和驴踢球。总之，对驴子的喜爱达到了极致。这个节，时下中国年轻人不大可能像情人节一样引进。但我拉拉杂杂说这些，意在证明驴子不但入诗、入书、入史，且和名人也有千丝万缕的牵扯，对驴且莫轻慢。

马有英风，而驴有媚气，细蹄碎步，款款而行，四足小巧玲珑，且仪态优雅。而驴的脾气是有目共睹的，十分倔强，牵着不走，打着倒退，有着外秀内刚的性情。那些嘲笑驴蠢者，实在是没有待万物众生所应具备之宽厚心肠，或者他们缺少知识，不晓得驴子粗粝其食、任劳任怨、任打任骂，默默地为普通农家效力终生。主人扛不动的它驮，主人拽不动的它拉，主人推不动的磨由它一圈又一圈地拉着转，一天又一天，一年又一年。不心存感念是为无感恩之心。

不爱它可以躲着它，因为不事农桑劳碌之人，并不依赖驴子过活，但不爱它却嫌弃它，是为无知也，是为无情也。因此，有人嘲笑画驴者缺少高雅，已足证持此心态者的无知和典雅情趣的缺失。当然，任人驱使、任人评说，甚而任人“卸磨杀驴”，它都一概不得自主。但它仍在低眉顺目，默默行走操劳；仍牵着不走，打着倒退；仍甘之如饴。这是它的生态状态，它其实是无法选择的。当然，我画驴时，没想那么多，想那么多就不能专心作画了。

吃之何忍

一天，我在车里看到窗外一小饭馆，门上挂有大字木牌，记得是白底红漆两行大字“要长寿吃驴肉，要健康喝驴汤”。这还是我头一回听到这么信誓旦旦的广告语，头一次看到这么出乎意料而又诱人的广告招牌。

驴肉可能好吃，但小店宣传得有点滑稽。过去常听说这样一句话“天上龙肉，地上驴肉”。龙长什么样，谁又吃过龙肉？这就别深究了。如今我们自称是龙的传人，这么说就更不妥当，实为大不敬。但可怜的驴儿却成了目标，意思是驴肉最好吃，也许真的好吃。

不过我没吃过。我看到别人吃过，他劝我尝尝，我没动筷子。驴不是被保护的野生动物，它任人驱使，拉车、驮袋、拉磨、打场、当脚力，一生为人勤勤恳恳干活，末了又被人宰了吃了。虽然物尽其用，但它好命苦呀。我不吃驴肉倒不是全因为这些思考，我吃东西比较保守，从小没吃过的东西不大想尝，尤其是肉制品。鸡、鸭、鱼、肉、蛋足可解馋，也能满足人体对动物蛋白的需求，何必再开几个新的领域，何况没到饥荒年景。

鹅肉我不吃，我喜欢它的洁白高雅，喜欢它曲项向天歌，也喜欢它白毛浮绿水。鹅会和人交流。我在20世纪70年代，在河南一农户家见一只白鹅，我叫一声“鹅”，它就“哦”地回答一声。后来有人请我吃烧鹅，我就下不了筷子了。

有人问我你吃不吃驴肉，我就说：“我画驴却不吃驴肉”，其实不画驴我也不想吃驴肉。

黄胄是画驴高手，他说：“我也不吃驴肉”，我相信他。

说马画马

李商隐的《瑶池》这样写道：“瑶池阿母绮窗开，黄竹歌声动地哀。八骏日行三万里，穆王何事不重来。”西周穆王姬满若果有其人其事的话，距今已三千年了。三千年以降，无论改朝换代的征战杀伐，还是逐鹿中原、夺取天下的战阵，那些斩将擎旗的勇士，无不“骑马挎枪走天下”。

英雄都有烈马，“人中有吕布，马中有赤兔。”吕布虽在白门楼被斩，但说实话他仍是英雄。“虎牢关三英战吕布”，刘关张哥儿仨打人家一个，也没占了便宜。吕布死了，赤兔马归了关羽。关二爷温酒斩华雄，过五关、斩六将，何等威风，但也惨遭暗算走了麦城，而赤兔马也就追随主人而享千世烈马之名。《太平寰宇记》中云“人中有张飞，马中有玉追”，皂袍皂靴，面如润铁，虬髯豹目的黑脸张飞骑一匹毛色如雪的白马，其中的壮美可想而知。

古战场上的英雄是马背上的战神，离开了胯下骏马，就是英雄末路，于是就有了秦琼卖马这出戏。

冷兵器时代的马犹如现代战争中的坦克、装甲车。当时，只有兵强马壮，才能横扫六合，治国安邦。待天下太平，则谓刀兵入库，马放南山。为了增强实力，必须培育、驯练好马。于是就有了九方皋、伯乐这样慧眼识珠的高人。

2006 年秋，我偶到张家口，登上古长城。当地一导游给我讲解长城是为防御北方民族的入侵，主要功能就是挡住他们的马腿，只要骑兵不能一拥而过，马下作战，对方就没了优势。这个解释使我想了很久，如果仅为挡住马腿，那建那么高的墙的必要性在哪里呢？

我生于平原城市，看过马车，却没见过骑兵，更没骑过马。年过 50，因工作需要要我骑马。那是在内蒙古草原拍《正大综艺》外景，节目中需要我和杨澜在马上介绍草原。过了若干年，杨澜回忆那次情景，这样介绍我："我和赵老师各骑一匹马，赵老师叫我过去，低声对我说，'杨澜，我求你一件事儿'，'哟，您别这么说，''你看，我这么重，我那匹马有点不高兴了，我怕它把我掀下来，我摔就摔了，这节目怎么办？这么着，你替我拉着缰绳，我们一块儿走，万一它撒欢儿跑了，你帮我拽着。'"反正那次是我第一次十分成功地骑马，而且拍下了一组成功的镜头。而杨澜所言也非假。

我是先学画马后学画驴。小学三年级，我的同桌一边听课一边画马，用铅笔在一方小白纸上勾出马的轮廓。我觉得他那么画很好玩，也有道理。不论是大师还是小学生，画什么内容总得有章法，要知道从哪儿下笔。当然如果到了出神入化的地步，画一个人，从头上画，从手上画，从脚上开始画都可以。但程序总要解密，像有一把钥匙打开这把锁，总要有个规矩，有个法度。

马是如此重要，也是战争和生产之中的工具，于是马入史、入诗、入书、入画，由来已久。

我画了许多年的驴，但我从没骑过驴，也没让驴给我干过任何活，甚至我觉得我只是喜欢画中的驴。在生活中，我没有接触驴的机会，因此谈不上对驴有什么感情。但我不吃驴肉，不喝驴汤，听到驴汤二字都叫我难受。我看过许多关于马的艺术品，唐三彩、汉砖画像、照片、连环画、油画和国画作品，以及电影、电视剧。我还坐过马车，在维也纳市中心，在马车中听马蹄和车轮在旧城区石子铺的路上发出的声响。因此对国画中的马当然更喜欢。顾恺之、展子虔、曹霸、韩干、李公麟，赵孟頫、郎世宁，都有画马的佳作但我很少有机会看到他们的作品，哪怕只在画册上偶尔见到也只是凤毛麟角，挂一漏万。杜甫《丹青引赠曹将军霸》中"丹青不知老将至，富贵于我如浮云"。曹霸的

马我未曾见过，但杜甫的诗道出了这位丹青妙手的人品气度。从作品引出气节，足见其人当世无匹。徐悲鸿先生画的马，我认为那是承前启后，旷世佳作，笔墨豪放，天马行空，超凡脱俗，世人以之为瑰宝。

谨举一例便可以知道徐悲鸿画马的功力有多么震撼人心了。1934年4月，徐悲鸿在莫斯科国立博物馆举行画展，应苏联对外文化局局长阿罗塞夫之请，为观众作一次画马的现场表演。当一匹势不可当、天马行空的奔马跃然纸上时，掌声轰然雷动，响彻整个大厅。在场的苏联骑兵元帅布琼尼，快步走到徐悲鸿面前恳请道："徐先生，就将这匹马送给我吧，否则，我会发疯的！"面对率直的骑兵元帅，徐悲鸿应允了。布琼尼捧着"奔马"如获至宝，像打了大胜仗似的大声称赞："徐先生，你不仅是东方的一支神笔，也是世界的一支神笔。你笔下的奔马，比我所骑的那些战马更奔放，更健美！"

按辈分，黄胄是徐悲鸿的弟子辈，又蒙徐先生激赏。黄胄虽以画驴著称，但他画的马也是出类拔萃的。《打马球》就是他获过大奖的成名之作。他画的马不比驴少，而黄胄画的马更是将其置于现实生活的环境之中，是劳作、节庆中的马，更有草根意识，不是天马神骏，而是充满人间百味的英姿勃勃的马。因而更让我觉得亲切，仿佛其中的一匹就是我在内蒙古草原上牵过、骑过，并一同入镜的马。至于范曾，他以线勾马，马的肌肉、关节、霜蹄仿佛一气呵成，而且那墨线如丝如铁，一挥而就，一匹骏马出现在眼前，这是他几十年的白描功力。

我画马多是出于喜爱。对于画马，我更喜欢水墨写意。每每看到大师们所画之马，都会产生强烈的冲动。所以情不自禁，缘物寄性而涂鸦于宣纸。皴染结合，知白守黑，造型删繁就简，取形写神，涂至兴处便不觉有了笔墨酣畅、元气淋漓之感。尤喜画马尾及鬃毛时侧锋用笔，那时节信手而落。在力度与节奏感中，自然地产生出一种飞的动感。通过线条的变化，通过中锋、侧锋、逆锋的相间组合来达到劲挺、流利、纤细的抒情韵味。这就是“说的比唱的还好听”，我这儿说的比画的好多了。

曹操有一句名诗“老骥伏枥，志在千里”，我也用一首诗来表达自己的画马、爱马之心：

泼洒勾描难画魂，
追风逐日踏烟痕。
神驰自向诗中问，
目遇还由绢上存。
一世清淳无媚骨，
半池跌宕有灵根。
戛然落墨边关远，
天外三星酒半樽。

我的画作——《牧归图》

有女持竿岭外还，
长风秋草日阑珊。
细蹄碎踏归程路，
闻到明朝去北山。

——自画自题

这是近期的学画作品，我的挚友黄胄老师离去近十年了，惜哉，天妒能人。他如果活到今日才不过享年八十岁，而作为中国书画人，长寿者如白石老人近百岁，朱屺瞻享年逾百岁，孙墨佛一百零五岁，刘海粟也寿近百岁，而董寿平、周怀民等先生，也均九十之后仙去，健在者年逾八九十岁者众多。当然也有英年早逝者，如书法家刘炳森、油画大家陈逸飞等，但若天假黄胄以高寿，世间将存留更多瑰宝。以私而论，我与他交往之时，台内工作繁多，终日公务缠身，能面聆謦欬，已实属不易，故所能学者问者，比之应能学者问者少而又少。可惜，眼下余暇渐宽，而伊人已杳。“人有悲欢离合，月有阴晴圆缺”古今中外，有生灵以降无不如是。但能从黄胄那里学个三拳两脚，能令我领悟何谓画品，如何用墨，如何布局设色，以及体察世情、造型传神，已稍觉有得，乃至从黄胄艺术品中顿悟到美感四溢、光华四射、震人心魄之情，实属缘分匪浅而福分不薄。

如观者赏玉，如女为悦己者容。画之本体依赖于最根本的源头生境，环境对于创作者固然重要，而对欣赏者同样重要。但是关键还要看识者在否。不具慧目无以察毫末、辨干色（苏绣高手可将丝线掰、劈、拈、捻成千种以上色），更不要说心领神会。所以梵高生前只售出一幅作品，还是其胞弟出于至爱之情以慰其兄而作局。而如今，梵高作品已成天价，是观赏者慧心顿开吗？非也。这一话题不言自明。

我喜欢黄胄的作品是在他画作身价尚未攀高之际，当年演艺明星应邀外出，一场酬劳大抵可值黄胄书画时价每平尺的10倍，而今明星出台的价位，每场演出所得可能一平尺也难购得。我从不以市价来评画之优劣，而以我的喜爱和向往追求，以及作品给予我的美感来评价高低。当然，市场所体现的，大多还是公平的。

自从二十多年前，黄胄以《四驴图》对我产生了启蒙之后，我反而不再画人物画，认为学他的人物比攀越蜀道还难。

其实画何者为易，画何者为难，多是性情使然。我曾看范曾作人物画无数次，有时范兄知我将造访，特意等我到后再开笔。他这样做反而把我吓住了。我见他胸有成竹，挥洒自如，只能更加望而却步。近年来，老夫聊发少年狂，管他东南西北风，照着黄胄画集何止画过千百个人物造型，学着动手，于是也更加深了对黄胄人物画的喜爱和

我和濮存昕、倪萍以及我儿子大方等观看范曾作画

赞叹。“学然后知不足”，不仅读书这样，做任何事情开头、中间也都是如此，而最后则必然产生“活到老学到老”“朝闻道，夕死可矣”之想。不学当然无术，无求者何忧，无忧者何惧，人过一生草过一秋，“吾谁与归？”当然，我经过大半辈子的学习、追求、向往、再学习的过程，颇有体验。因此，我对大把荒废时间梦游人生的人，怀着哀怜之情，也怀着体谅之心，毕竟学习与探索都很苦、很累。

把这些当成玩儿就有意思、有兴趣多了，也就不觉得累了，还乐在其中，乐此不疲。

想到此，此画成。

美人背倚玉栏杆，
惆怅花容一见难。

几度呼侬侬不转，

痴心欲翻画图看。

1958 年，我考入北京二十二中高中部。入校伊始，校长训话，通篇穿插诗词名句，如“春风又绿江南岸”等。而此诗是校长引用的古人题画诗，时值年少，听时会心，过耳不忘，记忆至今。

20 世纪 80 年代末得黄胄先生画册时，距校长训话已过 30 年，见此图，忆那时，遂涌起似曾相识之感，于是提笔临摹。虽力犹不逮，但私心窃喜。惜此画未能讨教于黄胄先生。斯人已远，观画浮想，思绪若鸿。

我的画作——《牵牛花图》

我记得儿时，牵牛花到处烂漫盛开，开在夏秋两季，开在胡同、平房、屋前墙后。那是极寻常的草花，因为比比皆是。可以说，牵牛花是住在平房的平民的标志。

住在胡同平房的日子里，做梦也没想过，有一天叔叔大爷、婶子大妈，连同小伙伴二丫、铁球等姑娘小子，逐渐会离开胡同院子，搬进小区楼房。

大多数人留恋的是平房大杂院的感情，那温馨和谐、亲如一家的街坊来往，舍不得那几世修来的缘分。但那逐渐破旧的住所，实在也不能长此以往地住下去了。大杂院的人谁不想住上那独门独户，上下水及两气俱全的明亮楼房。如今住得舒服了，但那份热热乎乎的亲情却变成了门庭冷落的寂寞，而见证那大杂院往昔热闹的牵牛花，也失去了熟悉的芳容。

我们当初没在意过它，因为它无处不在，也不可能不在。如今在意它的是那平民符号的情结，但却已无处再疼它，也无法再爱它了。俗话说："有得就有失"，失去的总会觉得更宝贵，于是成了一缕隐隐的伤感，不想也罢，而一旦想起就会久久难以释怀。

触景生情，眼前的这幅《牵牛花图》使我想起当年。作者王天一，西北著名画家，我通过黄胄认识了他。他绘画中的代表作正是牵牛花。1984 年以来，他先后送过我三幅作品，一次是在北京当面赠予，还有两幅是他寄给我的，一张红喇叭花和一张荷花图。

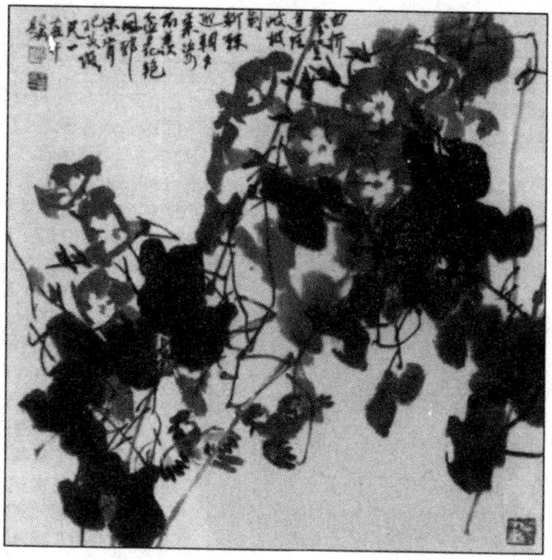
《牵牛花图》

每当展卷观赏，自会涌起思念故交之情，一种怀旧的犹如乡愁的情愫也会油然而生。我仍生活在北京，如今北京多么繁华，多么漂亮，绝大多数人过得很舒适。但这还是我孩童时代的老北京吗？回味儿时的甜蜜，就觉得眼前反而陌生，其实陌生的该是从前，离我越来越远的从前，那时爬着牵牛花的虽然破旧，但笑语充盈的狭小院落，还有那过于拥挤的空间。思前想后，凑韵一首：

谁开百姓家，灿烂如云霞。
满墙风情画，一帘月光华。
哺露升星宿，垂冠落日斜。
成排簇拥站，喜称喇叭花。

今宵是 2007 年 5 月 29 日。昨日和友人论及格律诗，不免技痒，又加之文章写到牵牛花，柔肠百结，涂涂改改，赋诗七律，以寄情怀。

细芽相唤串篱笆，
几度纠缠进我家。
联袂合欢无赧色，
乱针错落有娇娃。
窗前莺啭绕红幔，
帘后草滋袭绿纱。

与尔移香房后院，
遂成牵手迎宾花。

注：乱针，苏绣有一种手法叫乱针绣。

56个字，我写了十多回，改了无数遍，当然仍会贻笑方家。我爱旧体诗，从小就爱，但于平仄音韵，我仍在门外。

以门外汉的功夫，寄托我欲抒发的诗情本不可能，而明知不可为而为之，既是一番折磨，也有几分乐趣。

中国格律诗的奥妙就在于无论谁，也无论多么诗情满怀、柔肠百结、奇思妙想，但一遇到平仄声韵，加之犯孤平，步险韵，一三五不论，二四六分明，粘连、用典、对仗等“清规戒律”，便使才情难以施展，诗意难以发散，前后受阻，左右为难。偶有一个绝妙佳句，但一处平仄不对，断难称为诗句。不试着作一两首，则无法明白古人的伟大和诗人的才情。我写格律诗无异于捆住手脚跳舞，纵有千种风情，也难以成句。

诗、书、画一体，这是中国传统文化的需求，也是继承和发扬中国传统艺术的门径，否则你技如达·芬奇，画过毕加索，但离中国画和中国传统文化也还有一大段距离。

我写过不少诗，也曾拿来发表，深感愧疚的是至今未入门中，但又不忍从此罢手。因此，写成一首诗的时间要比做成几千字的文章还难，还要费功夫。

但我仍要这么做下去。这是乐趣，也是让我奋进不息的途径。

我的画作——《葡萄秋声图》

在秋天的水果中，我最喜欢葡萄，喜欢它的种种滋味，喜欢它的晶莹之状，喜欢它玛瑙般的色彩，喜欢它一串串、一簇簇一拥而上地紧紧拥抱的形态。如果要我选秋天的形象大使，我会首选葡萄。诚然“霜叶红于二月花”，如诗的红叶是秋之特点。但那需远望，看层林尽染，那如火如荼的枫叶在太阳的光影下，摇曳生姿且很豪迈。而葡萄不仅可远观，也可近看，还可入口供人品尝。这甜酸参半的如珠之果，才名副其实占了水果这个“水”字。贾宝玉说：“女儿是水做的”，而葡萄正是甜甜的有点酸溜溜的水做的，它是倾城倾国的美女。美人还需搭配英雄，你看“葡萄美酒夜光杯，欲饮琵琶马上催。醉卧沙场君莫笑，古来征战几人回”。将士出征之际，拥杯醉于葡萄美酒，更觉壮怀激烈，顿生豪迈之气。

酿成美酒把葡萄的魂儿留住，从古至今，美酒离不开葡萄。茅台是好酒，但葡萄酒却是美酒。古代用夜光杯，现代用水晶般的玻璃杯盛酒，为的是看它的美色，可闻、可观、可品。这其实是纯正的秋色秋香，而秋天的枫叶绝无这般红艳可人的汁液。

秋天是收获的时令，同时也是万物从盛至衰的季节，于是北宋文人欧阳修在《秋声赋》中，略有悲怆地写道：“其色惨淡，烟霏云敛；其容清明，天高

《葡萄秋声图》

日晶；其气栗冽，砭人肌骨；其意萧条，山川寂寥。故其为声也，凄凄切切……”

人都喜聚怕散，想永葆青春而厌惧衰老，此种心情，即使壮年盛名之士亦不可免。

我在这幅作品之中，补两只雏鸡，用清悦之稚音划破“草拂之变色，木遭之叶脱”的肃杀之气。画本无声，但颗颗硕果似欢颜笑语，反古人之悲凉，永驻缤纷之欢畅，故题“秋声”。

咀嚼着古人名句，在秋实中真切地感受生活的变化，是人生一大享受，既有酸甜的，又有苦涩的。葡萄的美不全因为它珠玉般的外形，还在于它淳真的甘洌之味绵远悠长。虽然有几分酸涩，但却让人感觉到亲切。就如同人生，总免不了有艰辛，有坎坷，幸福的“甜”与失落的“酸”总是交织在一起，让人留恋，让人忧愁。只有这样，人生才会冲击平淡而增加几许快乐，才会有累累果实的收获。可以这样说“葡萄本身就是人生的一段再现”。

喜爱秋色，也就更加喜欢葡萄，着墨于那累累果实，一笔一画经心，在重墨里皴笔，在轻点中赋情，一叶一果，都是秋天的收获。在墨色中，也隐藏了我的心思，那一粒粒果实正是对生活的寄托。再画上两只雏鸡去划破那无言的秋色，也增添几许闲情逸致。

常常想躲开闹市，于武陵仙境中去寻找一片桃花源。但我不想与桃花为伴，因为它虽有些许风流、些许妖冶，但风情极短。我只想寻到一架葡萄，支上一张竹椅，惬意地沉醉，沐浴着轻轻的鸟语花香与月光秋露，看着那一串串果实珠圆玉润，会是多么幸福啊。在七夕的夜晚，去倾听牛郎织女的表白，那细细的丝藤绊住我的尘心，从这里一直攀到银河。

记得徐渭在寂寞之余曾写过一首《题墨葡萄》诗，来表达自己的思想“半生落魄已成翁，独立书斋啸晚风。笔底明珠无处卖，闲抛闲掷野藤中”。他把人生的追求当作了遗恨，把自己笔下的葡萄当成了发泄的弃品，他对于秋的领悟显然不够深刻。人要修得一种境界，就是享受大自然并沉醉于天籁之中。我于此处也和一首来步文长原韵：“秋声欲问喜盈盈，挥墨淋漓笑晚风。心底明珠焉肯卖，闲情仍在野藤中。”

秋声葡萄，赠给每一位我爱的人。人在春华秋实中感受无尽轮回，我想用画的每一颗果实，每一粒心中的葡萄，在收获的秋天去奉献。当然，可能也会有少许的酸涩……

画卷能记几度秋

水　仙

水是生命的源泉，仙是至美的精灵。何地何时，是谁把有情有形的花冠以飘逸神奇的名字?“水仙”，仅这花名就能引起人无尽的回味和绵绵的思绪。

无论高堂华厦抑或陋室茅屋，只要你爱它，水仙翠生生的叶片、如玉般的花穗，都一视同仁地绽放并散发出缕缕幽香。尤其当北国户外寒风凛冽、冰天雪地之际，在室内却会看到淡雅的水仙，温暖着人们的心。

“情切切良宵花解语，意绵绵静日玉生香。”这是《红楼梦》的一个回目，但用来形容水仙花开仿佛量身定做一般。在晨昏静日，水仙花儿们似在窃窃私语，如泣如诉，如怨如慕。于是想起我早年写的一首旧诗：

淡妆何需碧玉盆，
静日暗香笑无痕。
凌波倩影仙子去，
暮雨巫山寄诗魂。

这是20世纪70年代末，我乘船溯长江经三峡于途中所写，那时的水仙在北方还很稀罕。

得自1983年的水仙画卷上记下了这样的往事：那天，我骑着自行车，从央视原址所在地复兴门，一直骑到北京农展馆，做完采访后，又骑车回台，路程往返约十公里，虽天寒地冻，仍热汗淋漓。有些累了，就打个尖，取道日坛公园，进了俱服殿。那时中国艺苑就设在这里面，我到这里歇一下，喝杯茶。因为这儿的经理于大姐是我的熟人，而黄胄、范曾、启功、董寿平等画家也都是这儿的常客。

一进门，哟，好热闹，一屋子人正围观董寿平先生作画。我忙向大伙儿问好。董老见我来了，也搁下笔，正好歇一会儿，聊聊天。

董寿平指导我作画

一来人家正忙，二来我也要赶回台里，不便久留，告辞欲走。临出门时想起一件事，我刚才在农展馆买了几头漳州水仙，拎在手中，觉得董老是文人，水仙该开在他家，于是就把这些水仙送给了董老。董老十分欢喜，连说："忠祥你先别忙着走，留步，留步。"我说："您有什么吩咐？"董老说："来而不往非礼也，你送我水仙，我也送你水仙。我多年没画水仙了，今天我给你画一幅。”

就是这一幅，我珍藏至今，而它永远不败，永远留住了那一年、那一月、那一天的美好时光。往事仍鲜活地浮现在眼前，如今董老已仙去，每当我展卷观看，都会有更多的回想。

芳姿一现每逢春，
睹物不由思故人。
年华如水花依旧，
眼底墨痕赋洛神。

竹　韵

中国传统绘画的载体就是笔墨。这是硬件，没有中国笔墨就很难说是中国画。而如何运用笔墨，我认为可称为软件，这更能体味出个中高低、美丑。凡画史留名的中国画大师都有超人一等的笔墨功力。书法与绘画在中国画中源于一体，也相携相依。如果书法很糟糕，那就无法期待他的画作会及格。虽审美见仁见智，但对中国画的艺术水平的判定，还是会有一个趋同的认识，因为人们承传的是同样的中国文化。

中国水墨画中的竹子，一般都称为写竹，因为那更能体现中国笔墨之承传。画竹可以说是一代又一代文人墨客的最爱。因为竹子在文化观念上代表气节、高雅、脱俗，也会令人想起“一枝一叶总关情”的人文情怀。

“宁可食无肉，不可居无竹”，使我想到竹林七贤。

画竹是文人的最爱。我总在想，某位江南才子，孤室夜读，常会见到天上的明月把房前碧竹映到窗上，那就是一幅墨竹图。墨竹的间架结构、竹节的顿挫、叶片的中锋、侧锋无不与中国书法相契合。于是写竹就是再自然不过的一种创作冲动，一种心理诉求了。胸有成竹，立竿见影。

董寿平先生的墨竹已成自家风格，从布局到墨色运笔都精纯而典雅，画

如其人。画竹叶一般是笔锋如锥，而董老临到锋尖却顿挫而止，使竹叶基本没有锐利的锋尖。这恐怕也正体现出他崇尚敦厚的待人之道。可惜，我与他多次往来，话到嘴边竟未能直接请教。

自从前次董老赠我水仙图后，可能因为我送老人的水仙在他家花开数茎吧，老人觉得还要再送我点什么才好。一天，他老人家的外孙徐斗来我家，送给我董老的一幅墨竹和一幅左手书法。我真不知该如何表达谢意，很是感动。

前不久在灯下观看墨竹，觉得对这幅画和它所承载的深情厚谊，只有用高古清绝来形容，来应和，于是吟诗两首：

古　绝

经年未画竹，
得图如得玉。
常觉新叶香，
墨旧枝更绿。

七　绝

纸上挥成竹几竿，
疾舒墨影起毫端。
枝梢顿挫神收敛，
傲骨根根岂可攀。

观《饲鸡图》有感

这是饮兰山房经理徐斗让给我的黄胄的《饲鸡图》。徐斗早在20世纪80年代初就在位于日坛公园内的中国艺苑做事了。当时我与黄胄在中国艺苑交往，他有时也在场，当年还是个默默无闻的小伙计，凭着在画店经营过程中的灵性，如今已是京城著名的画商了。

说起来我与徐斗相识也有二十多年了。我从他那儿按进价买了几幅黄胄的画，算是他让给我的。

这幅《饲鸡图》，依我看算是黄胄的上乘之作，是一幅南国风情图。画中一位健美的黎族女子，面带笑容，在椰树下喂鸡。人物构图线条准确，比例均匀，色彩明朗，显得这位女子满心欢喜，使得画面主体生机勃勃。正在啄食的一群鸡本是配景，但十分难得的是，这几只鸡无论结构、墨气都处理得极为细腻，很显灵性。在绝大多数的中外绘画作品中，围绕人物的配景、配物，即使是主体之外的人物，都会明显地看出作者的安排是轻重有别的，但在这幅《饲鸡图》中，画中的几只鸡也都是精心创作的。把前景的公鸡放大来看都可独当一面，成为一幅雄鸡图的主角。“麻雀虽小，五脏俱全”，此处非画的主体，但却按重点构成要素着力表现。这就是精品意识，这就叫一丝不苟。作此画时也应该是黄胄身体较为健康、精力也很旺盛的阶段。

饲鸡图

车尔尼雪夫斯基在他的名著《生活与美学》中所提出的一个主旨理念，就是“美即是生活”，凡是体现勃勃生机、生机盎然、生命力旺盛的事物都是美好的、美妙的，因而是可以给人以美感的。

而世界上的一切创作，当创作者是处于健康向上、身心都十分舒畅的状态中时，创作出的无论是歌、是舞、是乐、是雕塑，还是绘画，创作者都会发挥最完美的想象，达到最完美的表现，得到最完美的效果。黄胄一生中有很多时间处于亚健康和生病的状态中，尽管他以极大的意志力为他所处的时代献出了最美好和极为乐观的创作成果，但我们不是唯意志论者，在身心病痛的阶段和身心康泰的时候，同一题材和同一形式的作品当然会有些细微的差异。因而我认为我现在收藏的这幅作品是一幅难得的黄胄的精品力作。

在画家的笔下，经典代表作都不可能很多。达·芬奇以画家身份创作的作品屈指可数，而闻名遐迩的不过是《蒙娜丽莎》和《最后的晚餐》几幅而已。黄胄是创作力十分旺盛的既热情又勤奋的画家，他的代表作很多，题材广泛，他也有一个习惯，那就是他一个时期会围绕一个题材不断地集中创作。

他一生的代表作品是《赶驴图》，他也画牛，画马，画羊，画狗，画鸡、鸭、鹅、雀、鱼，其中《饲鸡图》是他仅次于《赶驴图》的另一个钟爱的作品，仅我看过的就不下百幅。但黄胄与许多画家不同的是，他不重复、不克隆自己的作品。同是《饲鸡图》，人物却可以是不同民族、不同装束、不同侧面，鸡也是五色杂陈，景也是天南地北，因此没有两张同样的画卷。当然为了出一幅精品，他也会多次尝试，如当年送前南斯拉夫领导人铁托的国礼《雄鹰图》，他画了百幅，才选出一张，可见大师虽有天赋，但也要有工匠般吃苦耐劳的精神。

中篇
友情追忆

ZHONGPIAN

半师半友书画缘——我和黄胄、范曾等画家的深情厚谊
芦荡葡萄享盛名——追忆周怀民先生
值得长记的匆匆往事——和潘絜兹先生的交往
“师牛堂”遐想——和李可染先生的交往
宽怀乐寿——忘年之交许麟庐先生
画坛寿者——和刘海粟先生的交往
书坛寿者——和孙墨佛先生的交往
同门交往——和史国良、石齐、李延声的同门之谊
睹字思人——追忆故友刘炳森
妙笔续悲鸿——在范曾家拜访徐悲鸿夫人廖静文
碧落春深锁忧伤——听张国立讲普洱茶道

半师半友书画缘——我和黄胄、范曾等画家的深情厚谊

良师益友书画缘

一

我早就仰慕黄胄的画风，他用墨的神韵，依我之见，当代没有几人能与他相比。

我第一次与黄胄相识，是在“邓拓藏画展”上。邓拓的夫人丁一岚女士，按照邓拓生前遗愿，把家中藏画悉数捐赠给国家。丁一岚是播音界前辈，她在延安播音时，我年纪尚小。丁大姐邀我，我当然要去参加。那天，黄胄、周怀民等著名画家也都出席了藏画展开幕式。记得黄胄手持一根藤杖，头戴一顶墨色羔皮帽，与两道浓眉配得极有派头。他进入大厅，饱蘸浓墨，在签到簿上潇洒遒劲地签了名。我于是不好意思再签名了，因为跟他比，我的字太寒碜了。

展览后，丁大姐便设宴答谢几位邓拓生前的画界朋友，黄胄、周怀民都出席了，我作为晚辈也在其中。席间，黄胄谈兴颇浓，高度评价丁一岚捐画义举。我当时真的并不能理解邓拓这一批藏画的价值。几位大家谈笑风生，我敬陪末座，洗耳恭听。

在席间黄胄讲了这么一段往事。他当年去了干校，那时的人叫他“驴贩子”“你不是画驴吗？就叫你喂驴”。整人的人太傻了。这在他们心目中带侮辱性的惩处，变着法儿践踏知识分子尊严的招数，哪知道对画家来说，适得其反。这是天赐的一批“模特儿”，给了黄胄一个绝妙机会，朝夕观察毛驴的千姿百态，摸透了驴的犟脾气与吃苦耐劳时低眉顺目的外形。驴的眼睛其实漂亮极了，食草动物大都有一种柔顺的目光。

一天，黄胄赶着驴车进了前门大街，记得他自己说是路过全聚德。他把驴车一拴，进了饭店，饭店的领班一见他：“哟，怎么着，出来啦！”黄胄告诉他只是进城办事，马上还得回农场。服务员给他找了一个单间，黄胄掏出钱来：“就这些，你看着安排。”不一会儿，服务员端上一只烤鸭，半斤饼，外带一瓶老白干。在农场受累的身子，受苦的肚子，难得改善，来了个风卷残云。酒足饭饱，告别朋友们，出了门，一抬头，糟了，驴车不见了，准是没拴牢。

黄胄一想，坏了，驴车要是出了事或撞了人，这罪过就大了。他赶紧一路小跑。这跑是有学问的，马路通南北，倒是往哪儿追呢？黄胄心想肯定往出城方向走了，老马识途，驴是马的亲戚，估计没错。跑了一段路，哎呀，谢天谢地，在一个警察岗亭外拴着呢。黄胄赶忙向警察道谢，又解释，又承认错误：“我是一名犯错误的干部（咳！跟不认识你的人说这个干吗），刚才肚子饿吃了点儿东西，不小心驴跑了，太谢谢您了！”警察把驴车还给了他。他赶上驴车，一路轻轻松松地回了农场。

说起当年黄胄被“解放”，多亏了周总理。当黄胄被关在农场改造时，几经折磨，已看不到今后还有什么前途。这时，周恩来总理提起了他，问：“黄胄在什么地方？”当听说黄胄在农场劳动时，周总理说：“让他画画儿，在农场干什么？画画儿还可以为国家创汇嘛！”有人把这如春风送暖的喜讯捎给黄胄，他兴高采烈，长出了一口气。这时，管他的人也握着他的手说：“其实，你早就没事儿了。”当初，黄胄写多少份“交代”材料，也过不了关。这时，他不用写了。可是总要有个形式，大家好下台呀。干脆，由管他的人起草，黄胄签个名，就算噩梦已醒。提起曾挨过整的这段事，黄胄只不过一笑了之。

我非常佩服黄胄的刻苦，他笔下的人物、动物，千姿百态，而且无论什么主题，那画面上首先扑出来的是火热的激情，是对生活的向往。尽管黄胄由于当年挨批斗脊柱受伤，后来不得不拄拐杖，但他仍对生活充满热情。疾病不断地折磨着他，他以病痛之躯挥毫讴歌生之快乐，这是艺术家崇高的人格。他的身体虽日益衰弱，但他的内心却充满了一个强者的朝气，昂扬、不屈与奋发。唯其如此，他的画卷给人的不是梵高的生与死交织的激奋，也不是石鲁晚年的狂放，更不是朱耷的孤傲与无奈，总感觉黄胄的人物画图，大气回荡。画面的墨色是那样奔放多变，色彩是那般浓淡相宜，仿佛闭着眼都会感到画面上生命力的冲击。“生活即美”，车尔尼雪夫斯基要是有黄胄的作品，当更能丰富他的美学理论。

黄胄姓梁，《红旗谱》的作者梁斌是他堂兄。梁斌也画画，并于 1990 年与黄胄在民族宫举行了兄弟联展。可见黄胄绘画还具有感染效果，凡经常观其作画者，必有所动。记得当时他对我说：“咱们来一场师徒展好吗？”可惜，是我努力不够，未敢尝试，遂留下了永久的遗憾。

看黄胄作画是一种享受，他落笔犹如叱咤风云的将军，挥毫那力挟千钧的气势，勾线出那稳如泰山的感觉，使我悟得了一个主持人在台上应有的气度。他的画儿漂亮，画画儿的神态、动作也漂亮，帅。

我就是在看他作画以后，才又萌起画中国画的强烈冲动的。

“师父领进门，修行在个人。”我并没有拜师学艺，当然我一直十分敬重他，耳濡目染，自己操练起来。我绘画没有基础，像我这样半路出家，再从 ABC 学起，从素描开始，既来不及也没必要。我只算个票友，从不想当专业画家。一个人一生不可能样样都能学好，我的主要精力已献给了主持人工作，其他的也就算是修养吧。我画得不行，可看的不少，听的不少，懂的也不少。经画家们一点一滴给我指点与讲解的要比一般人所能听到的多多了。因此，我有机会就可以很投入、很内行地主持中国绘画节目。

黄胄与我有亦师亦友的交情，我也经常为他的事业尽点心力，需我出力之时绝不推诿，义不容辞。他晚年尽其心力，扑在炎黄艺术馆的建设和营运

向黄胄请教用墨

上。我和倪萍曾是炎黄艺术馆的公关代表。

1995 年 2 月的一天，电话铃响，拿起话筒传来倪萍的话声：“我们明天到炎黄艺术馆拍节目，黄胄老师邀您也过来。”次日上午 10 时许，我到达时，“综艺大观”剧组已拍摄一会儿了，那时倪萍在主持这档节目。至于他们拍摄了什么画面，将做什么节目，直到今天我也没问。

在炎黄艺术馆的一层多功能厅，一张大画案前，黄胄先生偕夫人郑闻慧面向镜头，这时倪萍让我也凑上去，倪萍站在另一边。大家随意说笑。我对倪萍说：“黄胄先生是我老师，你叫我老师，那该怎么称呼先生？”她可能正在盘算，我说别算了，你叫黄胄先生师爷吧，叫郑老师师奶奶。说完大家一笑。黄胄那天十分高兴，也说了几句，其中有这么一句已在电视上播出：“忠祥喜欢画画儿，我们都高兴。”光说不练还成吗，于是我铺上一张四尺整纸（约合 8 平尺），也没见外，一口气画了八头驴。我请黄胄润色修补，他提笔帮我添墨，并在我运笔的过程中不断嘱咐我：“迎面驴的耳朵角度要有变化，有直竖的、侧分的，也可以有的竖，有的斜，有的横，千万别一溜一个样。”然后先生看完画作，大笔一挥添上两头驴，又换笔添墨，题了款，大意是上元佳节，喜气洋洋，忠祥画驴，黄胄补墨。最后先生也没问我怎么处理，就写上了“送倪萍留念”。我说：“我白忙了，我的呢？您再费神补一张吧。”我刚拿一张四尺整纸，黄胄说：“别弄那么大，换张小的。”于是我把四尺整纸按规矩裁成三份，拿起一张铺在画案上，这就是标准的四尺三裁。我画了前面这头驴，把头天晚上在电视节目中看到的驴的瞬间姿态搬到了纸上。黄胄在一旁说：“好，好，不错，不错。”待我搁笔，他拿起笔来添了右边这头驴，并题款：“忠祥画驴，黄胄补之。”这一年，这一天，这喜兴、欢乐的瞬间永远随着这幅画凝固的墨色，停在我眼前，留在我心中。

黄胄、倪萍、我在炎黄艺术馆

当年情景，挥之不去，赋诗两首，以慰怀想：

上元佳节

一

正月灯节九年前，
炎黄馆内笑声喧。
先生指点又添墨，

展卷犹生紫云烟。

二

双驴活脱上画端，

谁在回首谁在前。

同纸同墨同支笔，

那年那月那一天。

二

黄胄是开创中国新人物画的一代宗师，他笔下的人物真是形形色色，地不分南北，人不分老幼，且包含各民族兄弟姐妹、父老乡亲。黄胄笔下人物众多，而且绝大多数人物的出现都是在劳作奔忙的欢快之中。画作中的人物和劳动场景生机勃勃，充满喜悦，从而给欣赏者以乐趣和欢快。我想黄胄自早年到黄泛区写生以后，随着时代的变迁，他的画作一扫愁云惨雾，荡尽悲伤愁苦，充盈着歌舞升平之气象，这是他人生的乐观取向。我曾拥有一幅他完成于1973年的海南风情画，五位健硕的黎家女子肩挑香蕉，满面欢笑，疾步生风，画的题名是“唱支山歌给党听”。那是在“文革”时，黄胄刚获“解放”，他一无抱怨，二无愁苦，以十分开朗和轻松的心境深入海岛，创作出生动的画图。我想这可能也算是燕赵儿女豪侠之风的体现，“要愁那得工夫”，这既是风骨，也是人生态度。个人是无法改变任何外部的不公不平，个人也断难力克丑类和魑魅魍魉，但“唯大英雄能本色”，能笑面人生，笑傲江湖和笑对丑类。那是“你气我，我不气。我生气，中你的计。”黄胄绝不会面带愁苦，这从他的画中就能深刻领会到。

京剧大师张君秋先生有一次对我讲：“忠祥，我觉得咱俩有点儿像，宁有苦命，不能苦相。”是呀，黄胄没有苦相，他的画中更没有穷困潦倒的苦相。生活中，现实中，虽然至今还有愁苦，也有不公与不平，但黄胄期望唤起的心气儿是乐观，是向上，是朝气，是奋进，是欢声，是笑语，是希望，是向往，是光明，是灿烂的。

友人送我的黄胄作品

人是万物之灵，有了人物的出现，画面就有了灵性和生命。当然，一盆花、几株兰草的画卷，人物无法存身。所以人物画永远需要活生生的大场景。

可惜，我学习人物画没有坚持到底，或叫临摹人物画。至今还是以黄胄的画为范本进行多种临摹。黄胄在临摹前人画稿上常题：抄自 ××。我想今后我画人物的唯一办法也是抄自黄胄。我有信心做好主持、解说，却不可能画出有个人风格的画作。这不是自卑，而是自知。

三

画舞蹈人物的著名水墨画画家有多位，我接触过的有叶浅予、阿老两位。黄胄也画舞蹈人物，当然也画得十分精彩。

我存有几幅黄胄的舞蹈人物图。其中《朝鲜族扇舞图》给我留下的是一段难忘的故事，因而，每当我看着这幅画时，往事便涌上心头。

那是1996年的事情。我和一位朋友去友谊医院探视卧病在床的黄胄，出发早了点儿，没到探视时间，路过和平门，先去了琉璃厂，为的是消磨时间。随意走进几家店，看看东西，没打算买什么。走进最后一家店，不是路程上的最后一个门牌店面，而是那天走进的最后一家店，要不是发生了故事，很可能也不会是最后进去的一家店。

这家画店不大，一楼挂了一些行活，没什么意思，于是就上了二楼。二楼更显狭窄，灯光也不明亮。我一抬头，眼前一亮，发现了这幅画，于是走近观看。画中人仿佛在寂静中，期待我的来访。她笑着，一直在那狭小拥挤的空间微笑。没错，是黄胄让她这样愉悦地笑着。这是黄胄亲笔，我不会看走眼。这之前，我问了多少家店主，都说没有黄胄的作品，连看看的机会都没有。而在这以前若干年，很多店里都有不止一幅黄胄的作品。当我走进这家画店时，索性不再问了，可是偏偏在这儿看到了这幅画。“众里寻他千百度，蓦然回首，那人却在灯火阑珊处。”我于是问了价钱，我想千万不要错过这次机会。店主说：“赵先生，我不赚您的钱，我看看底账，按进价给您。”“那太谢谢您了。”价钱不贵，用今天黄胄作品的市价来衡量，1996年我买的那幅画，几乎跟白拿一样。

我曾为黄胄朗读过拙作《岁月随想》中的“半师半友书画缘”。其中提到梵高，我为梵高不平，因为这位天才的大师生前怀奇才而不遇，一生穷困潦倒，守着他创作的画作，交不起陋室房租，还挨过饿。他死得悲惨，死得让我们感到悲凉，甚至让我感到愤懑。岁月没有永久埋没他，后人发现了这位盖世奇人。如今，梵高饥寒中守着的任何一幅作品都是稀世珍宝，每一幅作品都可谓价值连城。所谓的上天对他不公，命运捉弄他，穷苦羞辱他，其实就是那个时代的世人对他的冷落。梵高啊，我在欧洲看过你的遗作展览，你没有在终结自己的生命时，把你在痛苦的境遇中所创作的作品一炬成灰，终于在你身后，让很多人心怀歉意。柳永说：“忍把浮名，换了浅斟低唱。”梵高过的是什么日子，如今占有你画的人赚了那么多钱，这公平吗？不公平。

还说1996年年底买回的那幅画吧：店主虽然平价卖给我，但我去看病人，身边并没带多少钱。店主人继承了琉璃厂的传统，对熟客会十分信任地以诚相待，他说："您先拿走，如果满意就留下，不满意就拿回来。"于是我没交钱就先把画带走了。

进了黄胄的病房，他看见我拿着一轴画，就说："打开，我看看。"我本不想让他在病床上帮我把眼。然他让我打开，却之不恭，于是便顺水推舟请他过目。我注意到他的表情，黄胄沉默着，沉默了半晌，他百感交集。这是他多年前的创作，那时他的精力一定是旺盛的，画面洋溢着青春似火的情绪。明眸、朱唇、皓齿，一袭粉红长裙，两把同样粉红的纸扇，长裙与纸扇相映生辉。少女舞步轻移，庄重而秀美。画中人永葆青春，而此时画家却卧病在床。昔日的时空转换成此刻的白发红颜相对，消沉者会感叹人生苦短，犹如一梦，而豁达者看到自己当年的作品，被人珍重且又重现眼前，心中一定会感到安慰、欣喜。

我于 1996 年购得的黄胄舞蹈人物图

黄胄是豁达之人，那天，虽卧病榻，但很高兴。

这幅画由我来珍藏，如今伊人已去，每观画卷感慨无尽。

四

1995 年的中秋节，我们一家三口约了几位朋友在炎黄艺术馆与黄胄及其家人共度月圆之夜，吃了顿我和他都喜欢的炸酱面。在随后的品茗当中，我为他朗读了我即将出版的《岁月随想》中有关描述我们之间半师半友之情的章节。我缓缓地读，他专注地听。那是一个温馨的时刻，但我当时也为他的健康暗生隐忧。他身体很虚弱，已站立不便，那个晚上他一直靠在椅背上，与我们说笑。没多久，他住院了。1996 年开春，在全国政协委员与人大代表的书画联谊会上，我高兴地看到，他坐着轮椅也来到会场。政协书画室一直是由他张罗的。黄胄先生有着很好的感召力，有什么大型活动，他一呼百应，请谁谁来，他没少为政协书画室尽力。很快又一个中秋节到了，我和妻子又去看他，想月上中天时再次聚首，陪他聊聊，但炎黄艺术馆灯光暗淡，只有刚从国外归来的先生的女儿梁缨一人在家。我问她："黄胄老师怎么不回家过节？"她很忧伤地说："爸爸身体够呛，已抢救过几次了。"天哪！怎么会是这样呢？于是我去友谊医院探望。进了病房，只见他插着管子，打着吊瓶，躺在床上，但见到我仍一如既往地露出熟悉的笑容。我向他问好，他叹息一声："忠祥，没想到我会这么惨。"一句话说得我很心酸，我妻子的眼泪也涌了出来。唉！黄胄什么时候说过这种话。多少年来，他一直疾病缠身，但一向达观乐天，幽默地说笑，即使他无法站立，仍挥毫不已，天天作画。我佩服他的人品，佩服他的坚毅，佩服他的不屈不挠，佩服他把病痛锁在自己身体里，任它折磨，任它煎熬。他仍笑逐颜开，眼里放射着光彩，在宣纸上描绘着生的欢乐。只要能作画，他都会以一种气盖山河的力量，笔墨淋漓，勾勒出如铁的线条，渲染出多变的墨色，挥洒出缤纷的色彩，从而构成一幅幅精美的画卷。

黄胄先生是一位奇才，是一位勤奋刻苦的天才。他自幼酷爱绘画，青少年时期就追随长安画派创始人赵望云先生在黄河流域写生、习画，饱览了大好河山的壮美，目睹了当时民间的疾苦。二十岁时，他就以老到的笔触，创作了水灾中的《流民图》。那时他就已形成了写实主义的画风，面向生活，同情劳苦大众。

他以勤奋好学和超人的悟性取得了巨大的成功。在实践中，他继承中国画的传统风格，也汲取西方绘画的技巧，集各家之所长，创立了一个全新的中国画画派。在人物画上，他是一位承前启后者，是新中国成立几十年来，人物画家群体中最具影响力的杰出代表。他是一位多产的画家，几乎无物不可入画，内容之丰富，题材之广泛，表现之精当，状物之传神，独步当今画坛。他知道时间对他是何等的宝贵，因此，即使在与朋友的交谈中，他也不会放下画笔。正当他应有惊世作品涌现之际，正值一位画家七十岁左右步入辉煌时期时，他却虚弱地躺在病榻上。因此，他觉得自已惨，这并不是示弱，而是一种壮心不已的叹息！朋友们也为他鸣不平：天哪，为什么这样！

我收藏于 20 世纪 90 年代的黄胄作品

当我再次去看望他时，黄胄似乎又有了转机，一度病势见缓，活力仿佛正在复苏，又能谈笑了。我对黄胄说，等他胃口好一点，陪他吃卤煮火烧。病刚一见轻，黄胄就靠在床上，用特制的画板，用病弱的手提起笔来润色一些旧作。我曾为他按摩因握笔而酸痛的手，心中在想，就是这只手，曾创造出多少美感；就是这只手，只要能活动，就不肯放下画笔。他是为绘画而生的。唯有在创作中，黄胄才会感到生的意义。

那时，正值中央电视台播放大型文献纪录片《邓小平》，是我解说的。黄胄夫人郑闻慧告诉我，你们只要播放一次，他就一定会看一遍，他看不够啊！我说，只要录像带制作出来，我首先送他一套。黄胄先生还几次委托我转达他对“心连心艺术团”的敬意，他说，一位人民艺术家要珍视这样的机会。郑老师告诉我，黄胄先生在看电视时，有时会感动得流泪。我知道他过去深入生活、深入基层的习惯，如今他在电视上看到文艺工作者为各地老百姓演出，一定勾起了他美好的回忆，也一定唤起了他强烈的渴望。老骥伏枥，志在千里，他多么希望能再次驰骋在这充满激情、充满色彩的生活时空之中啊。

我敬重黄胄先生的人品，把痛苦留给自己，把爱洒向人间。人民不会忘了为他们创造美的艺术家，朋友们也不会忘了他的乐观、积极、向上的音容笑貌，因而，我们会在各自的岗位上效法他，永远为大众奉献。

山路行——往事堪怀

1983 年 6 月的一个中午，我接到黄胄的电话，说下午他在大雅宝空军招待所参加笔会，如果有空希望我过来聚聚。

大雅宝路位于北京建国门附近，从礼士路骑车约需四十分钟抵达。我那时出行主要靠自行车。当时我还有点事儿，不能立刻出发，待飞速赶到时已是下午四点多了。

进了一间大会议厅，熙熙攘攘，好不热闹。厅内两溜儿用桌子拼成的画案，铺上毡子，很多画家正挥笔作画，每个画案前都攒动着围观者。相熟的在寒暄，不相识的在看热闹，那时的笔会大都是这般场景。

我刚进门，就听到黄胄叫我：“忠祥，过来吧。”他正在作画。本来几步就能到他跟前，可是满屋子大半是熟人，总得打个招呼，说几句话。周怀民先生也在作画，更要多说几句。

到黄胄画案前，看他正作钟馗像，基本完成，正在收拾，用干笔在皴，因为笔毫上几乎没水，所以几笔下去，乍看没什么动静，但过一会儿就感觉到，钟馗的面孔罩上了一层肃杀之气。我当时觉得中国画的人物造型，尤其画人的面部大体上相像就成了，应该不用像西洋画那样注重光影明暗，使面部能在平面画布上凸显出来。我也听说当时中国画尤其是北派人物画法，已形成以徐悲鸿为代表的吸收西洋画技法、以“素描为一切造型艺术之基础”的画风，人体和面部及各组织结构都以水墨画素描为基础。黄胄不可能不受这个体系的影响，但他较之徐悲鸿的西洋画底子就薄了。可是他是大智慧者，他在造型上，有自己的理念，既汲取前人传统技法，又借鉴西洋画绘法，再加上自己一开始就无师自通的底子，一看就懂，一学就会，这就是天性。天性慧悟，一点即透；天性愚钝，就是手把着手也教不会。

接着说吧。黄胄落款盖章这些细节我都不记得了，可能当时正和黎雄才先生说话。黄胄说：“黎老，给忠祥画个吧。”黎雄才也算我的老朋友了。他比我年长，我叫他“黎老”，他也回敬我，叫我“赵老”，真会开玩笑，我那时才四十岁出头，怎么承受得了。这时黎先生又开玩笑般地说：“你画山水，我补吧。”意思是让黄胄画他不常触及的山水。其实，黄胄经常作山水，只是他发表的作品中很少有山水，且未形成特色。

那天黄胄并没继续和黎雄才说笑，而是很仔细地用小笔触勾出五头向画面里行进的毛驴，背上驮着粮食口袋，然后又细致地几笔勾出背面的新疆女孩，又在画的右面添上一位老人。驴在小跑，从后面的一头驴子一只右前蹄翻蹄亮掌的动作就能感觉到活动的韵律，而紧跟驴群之后的女孩身材婀娜，右臂后摆做赶驴状。从身后即可想象这女孩充满青春气息的姣好面容。而荒郊野岭一个女孩走未免让人担心，所以黄胄补了一位老汉，侧面在和女孩交谈，不知说些什么。这就给了观赏者一个想象的空间，他们是赶着驴儿去卖粮，还是收了粮食回家，也只能去猜测了。黄胄的这道工序已完成，他告诉我，“你让黎老补个雪景好看”。因为黄胄已用大红把女孩的衣服染得鲜艳夺目，如果四周是银白世界，更会衬托出那青春如火的生命力和跳动的美感。

而黎老并没有画雪景，他先用焦墨勾出山峰，又用淡墨润写山腰，再用干笔皴擦山底，使得画面有了大山的层次和一种森然之气。如果到此为止，那画面会压抑而冷寂。这时，他用焦墨勾出枝丫，用与少女衣服同一色调的大红，金鸡乱点头般地点洒，一丛怒放的红山花在画面中烂漫璀璨，把这清冷的山野点染得生机勃勃又喜气洋洋，使天、地、人，生灵万物融为一体，于是这幅即兴之作遂成为一曲田园、山野的交响乐章。

一件艺术品，让欣赏者与拥有者能不断地生发出新的美感和产生出新的感悟，那应该是一件精品。黄胄和黎雄才两位先生送给我的这幅他们合作的画卷，就是一件不断使人有新的想象的精品。自从二十多年前它被我珍重地挂在家中之后，不论是搬迁新居，还是进行装修，这幅画一直都陪伴着我。

1983 年 6 月，黄胄、黎雄才合作此画并赠我

1997年之后，两位先生先后辞世，睹物思人，这幅画就成为对他们的长久纪念。作品寄托着我对往昔那美好岁月的留恋和对故人的怀想。有时我面对它会不由得涌起感伤的思绪，但大多数时候都会有一种十分美好的情愫盘桓在心中，我为能结识他们和曾拥有他们对我的关心和情谊，感到温馨，感到荣耀。

很多喜欢绘画的朋友看到这幅作品都会发出赞叹，他们认为两人的合作能浑然一体到这样的程度，太可贵了，实不多见，尤其这是在一次笔会上的即兴合作，这仿佛是有一种心灵感应。尤其令人不可思议的是，一位是人物画家，一位是岭南派山水画家，他们风格迥然不同，事前并没有商议，一位画好，下一位接手，不仅在构图上浑然一体，技法上互为包容，墨气和设色上也协调一致。整幅画，仿佛呈现出一个诱人的故事，美好、神秘，让我有无穷的遐想，并不断地体味着它的寓意。

我当年有感而发曾作七绝两首。

一

银铃如梦惹幽香，
谁与山花共艳光。
烟笼小径闻天籁，
再经岭侧碧莲塘。

二

山花野径色缤纷，
半是残冬半是春。
欢腾踢踏满粮驮，
着红婀娜是何人？

“半是残冬半是春”，因为我认定半山腰的绚丽红彩是一树红花，凸显出春花傲雪、山花烂漫的情景，扑面而来的是残雪消融后润人心胸的如酥春风。

当时完成笔墨的黄胄要我去跟黎老讲，请他补上雪景，如果黎老补成漫天飘雪和一片银装素裹的景象，那这幅画又是别有一番滋味了，但黎老并不按这个要求做，因此就成了现在这般情景。

一天，我忽然觉得这一树春花会不会是一树红叶呢？刹那间改变了十多年形成的思维定式，越琢磨越像是一树红叶。那不应是“半是残冬半是春”，而应是“霜叶红于二月花”的暮秋时节吧。于是我立即就又有了新的领悟和又一次题诗：

繁叶初翻满树霜，
恍如山径映霞光。
浮云不解归程路，
唯有铃声飘碧苍。

其实这幅画是充满了欢乐、充满了生机、充满了美感的作品，并无哀伤之情，也绝无悲秋之意。可是当我意识到这树红花可能是满树红叶之时，两位大师和我已天人永隔，再不能谈笑为欢了。人非草木，怎能不感伤。但他们都以一生努力，在身后留下至美的精品，人生如此，当会含笑九泉。

往事缤纷忆画堂，
故人谈笑写秋光。
挥毫已得天生态，
占尽风流傲夕阳。

这幅画长久地挂在我家中，每天都会望上几遍，每次都会有些微的新感触，隔上一段时间也可能再写出新的诗章，因为艺术精品会给人美感，给人诗情，也催人向上。

喜相聚，三人共挥毫

这是二十多年前的事了。那一天，赶巧了，我到日坛公园内的中国艺苑办事，黄胄正在西厅作画，而范曾不知为什么事也正在那儿。平时都忙，难得三人见面，大家都高兴，先聊一会儿，热闹一番，我说："先生，您让我用您的笔画两头驴，向您汇报一下。"没想到黄胄十分高兴，爽快且诚恳地说："你放开画，我给你补。"得嘞！有他这句话，我心有底了，抛砖引玉呗。我拿过一张三裁的特净皮，把笔涮了又涮，用极淡的墨画下两头驴的造型。这样人家不但好补，就是在我的墨痕上重画都没问题，要是真用重墨，那就"冻豆腐，难拌（办）了"。

那几笔只算起个头，黄胄说话算话。"好，起来吧，瞧我的，学着点儿啊。"黄胄就中间的驴头补了一个身子，驴脸我画短了，幸好是淡墨，黄胄用两笔就把比例调对了。这时范曾过来说左边的他补，大家一看就知道范曾这头驴画的和黄胄画的风格不同。范曾说："我再补个小孩吧。"他用笔纯熟精到，曲曲折折，那线条游丝般地落纸成形。但这时画面下部空了半截，黄胄说："来，我再补一个慢跑的驴。"这头驴仅用了一分多钟就画成了。那是 1984 年之夏，黄胄这时的画风圆熟老到，心到笔到，落墨成形，尤其让我震撼的是他用焦墨点睛，一笔一折，一拖一顿，竟然把驴低头俯视的感觉画得那么有神。我当时由衷地钦佩，是因为我已开始学习画驴了。不画不知道门道，学后才知不足，学后才知道天高地厚。那一天，我更知天高地厚了。

这幅画挂在我面前，从一个侧面告诉我学无止境。画画儿与自己的主持工作看似无可比性，但这幅画分明告诉我要在播音、解说、主持上再努力，再提高，使我真的能与黄胄、范曾他们平等交往而无愧色。也使我突然悟到，画有工笔、写意，并可分为人物、山水、花鸟，而每个画派又有自己的独门风格和法则，即使是大师、超级大师也只能是独擅专长，不可能"文武昆乱不挡"，什么都会，什么都出色。

后来，我在解说上专攻一种充满人文关怀的解说风格，果然《动物世界》有了这种意境。"道不同不相为谋"，指的大体是政见和旨趣；"隔行如隔山"，

我与国画大师范曾交往多年，受益匪浅

指的是行当不同，难以沟通，可是唐代张旭观公孙大娘舞剑器遂草书大进，而铁杵磨针对李白成才也有所启迪。所以君子之交绝不是吃喝说笑，在文化上互相探讨，彼此能受益，才是择友、交友之道。

黄胄在题款时，我记得他说："我最近字练得大有进步。"大师尚如此要求自己，我岂能不受益！

这幅画一直不离我的左右。它记录了我们的友情与互相关怀的那段时光；它也永远启迪我，在自己的从艺领域要自强不息，要永远向上；它一天天地把当年的欢乐信息不断地传到我的内心。它既是一幅精美画作，也是我严肃人生的座右铭："艺无止境，学海无涯。"十年前，黄胄先生离开了我们，今天在准备把此图此文放入书中之际，心生感念，凑成四句小诗，题三人合作图并悼黄胄：

岁月堪怀忆旧游，
春光春水两悠悠。

毫端古墨香犹在，
世事茫茫十越秋。

临渊羡鱼 退而结网

恩格斯说："时间没起点。"庄子更早也说过类似的话。但他们指的是宇宙之时空，而人做什么却是有坐标的，有起点，可寻其始终的。

我重拾画笔，便有起点。

1983年秋天，在北京东交民巷的15号宾馆，中国当时很多的著名画家轮流在这里作画。黄胄是这次创作活动的牵头者，他常住这里。我和他那时交往频繁，经常聚一聚，聊一聊，十分惬意，他常约我来这里。

一天晚上，我和黄胄一边喝茶一边闲聊，亚明进来了，见了我这样招呼："哦，你好，电台的朋友。"他也不落座，就跟黄胄说："我一个朋友想要你一幅画，给点面子画一幅吧。"黄胄说："你没看我正谈事吗？改天，改天。"亚明和黄胄是至交，脾气也差不多，过来就扶起黄胄，"哎呀，别这样嘛，动动手吧"，把黄胄架到画案前。黄胄何许人也，从没人敢这么求画，但毕竟他们是哥们儿。

于是，我看着黄胄铺纸、提笔、落墨，画出活脱脱四头墨驴。"四人帮"时批"黑画"，要说黑画，这幅墨驴不能再黑了，浓墨形成非同一般的效果。黄胄的挥笔像画又像写，行云流水，一气呵成。我被他那挥洒过程的大气、圆熟及灵动的美感所震撼。黄胄盖完章，把画掀在一旁，对亚明说："你也别闲着，给忠祥画一幅。"亚明未必情愿，但来而不往非礼也，当此之时，他就是一百个不情愿也说不出口。我看那是草草一挥，一蹴而就。

当然，正如范曾说："大家就是大家，大家的随意之作，也是大家风范。"亚明告辞，拿走了黄胄的那幅画，我想多看几眼已再无机会，不知花落谁家。

话说当时黄胄伏案看了看亚明的画，大概觉得近景和远山相隔太宽，缺乏画面的呼应和连气。于是他提笔补了一群飞鸟和一个古人，着墨不多，却使画面鲜活起来，且浑然一体。

他对朋友，真是没的说了。

亚明把黄胄的《四驴图》拿走了，我头一次看到黄胄那种作画姿态和构图方法，觉得心动不已。

话已到嘴边："劳驾您给我也画一幅那样的吧。"但终究没说。我从不为自己开口求画。朋友主动送我，我十分感谢，会永远珍藏，但我不会开口去要。我这辈子有个规矩，多么令我动心的节目，也从未求过任何人给我参与的机会。你用我，我全力以赴；没想到用我，我何必开那个口？四十七年的工作过程中，我兢兢业业地去干好分给我的活儿，但开口求人，平生不屑。

从黄胄处告退，带走的是一个愿望，那就是"与其临渊羡鱼，不如退而结网"。

从那一刻开始，我重拾画笔。

芦荡葡萄享盛名——追忆周怀民先生

周怀民老先生与我是忘年之交，过从甚密，如果几天不去看他，他一定会打电话约我。有一回他病了，我赶忙去医院看他。他见了我嘴在颤动，却说不出话来，旁边的人都说他太激动了。我承蒙他厚爱与关心，他也逢人就说忠祥是我最得意的学生。其实我并没拜过师，但心底一直认为他是我敬重的师长。我尤其敬重的是他的为人。

周老待人的诚恳，诲人的不倦和宽厚的心肠，让我觉得他是一位中国传统观念中的大好人，老实透了的人，是我的楷模。

先生早年曾在南京美专做教务长，张大千先生都算他的下属。二十多岁时，先生的作品就已享誉大江南北。早年他的展览一开，据说孙科必来，倒不是私交，而是欣赏周老。周老的水荡芦苇画得非常细腻、优美、恬淡。我看过他早年作品，那真是展卷伊始就让你觉得天风徐来，湖水微波，芦苇轻摇，那笔触亦工亦写，布局错落，若无天人合一的忘我心态，断无如此佳作。

早年周老雅号“周芦荡”，晚年他画的墨色葡萄与彩色葡萄更是粒粒传神。他被下放农场时，观察葡萄并全心投入对葡萄的创作之中。他给我讲解他对葡萄的枝叶布局以山水画的手法处理，苍劲老到的枝、藤、叶、蔓和串串欲滴的晶晶硕果，湿润与干枯，飞白与晕染相映相衬，笔触凝而不滞、枯而不涩、清而不薄，使画面饱满而生动，既极富传统工法，又糅合西洋技法。周老也是活到老，学到老，画到老，故晚年又获“周葡萄”美誉。

在画展现场，周老居中，右为北京电视台主持人丛薇

周老常对我讲起与张大千的一段交往。大千先生生前是极为豁达之人，他临摹朱耷、石涛的作品可以乱真，而他自身功力更是非凡，人物、山水、花鸟都雄冠一时，想来什么时候也不会为生计发愁的。周老是个不善交际的本分之人，在北京居住时曾经生活清贫。旧社会的画家有几个有钱的，穷和画家结了许久的缘，穷画家就是这么叫出来的。黄宾虹生前，虽与白石老人并称“北齐南黄”，可是据老人们讲，当年谁若看望他，向他要画，他高兴极了，绝不认为人家是在向他要钱。如今在他过世后一幅作品十几万元，可这跟他又有什么关系。我信奉唯物主义，也相信生不带来死不带走之说，但生不逢时的感怀有时既使我激愤，又令我悲哀。

1982年，周老将一生舍不得吃舍不得穿买来的许多古画，包括宋、元、明、清诸多大家的作品捐了。我就在周老家看过朱耷的册页和赵孟頫行书长卷等稀世珍品。可是周老来个了一锅端，全捐给了家乡无锡市。如今周老拿出当年捐的几十件中的任何一件作品，换个别墅应该没什么问题。可是他一直住在西海边上的一个狭小院子里，一进屋，要是同时来三个客人，真就没地方坐了，一张画案已把一间屋子填满。如果周老不是一位画家，而是作为一个画商，有几个能有他的鉴别艺术品的眼力，加之他已经过一生几十年的辛勤，精心的艺术收藏，毫无疑问，他可以在海内外称富。

历史不可以假设，人生也不可以再回首重新走过，何况，周老始终无怨无悔。

话茬儿接着前头说，当年周怀民先生蜗居北京，张大千登门造访，一看周先生正在蒸窝窝头，“唉！”大千先生长叹一声后说，“你就吃这个呀！走吧，上我家。”周老念念不忘大千先生的这段情分。他还说，张大千亲自烧菜，说：“我第一是会做菜，第二才是画画儿。”周老说：“张大千做菜，起锅，油开了，先放盐，说这样香。”

我后来也这么做过菜，算是得了大千先生传的一招吧。惜哉，画是永远没机会直接跟他学了。

有一次，我去看望周老，他一定要我与他合作一幅葡萄。长者先，老人家开笔。他九十岁高龄眼不花，手不抖，仍坐在画案前神情专注，一丝不苟，画得忘了时间。计燕荪伯母说：“老伴儿，你与人家合作，怎么自己画个不停呀！”周老仿佛没听见，仍一笔一笔兴趣盎然地落墨画下去。

我看得惊呆了，老人已然进入了物我两忘之境。

那神情犹如一位默默耕耘的世纪老人，真的，今后请不要滥用默默耕耘这个形容字眼，这个词汇是专给周老这样的人用的。

我感到在这小小的仅能插足的院落，在这陋室之中，生存着一位悟得人生真谛的老者。这位老者的胸膛里平静地跳动的是专心作画、与世无争、无欲无求的心。

我家壁上挂着的一个立轴，是周老送给我的一幅四尺三裁青绿芦荡。周老送我这幅画时才过七十岁，一晃又过了二十多年，当时他说：“这是我画芦荡的封笔之作，现在眼已大不如前，以后我想画也画不成芦苇了。”

我望着这幅画总想悟点儿道理。周老在画上题了四句诗：“钓罢归来不系船，江村月落正堪眠。纵然一夜风吹去，只在芦花浅水边。”古人之句，诗无定解，见仁见智。因时因势，我当时理解人生固然有自己的规矩方圆，只要老老实实地去操劳，就不会有风险浪恶之灾，就会永远保持一个宠辱不惊、水波不兴的境地。

人生极像画面上傍着丛丛芦苇的一叶小舟，我已没有了到中流击水的豪情，只想在不大的方圆中任我浮游，在无外界纷扰的环境里，做“江海寄浮生，天地一沙鸥”的梦。当年，我在得到这幅精品时曾题诗一首：

烟波浩渺觉孤山，
新月朦朦水一湾。
软浪如酥船影曳，
三杯啜半不须还。

十多年前，许多位画坛师友相继辞世，周老、董老、吴作人、黄胄……“太匆匆，无奈朝来寒雨晚来风”。他们先后而去，我不但伤感，也觉得孤寂。六年前我到了江南，只身一人去无锡太湖之滨拜谒周怀民先生墓地。回程路上面对夕阳下的粼粼波光，不胜唏嘘，遂口占七律以念故人：

碧透湖光入画图，晚风轻浪野舟孤。
长空千里悬明镜，短楫几回抛夜珠。
老树参差连江有，烟波缥缈到山无。
与谁今夕能邀醉，宿雁芦花近可呼。

“周芦荡”是老人早年的雅号，周老20世纪60年代末开始注重以葡萄为题材作画，又得雅号“周葡萄”。我向老人学过葡萄的画法，也曾与周老合画过。他要求我有空时握笔画圈儿，这是画葡萄的基本功。他又教我画叶片，教我以浓墨或焦墨及泼墨法画出叶片和叶脉，当然还包括点脐。

周怀民先生赠我的芦荡图

我画过多年葡萄，有周老的画作和画片为范本。我住处的后院有一架葡萄，从春到秋都可以凭窗注目，从萌生新芽，到新条的攀缘和伸枝展叶，渐成浓荫。我还留意过晨风暮雨，阳光明媚，甚至灯前月下葡萄的种种形态。但奇怪的是，这么多年我好像从不记得它结果的样子。总之我离它甚远，并没有近距离观看与触摸。如今，虽然反季节水果已成常态，但每逢秋季葡萄才最丰盛，家中会买来各类品种的葡萄，绿的、红的、紫的，长的、圆的，大的、小的。一串串，一簇簇，一粒粒，有密有疏，自然是画稿的标本。葡萄画题古已有之，而现今画者又各展风采。周老的葡萄以山水为构架，而颗颗果粒墨色浓淡并不一次完成，往往在一串果实完成之后，再选几处覆上浓墨，使观者觉得果实中熟透的颗粒分外香甜；而在彩色葡萄上，粒粒果实亦大多以石青在紫红底色上敷一层薄色，就仿佛临采摘前的鲜果蒙上一层果霜，更透着诱人的姿色，这似乎是周老独到的表达方式。我看过太多的葡萄图，施色者有红、有绿、有紫，色彩偏于浮艳，或过于暗淡，尤其市面上常见的行画，僵硬得令人反感。这倒使我想起似与不似之间的那句俗语：“不似欺世，太似媚俗”，说不清是否太似，总之俗不可耐。而“周葡萄”给人一种疏阔的感觉，苏葆桢画的葡萄有一种饱满的华丽之感。我看过刘海粟画葡萄用一串串的墨点，而许麟庐的画作，仅用一个个快速的墨圈完成一串串果实，这就和苏葆桢与周老的墨葡萄形成对照。周老是用饱蘸墨汁“没骨”的画法画出一粒粒果实，那位于果实中心的留白形成高光点。

我喜欢周老和苏葆桢的笔意，自己在完成每粒葡萄的形似方面虽绰绰有余，但将其组合一串，则笔实在不听话。范曾教我不要使果实排排坐，而要参差错落，我仅能意会，要达到理想境界则所差甚远。在泼墨画叶脉上，周老所画叶片失之粗疏而叶脉却过于细密。范曾教我无论何种叶片，不要在一叶上勾出五条以上的叶筋。但我又拿捏不准，因为我在布局上很难以五条以内的叶脉完成，小叶片固然无妨，而大叶片我至今仍以为五条叶脉不够用。这毕竟是意会而并非法规，也许以后我会以减笔之法状物写成。

有一天，我整理书画，再看周老这幅葡萄佳作，题款可以说明是我迁新居时，周老来我家致贺，在我书房斗室中画送给我的致贺礼品，那一年周老已八十二岁高龄。遂有感记周老贺新居图：

旧屋曾经大匠装，
珠悬画上壁生光。
秋风秋色透千户，
墨韵常存心脉香。

感慨之余，想到周老的长寿和周老的爱心。愿老人在天之灵安息。

值得长记的匆匆往事——和潘絜兹先生的交往

我认识潘絜兹老人较迟，见到他时，老人已经年近80岁了。

老人家赠送我一幅晚年的佳作。人过70岁之后，眼花、手抖是常事。画家会比一般人好得多，因为天天坚持作画，运笔、用气、凝神、站立。生命在于运动，人的身心也在不停地、不间断地劳作中感到惬意与快乐。

创作的产品和创作者的心态是息息相通的，创造的成品美好精细，反映出作者的心态是愉悦和舒展的。画家把欢快的情感注入作品中去，当然会给观赏者以美感。在主观上，劳作的艰辛与否并不能左右作者的心态。心甘情愿地投入创作，与皮鞭下的奴隶的劳作是不一样的，艺术创作在于心情。米开朗基罗完成西斯廷教堂穹顶的画像用了漫长的时间，其中有三个月是在木架上仰卧而作，不分昼夜，据说脚都烂在皮靴中，这是何等的艰辛，常人无法坚持。然而就是这位文艺复兴时期杰出的艺术大师如此艰辛的创作，才给我们留下至纯、至真、至美的神与天使在天穹飘舞的令人屏息的造型。他在创作时，身体是劳累的，受罪的，怀有牺牲精神的，然而他的内心绝不痛楚，而是充溢着神圣、庄严、美好的情感。或许他也是心高气傲，用他超出多少代人的技艺昭告天下：我是第一。无论他是否这样想，我都敬重他的创作精神，并喜爱他所创作的已成为全人类瑰宝的伟大的艺术作品。

我想要表达的是，一个人无论是在何种岗位上，只要能把自己的劳作和对美的表现连接起来，无论在旁人看来多么劳苦或不堪忍受，创作者本人却是愉快的，因为这是自己追求的。进入这个境界的人是幸福的，是值得羡慕的。

潘絜兹作品《仕女》

结识潘老之后，曾陪他及其家人一同去他的故乡浙江武义县，参加家乡为他建的作品陈列馆的剪彩仪式。那天十分热闹，也十分感人。承当地领导的盛情要求，我在潘老艺术馆作了一幅泼墨骆驼，也可能与潘老的作品放在一处吧。总之，虽千里迢迢，甚至返回途中连夜赶路，并不觉困顿与劳累。这一路最令我难忘的是有关当地生态的一件事。武义县领导为潘老接风，在席间我听说武义有一片原始森林，为没时间去看一下而深感遗憾，但他们说在这片林子下面发现了金矿。哎呀！完了，我为这片林子悲叹。但既然当晚还没有伐木开矿，那我也就试试拦阻一下吧。“我认为，如果把这片原始森林（也可能是原始次生林）砍了，挖出些金子，将来大家会后悔。金子在你们地下，谁也拿不走，它属于你们，属于国家，属于子孙后代。将来一定有好办法，不砍树也能把金子开采出来。可是现在如果把林子伐了，就永远失去了这片原始森林，依我看多少金子也换不回这片林子。”几位领导有点儿吃惊，也有点儿不解，心想，我怎么会说出这样的话呢？我知道，我们这一次的接触和这一个晚上的交谈，很难彼此沟通。我反复说：“林子比金子贵，拜托各位好好策划一下。”

我到底也没看到那片森林。我其实怀疑在人口如此密集的浙江省，至今还会有一片原始森林吗？如果的确是原始森林，我再来武义时还有机会看到它吗？我离开武义回到北京，心中时不时有点儿感伤。

大约过了三年，一次偶然的机会，我遇到了武义县一位领导，她主动对我说，那片土地没有开发，林子还在，现在已经被列为省级自然保护区了。她说："还要感谢您的关心。"不，我算什么，要感谢武义的领导和父老乡亲。

看到潘老这幅赠画，我会想到很多，很多……

“师牛堂”遐想——和李可染先生的交往

“前无古人，后无来者。”每当我翻阅刊印的画册，看到李可染先生的水墨写意山水画时，心中总会有这种感想。当然，事实上前有古人的优良传统，后面也一定会有更伟大的人才出现。这才是宇宙与人间无尽发展的规律。不过，今人要超越可染先生的艺术成就，谈何容易。我愿与同好共同领略可染先生的艺术造诣与先生的“深于思，精于勤”的造化神功。

“天道酬勤”，这四个字被可染先生刻成印章，作为座右铭；勤奋耕耘，这是可染先生的做人准则。据他自己讲，他早年在四川居住期间，农村的水牛被他观察得仔仔细细，那时就画起了牛。画牛时，又引发了向牛学习，发扬牛不怕吃苦、不惜气力的劳作与奉献的精神。于是“师牛堂”成了李可染先生画室的题匾。

我与可染先生坐在面对“师牛堂”匾额的沙发上交谈，算来已是二十年前的事了，那幕情景至今仍历历在目。

那是唯一的一次长谈，是为了采访。先生不擅面对镜头言谈，我就示意摄像师“偷拍”。我与先生交谈并对他说：“您先别管他们，他们还在准备，调试机器。”于是老人家放松了。我又向老人提些小问题，引发谈兴，天南地北，古今中外，以及为人和作画，谈兴很浓。老人家也很幽默，他对我说：“你要

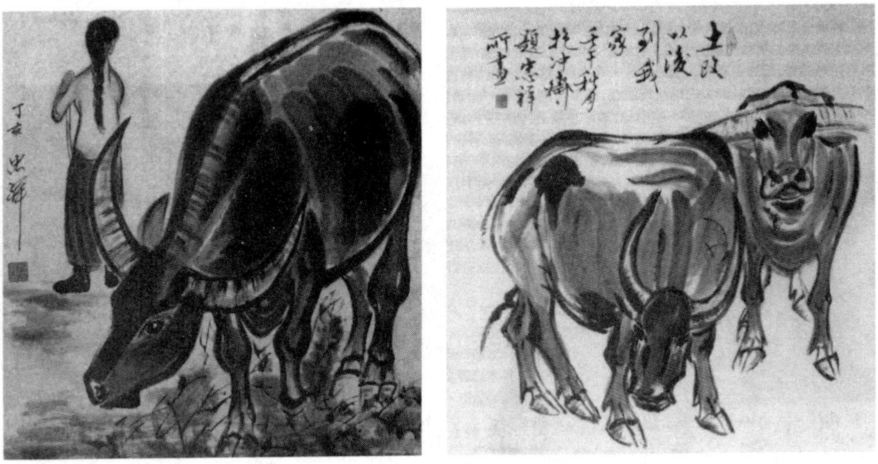

我画的牛

交学费，因为你看过我作画。”我说：“我再看十年也学不像一笔，您要是收费，那就包教到底，我每月的工资全给您。”说笑间，时间过去了一个多小时。当可染先生问：“该录了吧。”我说：“李老，我们已大功告成，非常精彩，学生们告退。”那次访谈录，我敢保证是佳作。可染先生那善良、朴实的个性，与艺术大师滔滔不尽所谈的见解，都被记录下来了。

可染先生之所以成为一代宗匠，不仅是他吃苦、用心，有灵性，下笔如有神，还在于他不断实践，不断总结，用理论来指导实践。没有理论的画家，最多是一位画匠。而李可染先生的绘画理论是博大而精深的。老先生一生刻苦学习，活到老，学到老。他说过，他七十多岁到香山，对着一棵树临摹，这时有一个小伙子过来说：“您都一头白发了，还从头学呀？”老人说：“对，我就是在补课。”名扬海内外的绘画大师，都要这样专注地写生，“世上如侬有几人？”

“可贵者胆，所要者魂。”可染先生人到中年，以石破天惊之力，扫荡种种保守画论，创作出自己的水墨写意山水画，谈何容易。扫荡保守不难，难的是你要有辉煌的成就。否则，那扫荡就会被认为是离经叛道的乱来。传统而保守的习惯势力比比皆是。当年我在走一条新路，不用播音的方式朗读，而用生活中的交谈音量，用说话的口吻解说《动物世界》时，有很多人，甚至许多朋友都不以为然，甚至有的人指责我乱断句，带坏了播音风气。说这话的人其实自己的基本功未见得扎实。我播过二十五年新闻，曾获得“首届最佳播音员奖”，难道我不懂断句和逻辑重音吗？所以维护传统者，在各界都是既有内行，也有外行，内、外行一起墨守成规。我不明白，我播我的，你播你的，我碍着你什么事啦！可染先生画自己的，你们画你们自己的，他又没上你画室用你的纸墨，你管得着吗？可染先生面对压力，大无畏地探索。走自己的路，让别人说去吧，如今他已确立了大师的位置。

这样一位温和长辈，何以有这样一种大无畏勇气，发人深省。

否定之否定是一条颠扑不破的自然万物与人间万象的运行规律。但一般书画名家，差不多都是由稚拙到成熟，然后再从成熟返璞归真形成稚拙的童体风格。好多名家晚年那笔触都让人疑是稚子所为，当然，这只是形容而已。可染先生晚年书画进入的却是更为瑰丽神妙之境，那是更高层次的浪漫笔触。从中期以“积墨法”为主，到晚年“积墨”与“泼墨”兼用。

望高山而仰止，在咫尺画幅上，把大自然造山运动的天崩地裂、水落石出，以及亿万年生生不息的自然魂灵，用中国特有的笔墨，用心灵的感受去创造、去再现，使其巍然而立，这些画卷只能用神来之笔去形容与比喻。

我还是不能领悟可染先生的严谨刻苦与浪漫风格是如何结合的。一般观念上讲，浪漫就必然与随心所欲或“天马行空”为伴，而可老的瑰丽浪漫的画风却是以极严谨、极刻苦、极认真、极细腻的手法完成的。哪怕只画一棵树，必是从干、枝、叶一件件逐一完成，而最后以泼墨盖住所有的细心点出来的叶片，这在“聪明”者，绝不为也。既然最后浓墨一泼，叶片已然“全军覆没”，那开始还画叶子干什么呢？观赏者仔细琢磨就通了，可染先生的这棵树与别人一蹴而就的一棵树有天壤之别，那厚重、那浓荫，让你越看越有味道。

最近读了可染先生《论艺术》一书，我才明白，他的技法来源于生活，也来源于他对新的艺术语言、新的表现方法、新的创造意识的孜孜不倦的探索与追求。他说：“艺术家对客观现实应是忠实的，但却不是愚忠。”可染先生对一棵树的表现，与对大布局的山水画是一样的认真，只有从具体、局部、个别出发，摸索出自己的风格和自己的艺术追求，才能在宏观上形成独树一帜的风

可染先生作品

格。天底下，大学问家都是先搞通一个问题，了解了一个事物的规律性后，再研究另一个事物，对把握客观事物的共性，也就有了借鉴。这就是举一反三，触类旁通。

关于大山水画风格的形成，可染先生讲过这样一个例子。在万县，暮色苍茫之中，看到山城房舍，层层叠叠，丰富而含蓄。他认为，如果完全画清楚了，就没有那种迷蒙的感觉了。经过仔细琢磨，他先把房舍与树林都画上，以纸本身的颜色为“零”度，使之与树木、房屋色阶比例调为“零”与“五”，这时房屋、树林都很清楚。然后，把最亮的部分一一加上墨色，直到原来的零比五变为四比五。这样迷蒙与含蓄就呈现于画幅之上，达到了画家自己的观察与感受的美的意境。

从无到有，从有渐无，有无之间本是一个过程，这个过程全凭自己的意志和毅力获得。我接触的是大师们的画论，但何尝不可以指导我的工作实践呢？

可染先生教给我们的其实是适宜于各个门类的通则。一个人有坚强的毅力，这个毅力就要带有强制性。人本身都多少带有惰性、随意性。要强制，要吃苦，要锻炼自己的毅力。你不能说想做什么，而必须说应该做什么，强制久了就形成了习惯，然后就能体味到苦中有乐。想做什么不一定成功，而什么都不想做则一事无成。

事实上，世人在接受与欣赏任何门类的艺术之美时，往往把心理甚至生理上感受到的美，感觉到的那种逸兴、飘然、陶醉，当成创造这些美的人在创作过程中也是轻快愉悦的，而往往忽略了创造这些美的过程是何等的艰辛。

可染先生的音容笑貌犹在眼前，但我们了解到，他毕生的坚韧、辛劳与我们并不知道的他的苦心与苦功，都已融入了他给世间留下的卷卷画幅之中。

人们将越来越认识到他艺术作品的价值与永恒的魅力。

对一位大师的景仰，往往会促成身体力行的仿效。

我多次观看、阅读有关可染先生的文章，看到过可染先生作画的严谨和用墨运笔构想的新、奇、魅力。可染先生在中国美术馆办个展时，我应他之邀，从外地直接赶到现场。承蒙他厚爱，领我观览了所有画作，并一一讲述。我不是他的弟子，我想他的弟子也未必都能享有这份殊荣。

回家后，和可老的接触一幕幕回闪，促成我铺纸调色，仿其笔意，作一幅山水画。这是我第一次画山水，谓之“前无古人”，而直至今日再也没画过山水，又可谓“后无来者”。在画的过程中，我忽然记起台湾演员胡慧中，她和我主持大型纪录片《大京九》。在井冈山拍外景时，曾对着群山云雾和瀑布、奇松，说:“这多像一幅中国山水画呀，一定要以李可染的画风来表现。李可染是一位‘惜白如金’的画家，齐白石惜墨如金，留下大量空白，而李可染的画上留白处极少。”这位演艺界的女明星能有这样一番有见地的评述，令我对她刮目相看。

当我画完这幅画时，觉得十分糟糕，本想团起扔掉，不知怎么却留了下来。不久前经友人拿去一裱，还有几分可看之处。我于2006年年底出了一批2007年的挂历，竟把它收了进去。颇有感慨，画得不怎么样，但能寄托我的一番怀想，同时题诗一首：

峡涧云生一线天，
仰观峰嶂有人烟。
笔中难现天台路，
唯结尘寰翰墨缘。

宽怀乐寿——忘年之交许麟庐先生

许麟庐先生也是我的一位忘年之交。早几年我家距他家近，他住西便门，我住真武庙头条骑我那辆破车顶多七八分钟就到。无论哪天，我有空就去看看他，看他作画与写字，跟他山南海北地聊天。

许老的性格特别开朗，见我面反复说过多少遍：“忠祥，你要常来，人可以没钱，但不能没朋友！”这个道理听着有理，实则我并不完全苟同，有时没钱也就没朋友了。“人情冷暖、世态炎凉”，这是我中学时读巴尔扎克《高老头》时记住的一句话。如果既有钱，也有朋友那就两全了。但这不是许老做人的原则。

许老还常念叨，人没有一辈子倒霉的，也没有一辈子都顺利的！这当然合乎辩证法的规律。

但依我看，无论我什么时候见到许老，他没有不笑的。

许老早年曾拜白石老人为师，是白石老人的入室弟子，连白石老人的生活起居许老都参与照顾。过去拜师，并不像现今的老师在黑板前讲授，学生在课堂上做笔记。许老是为白石老人铺纸研墨，观看大师作画。这种千载难逢的机会，怎不令人羡慕。何谓真传？此其一端也。

学艺术最主要的是全身心地观察，全身心地投入，全身心地感悟。否则，只是听别人讲讲，自己做点笔记，学多少年也未必有进步。我辈如今无缘观看白石老人作画了，只能观其作品。但据我体会，观其作品一年，不如看其作画一会儿。落笔、蘸墨、布局、设色，手上的功力，全身的运作，以及画家的情绪变化和目光的神采，再加上纸上的画意成形，才是全方位领悟艺术是如何体现的，才会明白大师级的人物如何与众不同。

我看不到大师作画，就看“二师”作画，从弟子身上必然能寻觅和感知到师传的渊源，但毕竟有所不同。许老生性乐观，而白石老人一生严谨，或许，挥毫落墨带有自己的个性。可是落笔成篇，必有遗风，这遗风就是浓墨重彩，或者说，这色彩就是白石老人画面的灵魂。一般人自诩高雅，都不会大红、大紫、大绿的用色，视如此用色者为俗。但是大俗之中蕴含大雅。白石大师画派，不仅造型灵动，而且用色艳丽，使艺术生命的朝气与活力跃然纸上，发出生命的欢呼。

许麟庐的画风是得白石大师亲传，加之自身领悟，表现得生动、鲜活与艳丽，而且独具一格。他浓墨重彩、笔墨淋漓，但不是外行人用墨过饱，水分过多，而使画面虚浮无根的样子。这其中的奥秘，只有时间才能揭穿，只有多看才能明白，不是看作品，而是看画家的作画过程。

一次，张君秋先生和我恰巧一同拜望许老，张先生既是戏曲大师，也是我的前辈画友，他自谓“张大胆”，这是敢于实践的气派。张先生蘸墨后，许老一再叮嘱，水大了，墨多了。我想惜墨如金就是这么来的吧。“还多？”许老说。张先生就一次一次地把笔上的墨汁在砚池边挤掉。“可以了。”许老赞许地说。我想起，在黄胄先生那里作画，他也是多次教我不要蘸墨太多，笔不要太湿。

我和妻子与许老及夫人合影

我们门外汉，总会把艺术的效果、纸上的温润想象成枯笔时笔像柴草，渲染时如同用洒水车一样。其实不是这样的。效果的出现，很讲究策划与运营的结局。从效果去推断手段，往往南辕北辙。

这就像我解说《动物世界》，声音效果是松弛的，是以气息为主，以情带声。有学我的人，他们不知道，我这种低、缓、松的发声，是在控制呼吸，以及声带闭合部位，加大力度的情况下达到的。正如用手拿捏一块嫩豆腐，既要拿住，又不能捏碎，需要相应的肌肉群协调动作一致才成。模仿我的人，夸张了松弛，以为只用气音就成了。有的人故意念慢，以为慢是我的风格，其实不然，如果按他的速度一篇稿子是要念出画面以外的。因此，我体会到，有时自己的感觉其实是错觉。

许麟庐的画风亦如他的人品，豪爽而通达。他的画掺杂在其他人的作品中，隔上十米我也可以一眼认出；而如果有十几位画家聚在一起作画，隔着门，我准知道有许老在。因为他爱开玩笑，说说笑笑，热热闹闹，有他不会寂寞。许老还爱唱几口京剧，高兴了，再喝点儿酒，唱两声，满室生春。

有几年，我几乎是他家的常客。甚至某一天，我忽然觉得，我的口音与用语，也受了他一点传染。画没学成，把对方的说话口音倒学来了，这可不好。我所说的并不是许老的缺陷，他是老画家，有口音不碍什么事，可我是播音员，要求工作用语纯正。

可惜的是，我们常来常往的日子结束了。他搬到崇文门，我搬到彩电中心。来往不便，特别是白天工作余暇去看望他已不再可能，真是觉得生活少了点乐趣。现在他又深居郊外，更少往来。

许老近年来也少参加笔会，有时见不到他会提起他，朋友们会说："那是好人哪！"让人背后这么评价一声，一辈子值了。

许老如今已是耄耋之年[①]，但还办了个人画展，而且大幅画不少，说明他神清体健。愿他长寿。

① 许麟庐，已于2011年8月9日离世。

画坛寿者——和刘海粟先生的交往

我曾在书中说过苏东坡是千古第一乐观之人，但这并不意味着其他古人、今人都如李陵在番邦的那种悲苦心态，“举目言笑，谁与为欢”“晨坐听之，不觉泪下”。

不少画家也具有乐天个性，但我不可能展现得太过于细密，因为我不是凭长年的仔细观察与科学的鉴定来断言的。乐观与否至今用什么仪器也是检验不出来的，也量化不了。我只能根据自己有限的了解来判断。

我认为乐观心态的标志，应该像天女散花一样，把欢乐不秘藏在心头，要在灿烂的天际中散发出耀眼的闪光。

那么谁还敢说自己是这样的人呢，还是我来评价别人为好。刘老当之无愧。

刘老在画界是元老级人物，我与他只见过几次，曾请老人家吃过一顿便饭。那年刘老已 91 岁了，身体真是硬朗。据说他要十上黄山，大夫给他检查，血压 120/80，真是奇哉怪也！刘老一派乐天的童心。他的生平就没必要由我来介绍了，但他正是第一位倡导画人体模特儿的中国画家，当年曾爆发一场极大的争议。可见刘老敢为人先的开明态度。

刘老为什么能寿比南山？据他自己说是因为乐观旷达，心中放得下事，

1997 年，海粟老人作画，我为他铺纸，这是我与他最后一次相会

而且一年到头酷爱活动。

刘老一生爱去名山游玩，首选佳境就是黄山。刘老以九十岁之高龄十上黄山，文化史上必留佳话。他爱黄山的奇石、怪松、云海，他用自己的心去感受美的苍穹。黄山未曾蕴成诗文佳作，却成全了石涛之后的一批画界大家。而刘老所感受的黄山之奇绝秀丽，不独落纸成形，而是体现在胸中的色彩观念中。他的画卷，必有赭色偏红的松干和宝石蓝的山巅。

蓝与红形成鲜明强烈的光影效果，是那颗跳动着的爱美之心，使美得以再现。

因此，在千百幅作品中，只要有刘老的，就是凭感觉也能辨出。

据刘老的学生说，刘老晚年曾对一位弟子讲："人生即使百岁，到头来不过仍觉得一瞬间就过去了。人生是短的，这也是没办法的。不过要记住，第一要体现人生创造价值，出生到世谈何容易，一生要做些对大家有好处的事情。第二要体现一种欢乐价值，人生也要享受生的欢乐。要尽量开心，不要愁眉苦脸过一生！"

当我听到这段话时，正是传来刘老在上海仙逝之际。有很多年不见了，我特地打电话给上海台叶惠贤，请他代我送上花圈致哀。

刘老享尽天年，恰值百岁，一生苦乐唯有自己心知肚明，但百年身已过，留给后人的是无数遐思。

我请刘老指点过作品，他不但送给我两幅字，还在我当年画的画儿上题过字，以示鼓励。

我和刘老接触不多，原因是他不常来北京，即便到京小住，他那里也门庭若市，熙来攘往的访客不断。而且多是我不认识的人，我不愿凑这个热闹。我和他交往的最后一次，他已是 91 岁高龄了。但他身体真的很棒，说话时声音洪亮，中气十足。那时，他饭量也好。我请他吃过一次饭，征求夏伊乔阿姨的意见，她告诉我刘老喜欢吃烤鸭，并特地叮嘱我，要有芥末鸭掌和乌鱼蛋汤这两道菜。我和全聚德烤鸭店原总经理王义仁很熟，打电话定了包间。

不过真不好意思，那晚偏偏没有鸭掌了，真让我难堪。我告诉服务员，改上芥末粉皮吧。不过刘老并未介意，他夫人夏阿姨也没说什么。我平生就有这么一次机会请刘老吃饭，还这么不作脸。本来算不得什么，可是夏阿姨叮嘱我要上这道菜，我根本没想到会没能上来。当时不好说什么，事后我埋怨王义仁，你们这么大的饭店，连这道小菜都上不来。他说："你事先又没说，你知道每天来多少客人，开多少桌吗？"

不过我发现刘老的胃口真好，我请一位服务员专门为刘老服务，她用薄饼卷了好几卷烤鸭，刘老吃得很香。那女孩趁刘老没注意，忍不住冲我笑了。我后来对那位服务员讲，刘老是老神仙，91 岁高龄了，吃这顿饭的当天，医生给他量血压 120/80，心跳七十多下，什么病都没有，这真是修来的福，要不我敢请他吃饭吗？民间有句老话："七十不留宿，八十不留饭"，意思是人老了，突发性的状况随时可能出现，还是小心为上。这顿饭，刘老吃得很高兴。老人家见多识广，谈得也开心。可从那之后，我再也没机会见到他了，他又高高兴兴地活了近十年。

朱屺瞻老人，我无缘得见。但在画界里，他的名声是如雷贯耳。他活逾百岁，在画界寿数最高，当年九十多岁的老人用深厚的笔墨功力和生动的色彩，十分朴实地把一片山川画得十分绚丽、十分美好、十分养眼。看到这幅山

刘海粟和朱屺瞻合作作品，两人时年加起来正好一百岁

水，也十分佩服刘海粟大师的题词“天风海涛”，这是隐喻大气，是对朱老画作的一种赞赏。我不仅欣赏这幅画，而且感谢与赞赏把此美留给人间的这两位老人。

看到这幅画，就想到这两位长寿老人，他们两位晚年欣逢盛世，寿享天年。联袂之作，我有幸珍藏。

书坛寿者——和孙墨佛先生的交往

百岁老者孙墨佛[①]当之无愧是书坛的寿星。许麟庐先生曾带我去造访老人家，算来已是二十年前的事了。

我本系书法界的准门外汉，因受老台长戴临风之托，请墨佛老人家赐墨宝给中央电视台，而这又是许老提出的建议，故而成行。当许老联系好一切事宜，我预先定了一家宾馆，在一间大厅铺好画案，然后又前往荣宝斋通过关系买下两张丈二匹宣纸，在当时这样规格的整张大纸可以说是一纸难求。然后我陪许老驱车前往崇文门外，从家中把孙墨佛老先生接出来，老人一路上一句话都没说。到了临时布成的画室，孙老拿起一支中提斗，饱蘸墨汁，很快地写了起来。在两张丈二匹宣纸上，写了两幅一样内容的书法作品，都是孙过庭的《书谱》。然后，一幅留给宾馆，一幅带回中央电视台。

这两幅字，其中一幅有个别漏字，记得经许老指出，孙老补上。另一幅完美无缺。许老对我说："别挑了，都好。"我忘记拿回台的到底是哪幅了。

当时孙老已届百岁，站在画案前，文不加点，一气呵成，运笔苍润老到且头脑清晰，把心中的《书谱》纯熟记下，毫不迟疑。依次默写出两遍，完成

① 孙墨佛，1884—1987。

两篇精彩的书法作品。眼不花，手不抖，那情景，今天回想起来还很令我震撼。这是文化奇观，也是人类健康奇迹。百岁的老人呀！世上这般高寿者有几人？而高寿又能直立书写者又有几位？能站在一旁看到这一创作过程，幸甚，幸甚。

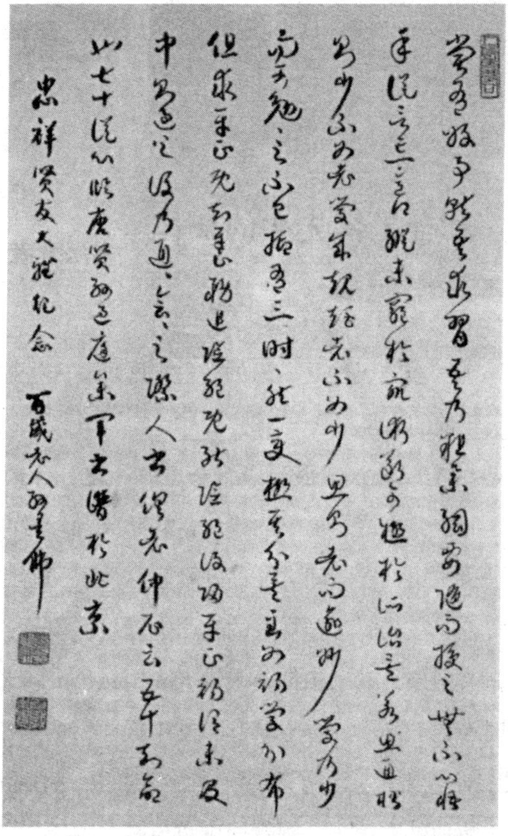

孙墨佛老先生赠我的书法作品

在孙老物我两忘似的运笔时，我有一个十分怪异的想法闪过，他老人家表情平静而运笔平稳，对那一般人未必能懂的书经，既没有显出庄严神圣感，也没有大惊小怪，好像在写一封没什么大事的平安家书似的。

孙过庭在《书谱》里这样说："初学分布，但求平正。既知平正，务追险绝。既能险绝，复归平正。"

孙老一生丰富多彩，历经百年沧桑，那如烟的往事还有多少萦绕于心？当年朋辈存世者几何？如果他不以平静、平常、无事之心对待以往，对待人生，将何以自持？返璞归真，返老还童。从平淡进入跌宕起伏，再归于平和……这不仅是书法艺术的法门，也是对待各类艺术，包括生活艺术的不二法门。

中午许老为孙老点了菜，我们一起用餐。席间，基本是许老和戴临风台长对话，孙老也没说什么话。

事后有两个小插曲。一是那家宾馆给我打来电话，要我付饭费。我当时这样回答："你们经理出面招待孙老、许老两位嘉宾，并陪同用餐，只用了个便饭。孙老的一幅丈二匹，你们也收了。我不过是这次活动的参加者，账我可以付，也可以请示台长报销，但只有一个条件，你们把那幅丈二匹退出来还给孙老。"光那张丈二宣纸，就不只这顿饭费，那是中央电视台出钱买的。后来，他们既没退还书法，也没再给我打电话。再后来这家宾馆已更换人马，也就没人再提此事了。

第二个小插曲是中央电视台办公室给我打电话，问我孙老写的那幅作品找不到了，是否在我这里。我回答："那天孙老写完后，我连摸都没摸过。你们再问问别人，找找看。"后来，找到了。再后来，2001 年前后，我看到这幅字已裱好挂在电视台圆楼二层的过道墙上，而孙老已仙逝多年。字留在人世，那敦厚的笔触，流畅的墨韵仍让我清楚地记得老人家书写时的专注与精神的矍铄。

对孙老，我没必要再做考古式的发掘，想要有个一知半解其实也十分简单。他的孙媳妇小肖后来在荣宝斋东侧大棚里开画店。我和她很熟，从她那儿买过画，她也帮我裱过作品。有一天她拿来一幅画，要我补个章，说是孙老为中央电视台写字那天，她在场，当时她曾请我动笔送她一幅画。我以前根本没这个印象，不过拿过来一瞧，还真是我的笔墨。对于这件小事的叙述其实要想说明，要想多知道墨佛老人的以往，从小肖口中总可略知一二。可我没再问过任何问题，只听说孙老当年任过孙中山先生的侍卫。1922 年，"六・一六"兵变时，他从硝烟中把孙中山背出来，护送到安全处。

往事如烟，非要把这如烟似雾的片断拼成全图，让它鲜活地再现，对我而言既不可能也无必要。在人们的记忆中，往事都有着各自的版本。但孙墨佛老人104岁的高龄，却是一个真实的奇迹。许麟庐先生请孙老为我写的这幅墨宝，我一直珍藏，尤感珍贵的是这幅字的作者是一位百岁寿星。

同门交往——和史国良、石齐、李延声的同门之谊

一

史国良与我有同门之谊，他是黄胄先生的入室弟子，读过中央美术学院国画系研究生，前些年皈依佛门，平时就一袭黄色袈裟，不仅落发，而且头顶有六点戒疤。我们虽然很熟，但见面和再见时，他都会双掌合十，口宣佛号："阿弥陀佛。"

他其实是个性情中人，高兴时还会唱卡拉 OK，大多唱民歌。他当年拜黄胄为师颇有故事。一个深夜，他找到黄胄家附近，但不知门在哪里，于是他扯着嗓子高喊："黄胄，黄胄，你在哪儿？"就这样找到了他心仪已久的老师，以后就吃、住、学都在黄胄家中，所以，他应算名副其实的入室弟子。

在我的《岁月情缘》中就提过史国良帮我找到颜梅华先生上海家中的电话，与颜先生在电话中交谈许久，了却了一个儿时产生的夙愿，终于与我十分喜爱的武侠小人书的作者直接通话的事。

这几年，炎黄艺术馆有活动，郑闻慧老师就会通知我。我和国良又同任黄胄美术基金会理事，因而一年总有几次见面交谈的机会。

平时，我找他最多的是请他与我一同帮别人看黄胄的画。这几年，除大

看史国良作画

拍（几家著名的大型拍卖会）上的黄胄的作品还能得到信任之外，随着黄胄的画价飙升，私下拿来的画作，真的越来越少，造假逐日增多。熟人和朋友经常会找我掌眼，我为慎重起见，常去国良家让他一块儿看看。

后来国良跟我说："你可别给我找事儿，我说是假的，传出去，把人家生意搅黄了，人家恨上我了，有人威胁说要对我'不客气'了。"是呀，国良是一个文弱画家，又是世外之人，何必找他蹚这趟浑水呢？但我还是坚持要他过目。他给黄胄铺纸研墨，看先生作画的机会比我多得多。我很理解他的处境，再找他，绝不让他当众表态。我是不太怕找麻烦的人，无论谁让我表态，看到拙劣恶俗的赝品，都会气不打一处来，"太丑陋了，不管哪位高人给你出过鉴定，你要问我，我只能如实相告"。这大约是我与国良的共同态度，只是他的处境会有麻烦，而我不大怕这些麻烦。

说到收藏，我以为，打了眼，收个赝品不算什么。据我所知，无论多有名的鉴定家，都不能保证万无一失，任何检测都有误差，也允许有误差。何况绘画作品的鉴定大多是凭经验，通过一双慧眼而不是通过精密仪器检验，失误在所难免。

但真正的遗憾是你遇到难得一见的心爱珍品，却下不了决断之心，再或囊中羞涩，使一件东西，无论书画、瓷杂、古董，与你擦肩而过。机会一失，今生今世都不可能再见到它，那才是最大的失误和遗憾。一次，国良对我说："这幅作品，多少钱都应该买。"那是一幅六尺整纸竖幅的黄胄代表作《日夜想念毛主席》，刊登在一家拍卖公司的图录上，我们没必要去看实物，因为这是典型的黄胄精品。我托了一个朋友代我竞拍，但由于我的经济实力有所不逮，被别的买家请走了。

提到这个遗憾，我心头似乎有些隐痛，因为，我真的太爱这幅作品了，但从理论上讲，没有可能凭我的努力再重获一次拥有它的机会了。何况，从那次拍卖会之后，黄胄的作品价位上扬了五倍至十倍。这幅作品绝不止上扬十倍。我衷心地为拥有这幅作品的那位仁兄祝福。

二

石齐是黄胄先生的弟子之一，早年的人物画大得先生的真传。

他如今画风一变，色彩斑斓，景物已不是当年黄胄所传的写实风格。我也十分喜欢那瑰丽的夸张色彩，只是读不大懂。

七八年前，他的一次画展曾邀我主持。出于同门之谊，我自不容推托。他当时答应，无论我喜欢他哪幅作品，都会送我。我没有开口，算他欠我个人情吧。几个月前，他曾对我说："黄胄老师答应送他一幅作品，他当然很喜欢，可是没有要。"我不能说没要石齐的作品，他已在十年前送过我一幅四尺整纸的作品了。根据朱柏庐先生治家格言中的一句话，"得意不宜再往"，有一不应再有二了。

愿石齐艺术大进。

三

李延声也是黄胄的学生，对炎黄艺术馆的落成亦有贡献。

李延声的人物画是很有功力的。黄胄对他说，要画一种有自己风格的，或解释为带有强烈的个人符号的形象，徐悲鸿的马、齐白石的虾、李可染的牛、黄胄的驴、李延声的鹿……毋庸讳言，延声兄还要百尺竿头，更进一步，我为他加油。

睹字思人——追忆故友刘炳森

炳森英年早逝，过早地走了，有人说他是累死的。他生前身为全国政协常委、书协副主席、文联副主席、中国佛教协会副会长，又作为著名书法家，集各种事务于一身，还要参加公事、私事的社交活动，是挺累的。我和他几年前多次聚首于笔会，看到他有时路上还要颠簸奔劳，煞是吃力。

但我以为再怎么累，断不至于累死，所以不必从这方面引以为戒，而优哉游哉，过着散淡的日子，不操心、不劳神、不受累，这难道就叫神仙日子吗？不信，不信，还是不信。身子骨还得劳碌一点儿，该学的还是要学，该跑腿的还要跑，该干的活儿还要干，只是要学会身心放松，不能一味地绷紧，无论是神经还是肢体。会发力还要会放松，“文武之道，一张一弛”。

炳森兄早些年就对我说，他给我寄过一幅字，可是我至今也没收到。有的时期来信太多，实在无法处理，如 20 世纪 80 年代“蒲公英知识竞赛”期间，一周内剧组收到观众来信一万多封。当时没搞过什么有奖竞猜和征集问题，这一万多封信，都是观众的观感和建议。很多信封上是署我名收的。我就是不背稿、不播音、不主持，全天看信也无法处理其中的一部分。所以，80 年代我曾从信中收到了周怀民、苏葆桢、郑乃珧、华君武等先生的作品真算巧了，有缘，有幸。还有不少朋友偶一相遇也会问我，过年、过节时有没有收到他们寄来的书画作品。那时我才知道错过了机会，没有及时处理他们的来信，还不敢直说没收到，这会让人失望。

炳森说给我寄了字，凭他的身份怎么会说得不真，而我确实没收到。怎么面对人家的一片美意呢？我只能如实相告，真的错过了，没有收到，他也十分理解。后来，在一次笔会相聚时，他写了一幅字送我。在笔会上，大家一聚，谈得开心，彼此交换作品是很时尚的一种交友、切磋、合作的机会。我没送他作品，因为我自知我的画还无法投桃报李。炳森曾对我讲，愿在适当时候，我画他题，合作几幅作品。但没来得及操作，他就英年早逝了。这幅应算炳森给我的第二幅书法（第一幅如前述，没收到），上面四个大字“野鹤闲云”。我想这正是他与我共同向往的一种生活状态。这是一种境界，可惜的是，他并不能实施而我现在还在写书，就说明我暂时也做不到。“野鹤闲云”虽说是心灵的一种解脱，但也要少些操劳。我现在是“非不能也，乃不为也”。我还有一系列的俗务要做，几年之内还难以停下。我在打算出书时，就又陷入了较为密集的操劳，如写《岁月随想》一样，在解说词稿背面一个字一个字写下去，省点纸也算为环保作贡献吧。而张美珠就在一旁把稿子输入电脑，还不停地问我字音。她是苏州人，我们结婚四十余年，还有吴侬口音，常因尖团字音不辨而在电脑中找不到字。不过，我虽不能如“野鹤闲云”，但仍愿把它作为座右铭，于是每天顶多写到二十三点就搁笔入睡——没人催我稿件。这次的书，我打算做成望文均等的作品集，整理画作，决定取舍，还要从一大堆照片中找出需要用的内容，说来容易，做来烦琐，只能亲力亲为，别人帮不上忙。

“野鹤闲云”是炳森兄的祝愿，我当逐步实践。

在这静夜之中，寻章摘句写成八句，以慰故人。

再读炳森赠字有怀

半生闲适少，赠字意相通。
夏梦连松韵，秋光入桂丛。
云浮石镜月，鹤寄雪山风。
小苑悠然夜，抒怀赏墨桐。

妙笔续悲鸿——在范曾家拜访徐悲鸿夫人廖静文

2006年8月25日，徐悲鸿夫人廖静文先生携公子徐庆平到北京昌平区范曾住处登门拜访。

廖静文先生年逾八十，亲登晚辈之门，实在是十分郑重的一件事。

廖先生带来三幅悲鸿先生残缺和未完成的作品，请范曾完璧补足。

这三幅作品中最令人瞩目的是徐悲鸿的《六朝诗意图》画稿。廖静文先生在整理家中旧物时，发现在一只箱底，平铺着一张画稿，那是悲鸿先生于1937年创作的一幅初稿，但纸本已残缺，画也没有完成。

说来也巧，就在2006年8月25日之前的一次聚会上，廖静文先生见到与会的范曾。范曾执晚辈之礼，向廖先生问候，寒暄几句。静文先生对范曾说："我存有悲鸿的残缺作品，很想把它补足。而今画界，你的白描笔法最好，我想请你补画，不知可否？"范曾十分郑重地表示愿意尽力完成此事，并说："改天我到府上取画。"没想到静文先生竟亲自送画到范曾家中来了。凡大师辈皆有不同寻常的经历，都有非同一般的神秘故事环绕着他们。

大师们的平常事对于后代来说也不同凡响。要是平常人家，平凡人等垫在箱底的纸张，就算是残缺画作，也大可丢弃，再铺新垫。而徐悲鸿先生的画稿岂是"肉身凡胎"，这几乎是国宝级的发现，也就是文物。

2006年8月26日，阵雨方歇，我和妻子即驱车前往范曾住处。

一路上，浓荫四布，绿色满窗。雨水颇丰，酣饮甘露的草木，尽情地舒展着枝叶芽苞，一派少有的兴高采烈的葱茏。我看到此等景观，心中默祷，天呀，请赐我等生灵足够的雨水，让日渐干枯的北方，沃野千里，绿满阡陌，鸟语花香！

来到范曾家院内，楠莉正巧迎出，她说："去看看吧，范先生刚完成一件作品。"

进到厅中，范曾正坐在沙发上小憩。

我望向他的画壁，三幅白描人物图正被磁铁珠固定在毡壁上，毡后有一面贴墙薄铁，宣纸悬放，用一颗颗核桃大的黑色磁铁珠固定。范曾作画是站在墙前，一笔笔挥就，难得的是画幅大时，他要多次站立下蹲，毛笔与身体成90度，曲折笔势，行云流水，至于如斧凿之重笔及若游丝般的笔触，收发随心，俯仰自若。这是功力，是本事，是时代的传承，使我遥想先人的壁画和西斯廷教堂穹顶上精美绝伦的画像。无疑，工具不同，毛笔是软毫，造成如刀劈斧砍和飘逸有致的白描，仅靠身体的支撑就绝非常人所能，范兄毕竟是年近七十之人。

话说回来，当我往墙上一望，咦，这不是范曾的作品吗？"徐悲鸿的画，我补了一幅，题了两幅。"范曾如是说，"中间横幅白描是旧稿《六朝诗意图》。画上三人，从左往右，前骑马，中跨蹇，右推车，分明是完整的画面。"一旁米景扬告诉我，原画右侧推车者的上半截车已缺失，背景山、树、草、石也是范曾补足的。

这幅画稿悲鸿先生作于1937年，而先生系1953年辞世，享年58岁，如此算来应是悲鸿先生40多岁时的创作。而范曾2006年正值68岁。平心而论，2006年，范曾的功力和线描技法，应高于1937年40多岁的悲鸿先生当时的功力。因此，范曾以悲鸿先生当年造像的风格和笔法把残失部分补足，自能浑然一体，天衣无缝。同时又在画中添补上山景树木，最后以一首七绝做成款识。整幅作品补足1937年悲鸿遗画的笔意，神完气足，修旧如旧，如不看款，很难用眼睛看出这是两位大师隔了七十年时光的合作。我也算是有缘，做了这三幅跨越七十年时光才最终完成的作品的第一批观者。

补前的样子

此画已经范曾补足，山、树、石、路和独轮车是范曾用悲鸿先生当年笔法画成的，又加题诗。

1937年，徐悲鸿先生以国画线描手法在纸上画了三个人物，即《六朝诗意图》初稿。画面中心是骑在驴上的一位青年男子，在他的前方是骑着高头白马，身着锦缎鲜服的做官者，可谓锦衣玉食，宝马轻裘，春风得意，踌躇满志。相比之下，骑驴者自感惭愧，心有不服且不平：人家骑马，自己骑驴；人家穿绸缎，自己着布衣；人家少年已得志，位在高官马蹄疾，自己何日能出头。愿望无着徒叹息。设身处地为他想，是否差在时也、运也、命也？也可能是命运不济，也可能是朝内无人，也可能是少壮不努力、老大徒伤悲。要出人头地，此时想拼搏补足缺憾，又岂是两三天的工夫就能赶上的？偶回头，咦，只见一位壮汉，推着一车重物，一步一步向前迈进，身着短衣，足履草鞋，脚下崎岖，而路途漫漫何处是尽头。那独轮车仿佛嘎吱作响，可想而知，这劳作是何等吃力和艰辛。这壮汉做着苦力，让他羡慕骑马者，估计连想都不会想，也许他想着有一天能骑上驴走一走就算是修来的福了。骑驴者此时看到后者，陡然感到人云“比上不足，比下有余”是多么贴切的一句至理名言呀！

这幅画的寓意就是要人们知道比上永远不足，而退一步则会心平气和。

补图后，范曾审视一番

范曾与徐悲鸿时隔七十年的合作，最终完成了悲鸿先生当年的草稿。其实 1937 年之后，已有完整的《六朝诗意图》问世，它现存俄罗斯，并已有画册刊登。

存于俄罗斯的画与原稿中三个人物大体是一致的。画册文字说明是教人“知足常乐”，这是几千年来大部分中国人的传统观念。

于今看来这种知足常乐的观念未必符合现实，或基本不能再这般传承下去了。凡是人都有欲念，欲念转为希望，希望期待实现。为了实现就有两种行为的取向，如“气人有、笑人无”，如“仇富心理”，再如“心生歹念，以非正常手段攫取钱财”，这是一种社会上久已出现的不正之风、歪门邪道和罪恶行径，但至今乃至以后，还会有人、有不少人死不回头地走下去。当然还有第二条路，为了实现希望，激发自己的创造力，用犹如推车人的艰辛，在自强之路上跋涉。学习，学习，再学习；创造，创造，再创造；努力，努力，再努力。这欲望、需求和希望既是永远向前的召唤力，也是不竭的推动力。一个人，一个团体，一个民族，一个国家，要是以“比上不足，比下有余”，知足常乐而不思进取来束缚自己，那万万不可。当然实现了更上一层的愿望也不能止步，更不能满足，只要方法得当、手段正大、心态光明，追求物质与精神的进取永远是无可指责且应发扬光大的正路。只是当希望一步步实现时要戒骄戒躁、戒挥霍、戒霸道、戒欺人，要怜贫惜老，要帮助后进，要为社会做出回报。

哲人讲的是道理，而画家完成的是艺术。绘画是供人欣赏的，是给人美感的创作劳动。我们还是回到画卷本身来领略两位不同时期，又有传承渊源的大师的合作吧。

看范曾作画

范曾先学历史，后习绘画。绘画师有蒋兆和、李斛、李苦禅等大师，而蒋兆和与悲鸿既是友人又有师承，范曾虽未拜在悲鸿座下，但也算悲鸿隔世相传或称再传弟子。绘画除了拜师之外，还可以通过熟读画稿，向高手、向古人、向前人、向自己尊崇的艺术家学习。当然，研读作品，解析、临摹也是一条重要路径。中国画的传承中，笔墨功力是一门有章可循的大学问。仅强调师法自然，离开笔墨传承，也就没了中国画的神韵和灵魂。试想，只以自创手法画庭树、盆花和人、景、物，千人就可能有千种画法，万人就会有万种表现。千人千面，而唯独没有中国画的灵魂。中国画的体系是一门独立的学科，是神圣而伟大的殿堂。

其实，这次廖静文先生请范曾补画，将自己珍藏的宝物倚重范曾补足，这更多的是信任和嘱托。

这使范曾也颇为感叹。早在学生时代，范曾的作品就曾参加过北京举办的一次展览。当时静文先生还不认识他，但在范曾作品前说了这样一句话："这个人将来会成为大画家。"前辈慧眼识才，而范曾也不负众望，终成大器。

几十年后，廖先生亲自登门托范曾补画，前因后果，因缘联系，令人叹息。

范曾是大画家，这是知道中国画的大众公认的。范曾亦是一位历史学家，却不见得有知道他是画家的人那么多了。他先攻历史后学绘画，画家名声大而史家的名声被遮住了。他是一位散文家，我估计看过他散文的人也不多，但范曾的散文近年在港、澳和海峡两岸的评选活动中，接连得获年度散文桂冠。范曾是一位诗人，主攻旧诗体，大气磅礴，才华横溢。他还能写赋，山川地貌、风物人文，顺手拈来，激情跌宕。

因此，他是诗中有画，画中有诗。

此回为悲鸿先生补画，并为另两幅作品题补款识，承蒙廖静文先生青眼有加，十分推重。而范曾也不负重托，不仅续成完璧，而且锦上添花。三幅画卷，分别题了三首诗，也令观者感叹。

《六朝诗意图》题诗

少年锦绣不知愁，
策蹇山林羡骥裘。
独驮堪怜人寄世，
伤心莫忘此回头。

（蹇，驴之雅称。我画驴请范曾题字，他都称驴为蹇。驮此处读dai音带。）

和范曾一起上节目

《高僧图上》题诗

一脉天心冥契时，
孤灯历历照庄仪。
悲鸿笔浸莲房水，
冷暖其中只自知。

《相骏马图》题诗

风云百战气犹豪，
踯躅霜蹄押帅旄。
牝牡骊黄君莫问，
怜才共仰九方皋。

三首诗文抄后，本文理当做结，但总觉两位隔代大师七十年的神交合作，使我心有戚戚焉。鄙人绘画远不能登两位大师之堂，作诗又才思枯涩失之无技；为文虽可行世，但无法惊人；于史既懵懂，又更无灼见。当然看与谁比，按《六朝诗意图》定位自己为骑驴者吧，回首看，又比那些不学无术，却又游戏人生而搞丑、搞怪、搞恶之流，强过岂止万倍。知耻而后勇，知丑而庄重，知时不我待，却以不知黄昏将至之情，仍以赤子迎朝阳之心，奋发努力，此尚可自勉自许也。

碧落春深锁忧伤——听张国立讲普洱茶道

我居家上班，只以白水解渴，因为很难有一悠闲时光沏茶品茗，而不解品茗，失一雅趣。可是我交友甚广，公私聚谈颇多，清茶一杯，那是必备的，所以也还能常喝到茶，而且有机会去苏、浙、闽、豫，那西湖龙井、苏州碧螺春、福建铁观音、信阳毛尖都经常听入耳内，饮入口中。

近年来，据说经张国立策划的马帮入京，把云南普洱茶炒得身价百倍，于是，我才明白普洱茶的至尊身份和冲泡的讲究。

喝茶要闻香、品茗，齿颊生津，甜、涩、绵、柔全凭个人感受。《红楼梦》中栊翠庵妙玉对茶及冲泡、器皿和啜吸的口量全有精论。所以品茗与解渴实在是天壤之别的两种境界。多年前，街市路旁一分钱一粗瓷碗的大碗茶和那讲究人的品茗之雅趣实属天差地别。

听张国立讲云南普洱茶，真有传奇故事。他说："西藏、蒙古牧民很难有青粟水果吃，但人家世世代代健健康康、硬硬朗朗，吃肉、喝奶，都离不开一样茶：砖茶。"我说："国立，我喝过没放奶的砖茶浓汤，比一般中药汤还浓还苦还涩。"张国立说："人家加奶，叫奶茶。这茶把油腻全解了。人家全都是食肉，但血压正常、血脂正常、血糖正常。咱们城里人才吃上几年高热量的饭呀，好，现如今都不敢吃了，吃出个'三高'来，再花钱吃药，为什么呀，因为没喝人家那用茶砖掰下一块儿煮出来的浓茶。您要知道这茶砖就是云南普洱茶。”这个背景说完了，他讲了个趣闻：“您知道前些年，这一块茶砖，两三斤卖多少钱吗？”“多少？”“八角，顶多一块钱。”“啊？”“有一个南方小商人做长途贩运，没多大利。半截不干了，有一个库房，堆了不少茶砖，扔了可惜，卖了没利，就撂那儿吧，以后再说。这一放就二三十年，如今想起来了，您猜猜看，这当年八角一块的老茶砖，如今什么价儿？”“你说呀。”“两万一块，这算便宜。”“一本万利”这个成语早有了，可直到这会儿我才算对上号。天上哪块云彩有雨，世界各国的天气预报都不能全准。

原来粗纸裹着的茶砖，如今精细包装，才几天呀，旧貌换新颜。一位朋友为我沏一杯普洱茶放入玻璃杯中，他说您看看这颜色。我隔着杯子对着光一看，竟是红红的汤色。他说：“这和法国葡萄酒的颜色一样。”敢情为了观色，不用宜兴泥壶、茶杯，又改用玻璃杯了，“玉碗盛来琥珀光”。

哎呀，早知道它那么好，几年前买几麻袋放在家中，那是多么雅的事啊。咱不为卖钱，也不为发财，守着它图个乐子。唉，该省多少钱。又开始想了，

老赵会客厅

这么井喷似的涨价，牧民兄弟还敢喝吗？我又为他们多虑了吧。

普洱茶讲究年份，搁得时间越长越贵重，2007年3月中央电视台新闻报道：“云南普洱地区（现在地名都改为茶名啦）向故宫捐赠一块雍正年间的沱茶。”谁说茶越新越好呀！

可是绿茶就讲究新、鲜、嫩、碧，明前（清明前采摘）、谷前（谷雨前采摘）茶，那也是金子般的天价，越新越好。就是一样，龙井等名茶真货少、假货多，不是行家里手，喝了、买了，也不晓得。旗枪，泡出茶来一芽两叶，像古代的枪矛之枪，可不是现代的机关枪、步枪、手枪的枪，那是开水泡的冷兵器，可爱煞人。

我在政协有个同事，罗开富委员，开小组会常坐在一起。每位委员面前一个瓷缸，服务员轮番为大家续水。罗委员自备一玻璃瓶，请服务员冲水。一次，他拿起这个瓶子一晃：“你看，春风杨柳万千条。”咦，还真是这般，碧绿的长形叶片一条条竖着排起在茶汤中，摇曳生姿，不晓得他喝的是什么茶，只看那茶叶发开的形象和浅碧的茶汤就是一种美的享受。南方新茶汤如碧，普洱茶汤红酒浆。绿茶中碧螺春的名字最好听，这不由得使我想起碧螺。那不是茶，是田螺，大大的田螺，在卖小金鱼儿的木水盆中养着呀，太让我幼小的心灵感动了。因它的壮硕、瓷实、敦厚，一旋旋粗中有细的精巧螺纹和壳色暗褐变化无常，而又偶尔薄薄地生上一层青苔，恰如碧玉琢成。小红金鱼儿从它身旁游过，在一红一碧、一动一静之间，那种色彩、动态、变幻、光影、水波组成的图像，焕发出生机盎然又意蕴鲜灵的无穷美感。这是我儿时之美感的育成养分，也是我精神的瑰宝——不在名贵，而在发现。早早地发现，形成了情愫，那是我心目中的净土和纯真之情，也是组成我日后解说《动物世界》的情感因子。

下 篇
旅途随感

XIAPIAN

井冈山：风雨蝉鸣故人情

井冈山是我心中的一首诗、一支歌。中国近代几十年的风风雨雨，几十年的喜庆欢乐，源头就在这里。中国红色政权从井冈山迈出了第一步，穿过硝烟战火、血雨腥风，经过两万五千里长征路，转战陕北，取得三大战役的胜利，百万雄师过大江，解放全中国。星星之火，终于在九百六十万平方公里的大地上燎原。这燎原的熊熊烈火幻化成鲜艳的五星红旗，1949 年 10 月 1 日，随着毛主席宣布新中国的成立，永远飘扬在神州上空。

对一个革命圣地的向往，使得多少人慕名而来。几十年来，几百万人或许近千万人熙来攘往，争相讲述着井冈山给予他们的一种犹如洗礼的神圣与庄严。可是过去很少有人，或根本从未有人向我描述过他们目睹的井冈山美丽的自然风光。

倒是毛主席 1965 年重上井冈山时写下的《水调歌头·重上井冈山》，为我们描述了这样的景色："到处莺歌燕舞，更有潺潺流水，高路入云端。"这其实是对井冈山风光的白描。但不知为什么这几句如画的诗句，却被解释为对当时中国"文革"大好形势的比喻，我甚至从未听到过任何一个人用毛泽东的诗句来证实井冈山的大好风光。

这次拍摄《大京九》，摄制组沿着京九铁路的筑路工程进行拍摄，于 1995

《大京九》摄制现场

年 7 月 8 日抵达井冈山。临来之前，听到剧组同事说过，“井冈山绿化得太好了，不信你去看看！”尽管我对井冈山的绿化早有耳闻，但直到我们从南昌机场如灼如烤的气温中驱车开入罗霄山脉，关上空调，打开车窗时，我才全方位地感受到这是盛夏之中的一方清爽神奇的胜地。空气里仿佛掺上了甜香的分子，这不是单纯的松香，不是单一的阔叶林散发出的青色叶片的气息，也不是漫山碧透的竹林的清香，因为所有植物叶子散发出的清香中必然会有一种微微苦味，可是透进车窗的空气却是甜甜的。车子沿着铺垫得十分平整的柏油路面逶迤行驶，穿过触手可摸的翠竹、蒲草和片片树木交织的林网。凭窗远望，一幅幅各不相同的美丽画面使我立时精神为之一振。

离开家门从北京出发是早晨五点多，近两个小时的空中飞行和近八个小时的汽车颠簸，加之前一天录音到深夜，再加之近一段时间各种各样劳力操心的杂务，令我身心疲惫。刚想在放慢车速的盘山行驶相对平稳的车身中，昏昏入梦，却被眼前的景色和沁人的馨香驱赶了困倦。一路上同伴们不断的调侃，也因车窗外的迷人风光而暂时打住。

每一个人都在用全部身心领略眼前的一切，我相信每个人也一定会想到很多很多。

夜听蝉鸣

《大京九》摄制组一行九人，受到主人热情的招待，被安排住在井冈山市政府所在地茨坪的“井冈山宾馆”。

井冈山最高点不过海拔一千多米，我们的住处海拔不是很高。然而我们下车之后顿感清凉，这就要归功于井冈山区的丰厚植被了。因为气温随海拔高度而降低，每上升 100 米，气温降低 0.6℃。当江西全省处在最低气温 27℃时，我们房内夜间温度只有 20℃左右，要盖被子睡觉。天气炎热与否，主要看最低温度，如果一个地方最低气温超过 25℃，那就是高温天气了。有的地方最高温度达三十七八摄氏度，但只要最低温度不超过 25℃，就算不得高温天气，日子也算好过。我在新疆拍摄外景时，白天太阳晒得人头昏脑涨，可是夜间拍外景披上军棉衣还冷得打战。这就是所谓的“晚盖棉被午穿纱，抱着火炉吃西瓜”。这种夏天就不难熬。而江西这一带夏季持续高温，能在井冈山上享受清凉，真是身在福中。

我们的住房没装空调，也没有电风扇，井冈山不需要它。纱窗外是竹林和树影。夜卧榻上，忽然觉得纳闷，咦，现在已过午夜，而鸟儿还在此鸣彼应，难道井冈山的鸟儿是夜不投宿的吗？正好大家都没入睡，走廊有人走动，我披衣而起，趿鞋出屋，问问这到底是怎么回事。一位当地人笑道：“搞错了，这不是鸟，是蝉鸣。”咦？我到过的地方可谓不少，可从来没有听过蝉是这么叫的。

于是我又回到室内，渐入梦境。

仿佛睡了很久，又好像刚刚入睡，半夜又被这“鸟鸣”惊醒。我在昏沉中仍坚持认为这是鸟叫。才三点多，晨曦尚未开始，可是我却已无倦意，索性静听起来。这知了大约是蝉中之王，“嗓门”可真洪亮。蝉是通过腹膜振动发出一种类似噪声的声响。只有寒蝉即秋后的知了，才会“伏天儿，伏天儿”地叫着，抽泣似的预示着萧瑟秋末的到来。可是井冈山的蝉鸣惊人之处，是它能同时发出两种音响。低声部嗡嗡然，颇像萨克斯管奏出的布鲁斯曲调，喑哑哽咽。如果只是这一个声部，那就“寒蝉凄切，对长亭晚”，使人伤感了。井冈山是革命圣地，革命圣地的蝉儿也非同一般。它在低声部行进过程中，又发出了高亢的鸣叫，像号角，像钢琴的强音，更像一支老竹管被敲击的圆润的梆梆声，而且声音大得惊人、震人。听着听着，我觉得蝉儿似乎已钻入室中，于是下床四处找寻，直到我站在窗前，才发现它们停在离我窗子至少五米开外的竹林里，而且不止一只，高低错落，轮番高奏。如果这是柔情的夜曲，那我可以再睡一个回笼觉，再做一个甜美梦，然而这鸣叫太吵人了，我嘀咕着：“纸糊的驴大嗓门”，把玻璃窗关严实了，声音顿时衰减了至少一半，于是我回床躺下。

蒙眬中又被惊醒，这是剧组统一的叫早。拍摄日程一环扣一环，稍有松懈就会拖延时间。我们的回程机票已订好，大家下一步都有重要工作。只有抓

《大京九》摄制现场和胡慧中

紧仅有的一天半时间，才能拍摄完十余个外景点。何况井冈山地区，十里不同天，阴晴难料，人称“小孩的脸，说变就变”。我们就是在和云彩争时间的状况下开始第一站采访：水口。

路上相互一问，大约都是在凌晨三点被蝉鸣吵醒的。对于这蝉的特点，不免引发了一场争论。

我问胡慧中：“你有没有在台湾听过这样的蝉叫声？”“没有哇，从来都没有听到过耶。”我的问法大概可以称为台湾味的，她的回答就不用说啦，台式国语。胡慧中是我向剧组推荐的嘉宾主持人，她近年来塑造的女警官形象给人留有较深印象。在台湾地区演艺圈华人明星中，胡慧中的学历也是高的。她毕业于台大历史系，后来从艺，且英语、粤语、普通话都很好。这是她第一次与中央电视台合作拍专题片，也是头一次上井冈山，尽管一路鞍马劳顿，兴致却很高。她也是三点钟被吵醒，仅睡了两个小时的觉，看她回答的反应，我放心了，此刻她的精神状态是能坚持一整天的跋山涉水兼出镜的。

那么这蝉为什么能同时发出两种差异明显的声音呢？剧组有人说："这根本不值得奇怪，因为这是两个或多个知了同时发出的声音，你觉得像是一个蝉叫出两种声音，其实不是。"我说："但愿它是如此，可是，你现在听……"这时远近高低，蝉鸣四起，"你听，为什么在同一个声源里发出两种声音，要奏同奏，要停同停，虫儿哪有那么良好的组织性，又没有指挥，不同个体断无此种整齐划一。"总导演——人称大李的李近朱说："这的的确确是一个虫子两个声部。"通过各自的侧耳细听，总算推不倒一个蝉同时奏响两个声部的二重唱的说法。没看过舞台上、银幕上一个演员身背几种乐器，形成一个个体乐队吗？这种井冈山蝉儿早就这么做了。其实，我仍断不定、弄不清是否真的是这样。就算是吧，反正不是在作科学研究的学术报告，即使是科研也会有误区、有谬误呢，就算把一个嗓子同时唱两个声调算作科学假说吧。既然没能提供有力的反驳见解，就应该认为是正确的，直到被高人揭穿真相为止。蝉声之谜就这样印在我的脑海中。

"快看，它飞了。"录音师王文华指着前方要我们看。一个隐约闪烁的小小灰色虫影一折一闪地掠过，千真万确。这就是井冈山漫山遍野特有的蝉。那洪亮巨响竟出自这么小小的蝉儿身上！真有点儿虫"不可貌相"了。不过这倒也没什么奇怪的，人又何尝不是如此？有人瘦小枯干，可是声若洪钟。已故著名京剧艺术大师、铜锤花脸裘先生，不就是身形与声音形成很大反差吗？如果只见老先生在街上漫步，任何一个人都难以想象那"包龙图打坐开封府"威震四方、洪钟大吕的巨人声浪会是这么位爷唱出来的。话说回来，这该叫什么蝉呢？我们苦于不知当地人管这种蝉叫什么名字，以及在科学术语中这种蝉是什么样的拉丁文命名。王文华极为认真地低声对我讲："这叫金蝉子。""噢……咦？！"我也悄声对他说，"金蝉子这三个字像是佛门中人的禅号，怕不是昆虫学上的真正名字吧，再说了，金蝉大都是文学的赞美语言，并不像金龟子一样确有那个叫法。"当然"金蝉脱壳"早就是人所共知的成语，可那包括所有的蝉，并非单指井冈山的蝉。上过井冈山的人如此之多，竟然没有人向我们讲过这极为特别动听的蝉叫，此为一怪事也！

一路上，我在想着，井冈山这片圣地，正因为它充满了神话般的革命传奇色彩，才使得大多数的外地旅游者、来访者，集中思考与回味着毛泽东、朱德等老一辈革命家艰难创业的伟大壮举，而忽略了仔细欣赏这里非同一般的风物景观。

彩练悬空

我们乘车向离住处约16公里外的水口开进。

昨天还是山色空蒙，雨雾四布的阴天，今天却是个大晴天。

日出东方，万山晴朗。在井冈山下的人一定不会认为这阳光灿烂的天气是旅游的好时机，因为山下低温27℃，高温37℃，火炉般的焦灼，行不了几步，浑身汗透。可是我们在山里，晌晴白日，仍享得微风习习。

何况路边斑斑竹影，洒满一地，算是个花荫凉。大家下了车，一路上兴致勃勃地赞叹天公作美，向山间石块铺成的小径走去。

“蝉噪林逾静”，王籍早为我们描摹了这样的氛围。哗哗的溪水，水势旺盛，就在我们的身侧。“到处莺歌燕舞，更有潺潺流水。”毛主席也早就把这风景告诉了世人。不来此地，不得印证。

在行进中，还可以学到许多知识。导游杨女士指着路边宽宽的竹叶告诉我们，这是糯竹叶，当地人端午节包粽子用的就是这肥大的叶片。我虽然不大爱吃黏食，但却可以想见，那一锅热气腾腾的粽子冒出的竹叶的清香，想着想着，肚子有点饿，腿也有点酸。“还有多远？”我问小杨，她说：“快了！”汗水已沁满额头，身上有些发黏，不由得心中嘀咕，我深信这“快了”的含义，这是导游们安慰游客、给人们打气的常用方法。

听到水声，更听到比金蝉子还响亮的声音。“快！快！你到这里来呀！”那是胡慧中在离我约10米的石亭中，急得直跺脚，在招呼我。这时摄像师已扛好机器，对准了她所站的方位。我心有余而力不足地尽量快些走近。

啊！我面对眼前的景色，呆住了！

轰然奔泻的飞瀑如雪练抖动，就在这水帘之前，在我身前20米处，一弯

彩练悬空

七色彩虹悬在空中。若非亲眼看到，你断不敢相信，这亦真亦幻、如梦如烟的美景会出现在山谷间，会出现在你眼前。

我忘记了腰酸，忘记了腿疼，甚至听不到瀑布的轰鸣，痴痴地盯着这片虚无缥缈的天赐奇观。虚幻的七彩虹影和这蛮荒山谷那苍苍的石色形成绝大反差。生怕好景不长，因此我睁大双眼，痴心地盯着看！毫无羞涩地牢牢盯着看！当初始的惊愕稍稍平缓，我才理解胡慧中的惊唤是出于完完全全与大家一样的乍逢仙境的惊叹！同时，我也理解她生怕错过拍摄时机的急切心情。

精神稍稍松弛，瀑布声与四处赞不绝口的叹声，逐渐传入我的耳中。陪同我们的茨坪市委宣传部李部长用她那略带当地口音的话语大声告诉我："每年从 5 月到 9 月，只要是晴天，每天上午 8 点到 11 点多，这里都能看到彩虹。"

这正是一个难得的晴天，这正是 9 点多钟，但也是机缘巧合，因为夏季的井冈山晴天的日子毕竟不多见。

我们能欣赏美景，可是摄像师不能。两位摄像师，一位是膀大腰圆的李军，典型的北方汉子，一位是文静少语的小伙子黄文华，他们扛着机器对着我和胡慧中已抓拍了七八分钟。李军心直口快，他笑着说了一遍刚才是如何拍摄，如何推拉摇移，如何把人物与情景拍得相映成趣。我当然相信，因为在《庐山》一片中，他和黄文华都有出色的构想和上佳的表现。他说到得意处，从肩上卸下机器提在手中，冲着胡慧中说：“刚才你跳着脚拍着手，急得大叫‘快来’是近年来不可多得的镜头，这才叫不是表演的表演。”在专题中的串场，就是要主持人这种情感的天然流露，忘记了周围的一切，甚至忘记了自己。除了规定的词句，更多的是要发自内心的由衷地倾诉。唯其如此，才能感人至深，也才能与观众产生共鸣。

一组镜头自然是完成了，大家驻足观看，并合影留念。这彩虹瀑布前的合影，更有意义。

美的长存，是人人企盼的。正因为难得寻觅，或转瞬即逝，才越发使人牵肠挂肚，令人叹息好景不长。可是彩虹瀑布却让看到她的人，尽情观赏，慷慨无私；她不故作清高，神龙见首不见尾，也不是昙花一现，让人扫兴，令你又惊又叹，又懊又恼；她知道游人远道来此的辛苦，她知道绝大多数人一生只能与她晤面一次，她往往被人们的真情打动，对着一双双喜悦的、能映出她花容月貌的目光，久久不愿离去。李部长常陪各地宾朋来此观光，她说，她最多曾看到四道彩虹悬在面前。我知道，能欣赏到那么美的景致全凭运气。但毕竟我在仅有的一次拍摄过程中幸运地看到了一道彩虹，我知足了。

因为，这是我从未在别处看到过的景观。“赤橙黄绿青蓝紫，谁持彩练当空舞？”毛主席的词句让我们知道了，井冈山的美确实是久已存在的，即使在那硝烟弥漫的战争年代，这绝世美景也给革命者以极大的享受与安慰。我又一次感悟到，长期以来，对井冈山的印象，只感受到它承载了太多的艰难沉重，却从来没听到，也从未想到过它惊世骇俗的多姿多娇。

“谁持彩练当空舞？”是那砰然落地的瀑布，溅起一潭水花，扬起一股水雾，在峡谷中飘动，而当东方的红日，从山口正好照进时，这缥缈的虹光就在水雾中呈现了。山头要有悬垂水帘，山口又正承受斜射阳光，不是大自然的造化神工，何人能有此幸。

拍摄完了，游客们也在惊喜之后，又意外地发现了我与胡慧中。人们有礼貌地希望我们在瀑布彩虹前和他们一一合影。盛情难却。我笑着说，你们把我们也当成了一景，胡小姐是可以的，只是怕我煞了风景。大家都笑了。再见吧，彩虹瀑布；再见吧，有缘相会的朋友。不虚此行，归程出多少汗、受多大累都值了。

在雨中

当我们拖着沉重的步子爬完最后一级回程石阶，早已汗透衣衫，气喘吁吁，心如鼓敲。要求合影与签名的朋友们以逸待劳地拥挤在我们的车旁。我钻进车厢，就照例看到有人满意，有人失望，真是对不住了，我们要赶路了。

到达第二个拍摄地点——毛主席的旧居时，天空出现了云雾，转眼便淅淅沥沥地下起雨来。我们庆幸听了井冈山市马书记劝我们更改日程的建议，否则，这时候去瀑布就什么也看不到了。

我们享受了美景，自然饮水思源，究其初衷，这是毛主席他老人家在冥冥中使我们到了井冈山。雨丝飘飘，伴我思考。几十年的岁月是从这里开始的，几十年的风风雨雨是隔不断理不清的。我们曾沐浴过毛泽东思想的阳光雨露，也经受过“十年动乱”的触目惊心，但当我走到这里，我油然而生的是一种难以言述的激动。1976 年，毛主席他老人家去世时，是我在电视中播送的悼词。我记得当时用 16 毫米胶片拍摄的大会堂前的一组画面，雨中的人们，有的泪水涟涟，有的欲哭无声，最后镜头推向滴着雨滴的芭蕉叶，镜头变虚，再变实时，眼前仍是雨雾一片。从 1995 年到此刻追忆毛主席离去，时间已过去了 19 年，而从此刻追忆毛主席风华正茂初上井冈山的日子，已是 66 年了。这里正是 1929 年毛主席率秋收起义队伍上井冈山的第一站。

毛主席故居，是在国民党放火烧光后唯一存下的半截土石墙的残迹上重建的。这片建筑，黑瓦白墙，砖木结构。1929 年毛主席只在这里住了三天，但是当地的人们却清晰地记住了当时的情景。我们的拍摄先从外面开始。住房门前，一铁栅栏围住了一块青石。井冈山至今植被茂密，土层丰厚，怎么那么巧，在这山坪厚土中突兀着一尊如木凳高的光滑石头。毛主席在此期间，曾坐在这块石头上，观看老乡种地，观看王佐操练士兵，而更多的是读书凝思。这块石头就被命名为“读书石”，只是我们难以想象毛主席当年读的是什么书。在生命攸关、刀兵相见的空暇，他气定神闲，阅读着也许与眼前的战事并无关联的古籍。一块石头，只因为毛主席当年坐过，就吸引了无数游人驻足神思，这是一种人格魅力的所在。上至国家领导人，下至平民百姓，崇仰的正是这种伟人的魅力。

读书石旁有一棵树，要不是导游小杨指给我们看，我几乎看不出，这是两棵梨树自幼栽在一起而拧成一体的。梨即离的谐音，连成一体，不能分离，寓意深远。据说当年红军把这两棵树栽在一块，象征着红四军、红五军永不分离，团结一致。团结就是力量，这个真理已经指导中国革命和建设几十年了。今天看到这不可能再分开的梨树，我想大多数人想到的是全中国、全中华民族的生死相依。

“请到屋后”，大李发出指令。胡、杨两人共撑一把伞，我也撑着一把伞，步向屋后。在主席旧居屋后，现在有三棵树，一棵是新栽的。据说原有的这两棵树，在1929年红军撤退后，国民党军队上山火烧这片旧屋时，树身被烤，枝零叶落，但这两棵树仍顽强地活着。据老乡说，1949年，这两棵树发出新芽枝繁叶茂，那一年中华人民共和国成立。从此，两棵树欣欣向荣。令老乡奇怪的是，1965年，一棵树突然开了满树的花，而不久，毛主席就重上井冈山。毛主席的词中写道：“久有凌云志，重上井冈山，千里来寻故地，旧貌换新颜。”无人能解释也无法解释这两棵树的荣枯为什么与伟人的活动相关相联，只能用巧合来解释了。可是到了1976年，两棵树再也没有发芽，它们枯萎了。老乡们口中不语，心中想着可能不好了。这年的9月，凄风苦雨，伟人长逝，噩耗传来，“泪飞顿作倾盆雨”。

导游小杨告诉我们：“1982年，这两棵树又复活了。”胡慧中点头说：“正是改革开放时期。”小杨说：“两棵树木情系一个伟人，为他枯、为他荣，真是不可思议。”所以当地群众把这两棵树命名为“感情树”。雨下得更密了，在雨中的这段录像，不知观众看后有何感想。

我们走进了主席旧居，看到了新墙中露出的六十多年前火中残存的犹如钢石的一堵旧墙，这是灰、砂、石经大火焚烧铸炼而成，敲上去能发出金属声。“野火烧不尽，春风吹又生。”这不，一幢新房矗立在人们眼前。不知放火的人可曾想到，火并没有烧垮红军，他们却引火烧身、玩火自焚。

蓦然，一只燕子飞过。我们一起仰头惊叹，一个燕巢就在主席旧居内的房顶正中。导游小杨说：“去年还没有呢，是今年刚来的燕子。”我们仰头数着头顶房梁，恰好七根，而燕巢选在当中的木梁上，前三，后三，此巢居中，悬在一进门一抬头就可以看到的位置。两只乳燕嗷嗷待哺，张着小喇叭一样嫩黄色的嘴，等着吃东西。如一道轻烟掠过，一只紫燕已落在巢边，只见她把什么塞在孩子嘴中，又飘忽飞走；刚过一会儿，又是一道燕影直奔燕巢，穿梭往返，父母轮番操劳。在城市中，这种情景久违了，楼房四起，堂中无燕，倒是在井冈山主席旧居又重温了儿时之梦。劳燕分飞，无怨无悔。

“似曾相识燕归来。”

“到处莺歌燕舞。”我初上山时只闻蝉鸣如鸟，但未见到燕子，此时终于圆了主席词中描绘的场景。

读书石，感情树，堂前燕，都在如雾的雨丝中与我们告别。

一连串的五

记得 1992 年，我和杨澜在江西录制节目的现场串场词时，曾有过这样一个情节。我们各自列举了对江西的感知后，转身朝向观众：“大家身边都藏有井冈山，井冈山就在各位身上。您可能不曾注意，一百元面值的人民币背面就是井冈山主峰，五指峰的图案。”这时，我摸了摸衣袋，“可惜我的演出服衣袋空空，没有一分钱。”这时，杨澜从衣袋中拿出一张一百元的纸币，我接过来，举起：“哦，请大家过目，请摄像师推个近景，让屏幕前的观众看清楚。”展示完毕，我把纸币折起，下意识地往西服里兜放去。“哎，哎，这是我的钱。”杨澜嚷了起来，我笑了，全场的观众也笑了。这是我和杨澜策划好的一幕戏。但当时，我还不晓得什么时候有机会上井冈山，有机会看看五指峰。此刻，车向

身后云雾缭绕

五指峰开去，雨仍未停。大家都心照不宣地担心，怕是又虚此行，因为上次剧组把陈香梅请到山前，她拿出一张一百元的纸币说，这纸币上印的山景，正是我面前的这座五指峰，然而当镜头摇向五指峰时，却是白蒙蒙一片云雾。这不是气死人吗？

但是，这回天公作美。我们一行下了车，架好机器，拿出了一张百元钞票，这时雨停了，云开雾散，五指峰欣然在目。胡慧中异常开心，她指着票子背面图画上山中的一线瀑布，又指着对面的大山，说："你看，你看，那瀑布和这票子上印得一样耶！"我说："应当说票子上的瀑布印得像极了这山上的瀑布。"遥望那远远的山中瀑布，像一条白线挂在山腰。我知道，如果能凑近这瀑布，一定会是声势骇人，远离着它，才觉得它纤弱得似有若无。我们在庐山时，就是这原班人马，为了拍摄李白所描述的庐山瀑布，车载人抬，坐着滑竿，爬了半天山，才看到"日照香炉生紫烟，遥看瀑布挂前川。飞流直下三千尺，疑是银河落九天"的片断情景。这香炉峰的瀑布被拍摄得很仔细，而

瀑布

那股仙家之气的紫烟，却看不到。我个人坚持认为，正如形容飞流有三千尺那样长的夸张一样，紫气东来，无非也是李白以道教的遐想无中生有。轿夫告诉我，在朝霞初升、阳光明媚的日子里，他们都看到过这瀑布上悬着层层的紫气。我当时也将信将疑。但去过井冈山彩虹瀑布后，我信了，大千世界无奇不有，只是你有没有缘分碰上罢了。我请问身边的当地人"谁上过五指峰"？他们说，从没有人，也没听说过有人上过五指峰。我想人虽无处不可去，无往而不胜，何况这并不险峻的五指峰，可是人毕竟要有不该去的地方。为大家留下一方净土，于是大家相约谁也不能爬上这面额最大的人民币图案的原生地去炫耀一番。

正是这时候，我听到了井冈山一系列的"五"字：

井冈山方圆五百六十平方公里，号称五百里井冈；

井冈山有居民五万人，耕耘着五万亩农田；

它有五个冲、五个哨口，有五龙潭、五指峰；

当年最后留守井冈山的是红五军团；

毛主席重上井冈山的日子是1965年5月。

五在中国古代文化中是一个高贵的数字。我们祖先传下的九宫图，五居中央是为戊己土，四面八方，东南西北皆聚于它的周围。在周易的数字中，五更为尊位，古代称帝王为九五之尊，五爻是人间极致之位，六爻则不属于人间了，乃神位。从传统文化观念来看，井冈山也是至尊至贵之地。

我们离开五指峰，乘车一路盘旋到了谷底，这里正在修建一个水电站，大坝规模初具，拦一库区的水，深处已达60米。这个大坝，与其他电站相比，跨度虽小，可是坝体很高。当我们乘坐唯一的小汽艇进入库区时，可以想见未来这里的景象。

四周青山环抱，谷中碧水荡漾。不是小艇的开动，掀起一路波纹，而是这里的水就像一面镜子，青山的倒影与青山的原形，相连相接，互为映衬。井冈山的树，生得如此盎然、如此茂密，犹如把库区装上一圈绿丝绒般的围栏。这层层树木高低分布，乔灌混交。可以想象，待到金风送爽，那不变的苍松翠柏和变为黄的、红的秋叶，以及密密丛丛的如火的灌木叶子，会把井冈山这片山谷装点得色彩缤纷，烂漫灿然。那映在深不可测的秋水中的倒影，如霞似锦，加之蓝的天、白的云、鸟的鸣、虫的唱，会是怎样一种打动人心、醉人魂魄的迷人风光啊。仅为这一幅人间难见的图画也值得到此一游。

永在我心中

最后的一段拍摄日程，包括五龙潭、天街商业区、茨坪主席旧居、烈士陵园以及归途中的两个铁路施工局。这么罗列说得轻松，拍摄起来却必须一板一眼。

如果不是为了拍摄需要，我仅作为游客，真的不想再走上走下700个石阶去游览五龙潭了。但工作毕竟不同于游览，不愿去的也必须要去，而想多去几处玩玩看看的也不能尽如所愿。最后围绕着整个拍摄计划与时间的考虑，导演决定只拍第一潭，其他四潭留待来日看哪位有缘分了。有缘自会相见。

和彩虹瀑布相比，五龙潭的优势在于有五个景点的丰富性。五龙潭有多种神话传说，把美丽的风景与无人相信的神怪之类的故事联系在一起，是中国很多风景区的民俗特色。这怕是为了弥补缺少文化历史的一个不得已的做法。我想不仅本地的居民，就是全国的游客也在很长时期忽略了井冈山的文化气象。

唐代一位诗人张继的《枫桥夜泊》:“姑苏城外寒山寺，夜半钟声到客船”，使苏州的一处小寺庙成了举世闻名的旅游胜地，增添了许多令人神往的文化风韵。毛主席气壮山河的词篇不正是井冈山文化的神韵吗?!

过去，井冈山给人的印象是它的革命传统与艰苦的往昔，而从文化观念上讲，革命诚然壮丽，但却艰难，因此，井冈山虽能长期令人回忆往昔的峥嵘岁月，但却似乎很难单纯地给人以诗情画意的轻松意境。

随着岁月的推移，硝烟渐渐淡去，毛主席气壮山河的瑰丽诗篇将以无限的美好意境而给人日益增多的文化感受，井冈山将从这个意义上后来居上，成为继泰山文化、庐山文化、峨眉金顶、黄山云烟等名山大川的又一众望所归的名胜。

在回程的路上，我觉得这两天的拍摄是这般充实，这一路的奔波所获甚丰。

人们之所以说:“看景不如听景。”是因为很多名山大川给疲劳的游人一种盛名之下其实难副的感觉，可能是辛苦与美景抵消了，或是因天气、季节乃至心情的千变万化，想象的景致并未能如期出现，不能饱人以眼福吧。而我们这次摄制组拍片，简直出乎意料的风调雨顺，再加上很多美丽的景观是上山以后，甚至从宾馆出发后才听说的。没有先入为主的审美期盼与欣赏定式，反而经常给我们一个又一个惊喜。车沿着两天前初次上山的路径返回南昌途中，人人都流露着意犹未尽之感和不虚此行的满足。

窗外又闪现出一幅幅的美景，夏季井冈山给人的是一派丰腴的绿色。春天的十里杜鹃，秋日的万紫千红和冬季的山舞银蛇。虽不可能一一尽览，但这绿色给予我们的启示是多方位的，绿色是一切的生命和本原。

正当全世界森林面积锐减之际，井冈山却给我们这样一组数字，560 平方公里的井冈山区森林覆盖率达87%，重点保护区森林覆盖率在93%以上。尤其当看到一片次生原始混交林时，我们被那树冠连成密密的，甚至拥挤的态势震惊了，针阔叶林以墨绿、苍绿、浅绿的不同色度汇成绿色的韵律；更难在别处看到的是碧森森的毛竹在这片林中呈现出一阵阵一丛丛的嫩绿波澜，更使这雄姿勃勃的森林增添了盎然妖娆的生机。难怪联合国环境部门官员来此视察时感叹地说，井冈山的这一片绿色宝库是全球此纬度上幸存的唯一一片体现亚洲特色的原始次生林。这不仅是属于井冈山和江西的，也不仅是属于中国和亚洲的，它是属于全世界和全人类的珍宝。

啊，绿色井冈山，我们实在无法形容这里的丰硕厚重的绿色，我们不约而同地感叹，井冈山的绿色是绿色的爆炸。无山不绿，无水不清，无红土裸露，无岩石可登临。整个井冈山像披上了一层茸茸的绿毯，涵养着丰富的水源。

我们现知的几个景点，散布在以茨坪为中心方圆不过几十平方公里处，只占井冈山区不到1/10的面积，井冈山还会有多少令世人惊叹的景观不为人所知？我们要像爱护自己的眼睛一样保护好这方难得的绿色宝库。

革命的井冈山给我们以鼓舞。

美丽的井冈山给我们以希望。

革命不就是要把美好、幸福、希望洒向人间吗？！

井冈山的“星星之火”，曾给中国半个多世纪的历程带来巨大变化。井冈山“爆炸的绿色”，或许能给全人类带来生命的启示和永恒的希望。

奥地利情思

我对于西方文化艺术的最初了解，大部分来源于意大利文艺复兴时期艺术巨匠们留给人类的不朽的雕塑与光彩夺目的绘画；来源于法国18、19世纪灿若群星的文学大师笔下的传世之作，以及奥地利天才音乐家们谱写的震撼人类心灵的美妙乐曲。

我曾有机会到过这三个国度中的法国和意大利，但由于时间的短暂，仅能感受到一点儿异国风情，加深一些原来的想象。我一直期待的是，有朝一日能在奥地利这个古老的国度里，聆听美妙的乐声。

直到1994年年末，我才实现了这个愿望。中央电视台在第八次转播维也纳新年音乐会时，首次派出转播与摄制小组，到奥地利联系现场直播。

12月23日，一架汉莎航空公司的飞机载着几百名乘客，载着中央电视台的六位成员，载着我，穿过沉沉暮色，滑落在维也纳机场。我到过许多国家和地区，去过许多想去和不想去的地方，对一切初次到达的地方早已无惊无怪，但随着飞机着地的一刹那，心头却怦然一动。

我们到达的前一天，奥地利普降大雪。步出机场大门，一股寒气扑面而来。古老国度并不耀眼的灯光，透过广场两侧乳白色的灯罩，映着洁白的瑞雪。维也纳冷冷地、静静地然而又温情地迎接了我们的到来。我们乘上特地迎接我们的一辆中巴，向市区驶去。于是，我投入了维也纳的怀抱。

维也纳乐思

奥地利首都维也纳，位于欧洲中部，坐落在阿尔卑斯山北麓的多瑙河畔，依山傍水，气象非凡。在它的四周森林密布，浓荫遮天，尤其是西北部林带绵延几十公里，郁郁葱葱的维也纳森林犹如在一幅宣纸上泼洒的墨绿，翁然晕染，蔓延滋润到市区深处。

多瑙河像一条蓝色的缎带，由西北向东南飘然而落，那一川碧波欢腾追逐，穿过山丘，穿过森林，穿过田野，穿过城区，带来了欧洲各地的风韵情致。这一方得天独厚的沃土，养育了当地世代居民，同时这灵山秀水也孕育了一批才华横溢、浪漫多情的音乐骄子。于是几百年来，维也纳此应彼和的乐曲经久不息，仿佛是维也纳森林和多瑙河流水中无尽的吟唱，时而深沉，时而欢快，时而悠扬，时而婉转，美妙和谐的音乐之声围绕着维也纳，唤她苏醒，伴她入梦。

似乎上苍对这一切还嫌不足，于是天降奇才，给她锦上添花。小约翰·施特劳斯和他那首回响环球的乐曲《蓝色多瑙河》使维也纳扬名于世。《蓝色多瑙河》被誉为奥地利的第二国歌。那气势恢宏、绕梁三日的旋律曾带给人们无限的欢娱，抚慰了几代人的心灵；那欢快典雅的乐曲，点燃青春和爱的火焰，穿越漫漫时空，经久不息。乐曲充满了诗情画意，那画意，是多瑙河畔多姿多彩的迷人景致；那诗情，正像俄罗斯诗人普希金《致凯恩》的开篇："我记得那美妙的一瞬，在我的面前出现了你，有如昙花一现的幻影，有如纯洁之美的天仙。"

维也纳街景

我们到的时候正是岁末，冰天雪地，不仅国外游客不愿为这清冷的色调付出高昂的旅费，就是当地的居民也在温暖的室内相聚相伴。所以，即使在市区，路人都特别的稀少。一大早，我们在向导的陪同下乘车拍摄市容，追踪

维也纳演播厅

在金色大厅内

处在一片冰雪的世界

着热闹，追踪着人群，追踪着一切冬日里仍然呈现活跃的地方。在异国他乡，拍摄街景，有一个方便之处，就是街上的行人不认识我，很便于我的活动。当摄影师架好机器，我急忙向街道一侧与镜头相反的方向走去，以不滑倒为原则，能走多快就走多快，默默掐算着时间，然后是180度大转弯，混在三三两两的人群中，悠闲地踱步朝镜头走去，有时走到地铁入口处，等待到站后，步上街头的人流，挑选我们需要的典型人物，与他（她）们结伴而行。当世界许多地方入冬，人们穿上花花绿绿的羽绒衣时，维也纳市区几乎所有的行人，却都在白天穿着黑色的外衣，足蹬黑色的靴子，头戴黑色的帽子，只有一些女士才披上一袭浅色的羊绒围巾。这冬日衣着的色调太单一了，不过欧洲人白皙的皮肤和金发碧眼，也似乎只有穿上这黑色的衣服才更能衬出美感和庄重。时至圣诞节，临近中午，购物的人陆续出现，城市有了生气；街头的乐手和偶尔驶过的色彩艳丽的广告车，在街心与路旁显得夺目生光。

我们到了老城区广场，只见一排齐刷刷的马车列在一旁，赶车人体格魁梧，面色红润，清一色的欧洲壮汉；黑色的车厢漆得明光，铜质的车灯擦得锃亮，高头大马显得神气十足。这正是旧时的交通工具，如今一成不变地接待着期望重温旧梦的各地游人。当乘上这昔日贵族的专用车时，可能许多人想起施特劳斯和他美丽的情人在车如流水马如龙的行列中，风驰电掣，丢下一路的盈盈眼波、阵阵欢歌、阵阵笑语，于是顿生浪漫情怀。不过车费却贵得惊人，乘坐一次，也就十来分钟的路程，要付十多美元。

其实，我情愿站在街头看别人喜笑颜开的情景，并不想尝试坐在车上的滋味。不过为了拍摄一组具有异国情调的镜头，我只好上了马车。坐在车厢里当然绝无问题，可问题是导演聂小华要求我与马车夫这个壮小伙子并驾齐驱。挤在身高一米九左右、体重至少一百公斤的马车夫身旁，顿时显得我渺小而可怜，更可怜的是我怕一个跟头摔到冰封石子路上的心情。

我于是小声跟车夫商量，慢点，别着急，再慢点。就这样，我听着马蹄踏在鹅卵石路上嘚嘚的声音，感到马车轮子在积雪未消的路上的轰隆隆的震动，已顾不得路上有哪些俊男美女，橱窗里有些什么显眼的物品，一心只念着上帝保佑我的老胳膊老腿。花了十多美元受了一遍洋罪。当我小心地下了马车，脚踏到实地后，才觉得在寒风中我的额头居然有了汗水。

在城区拍摄可以了解和领略维也纳的建筑特色。维也纳的城市布局别具一格，街道具有放射性的特点，从市中心到外围，由内城、外城和郊区三部分组成。内城有停马车的广场，有石子路的小巷，有精美的楼宇，哥特式、巴洛克式和文艺复兴式的建筑各具迷人之处，交相辉映。雄伟的圣史蒂芬大教堂矗

身后一排马车

在维也纳的城区石子路上

立在内城中央，成了维也纳明显的标志。外城是原来老城区的郊外，大都是新兴建筑。据说原来的城墙被拆除了，现如今与老城区融为一体，高楼林立、厂房连片，商业与居住区就在这一圈上，再外面就是现在的郊区了。如果再发展，又会有一圈建筑出现，代表各个时代的风格，展现各个时代的风貌。旧的不动，新的扩建，一环套一环，新旧相映成趣，谁也不必挤垮谁。多么像树的年轮，一圈一圈地发展，然后连成一体，成为参天躯干。

咖啡文化

暮色降临，漫步维也纳街头，你会被随处可见的咖啡馆所吸引。两百多年前，奥斯曼人给奥地利带来过屈辱，也带来了又黑又苦的饮品——咖啡。咖啡进入中欧，并不像在世界其他地方随即出现的灯红酒绿、歌喧乐繁，交织着色情，炫耀着阔气或附庸着风雅并显示出一种轻薄的文化现象。鲁迅先生曾说过：“世界上哪里有什么天才，我是把别人喝咖啡的时间用来写作了。”他所指的别人喝咖啡的时间和地点，是在20世纪30年代，是上海最典型的殖民地文化现象的歌厅、舞榭和咖啡馆。可惜鲁迅先生没有到维也纳的咖啡馆看过。同样是咖啡馆，维也纳街头的几百家咖啡馆却与众不同。从一百多年前起，这里就是一个能寻求安静的场所，也是促成人的才思，构成伟大作品的好去处。

当你一走进维也纳式的咖啡馆，就会产生一种屏息凝神的感觉。尽管高朋满座，但这儿的氛围却静悄悄的，没有明亮的灯光，没有炫目的色彩，没有迪斯科那刺耳的音响，任何乐声在这里都不存在。没有耳畔的嘈杂，却会感到乐声在心头萦绕，事实上正是如此。贝多芬、舒伯特、海顿、莫扎特、施特劳斯家族成员以及其他名作家、名艺术家都曾在他们居住于维也纳的时候，频频光顾这些咖啡馆。

在这里，他们手持一杯咖啡，静静地沉入浪漫柔美的梦幻之中。一首乐曲、一部作品的片断或零星旋律构思完成；于是，作曲家们灵感陡现，顺手拿过菜单就当成了谱纸，写下了不朽的乐章。据说施特劳斯的《蓝色多瑙河》的部分旋律就记在咖啡馆饮品单的背面。

一个多世纪的悠悠时光过去了，没人能说得清维也纳的街头随处可见的

咖啡厅

百年老店有哪位大艺术家曾经光顾，或有过多少天才作品成形于此。各地的观光客和本地居民不乏发怀古之情者，有追慕先人者，也有希望成名者，他们或三两好友默默对坐，或独自一人，面对烛光陷入沉思遐想。除了沧桑岁月使人们的衣着稍许变化外，咖啡馆那氛围、那神情、那般凝重浓郁的文化气息却一成未变，一代一代沿袭至今。

当我们征得了老板同意，悄悄地提起摄像机，进入一家有百年历史的咖啡馆时，除了一位年岁稍长的女服务员向我们走来，示意要什么东西以外，别人根本就没在意我们。

我发现一位中年男子正手捧报纸专心阅读。报纸和咖啡在维也纳情同手足。据说当年敢于以这又黑又苦的饮料为主业做生意的人，为了吸引顾客，就在咖啡馆里摆放了几份报纸，要知道一百年前一份报纸的稀罕程度，相当于十多年前的一部彩电。如今报纸仍挂在墙上，主要是起一种装饰和象征的作用，因为没有报纸悬挂壁间的咖啡馆，就不是维也纳式的咖啡馆。我们把镜头远远

拍摄完，喝一杯咖啡

地对准一位年轻人，他正小口地啜吸咖啡，面对热咖啡飘出的香味与一股浅浅的蒸汽出神。谁能说他今后不会是一位音乐天才呢？也许又一首名曲就萌生于此时此刻。那袅袅热气在静静地飘散，在音乐家眼里，那是一种旋律的视觉形象。也许这位年轻人正在寻找当年音乐大师们产生灵感的轨迹。这是一个极容易产生灵感的场所，因为人们都在想着同一主题、体会着同一氛围，也许这就是一种效应吧。

人既怕在冥想构思时有来自外部的嘈杂干扰，也怕离群索居的寂寞孤独。嘈杂使人心乱，孤独使人产生恐惧。于是这二者的一种完美和谐，就在维也纳咖啡馆中弥合了。在温暖的人群中静静地独处，这是一种当众的孤独，这是充满人生柔美之情，产生神奇旋律和动人作品的温馨场所。品味这文化氛围与品尝地道的咖啡，精神与口感两全。难怪，这里会吸引众多的宾朋。

回到酒店，已是深夜。我伏案沉思，也希望灵气显现，但离开了维也纳咖啡馆，诗意就不肯降临，我想起了这样两点现实问题：维也纳本身就是新与旧、古老与时尚交会的一个典型，老城区、新城区，古建筑、新建筑各得其所。就在那些保留百年风情或仿效前人而建的新咖啡馆的门前，有穿梭而过的豪华轿车，有左邻右舍喧嚣刺耳的迪斯科，有耀眼生辉五光十色的霓虹灯，有林林总总琳琅满目的商店橱窗，但这一切都冲不垮、挤不掉维也纳咖啡馆上百年不变的情调。它不追求时尚，不与世俗同流，而且以不变应万变，吸引着各种好奇的男男女女。不论刚才如何放浪于形骸之外，只要推开这个门，进了这只有几张普通桌椅的屋子，你就得规规矩矩，斯斯文文，安安静静。这就是源于自信自傲的文化传统支撑起的文化景观——维也纳咖啡馆摄人心魄的魅力。听说在世界另外一些地方也有维也纳式的咖啡馆。不过照常规，餐饮业一跨出国度就会变味，不知到了别的地方，维也纳咖啡馆能否保住这种传统的文化滋味。

第二点想到的是，咖啡好喝树难栽，尤其不容乐观的是，咖啡需要的生长条件，正是热带雨林的栖息地。巴西、哥伦比亚盛产咖啡的地区很多，是原来热带雨林的家园。热带雨林是地球的“肺”，调节着全球的气候，我们正在忧虑地注视着它的日益减少。尽管咖啡两百年来给世人带来了快乐的口感，但这是一种以牺牲人类长远利益换来的口福，即使能激发起艺术家的灵感，但从长远来看，值得吗？难怪咖啡至今仍是苦的，即使加糖加奶也掩盖不了那份苦味。

冰雪维也纳

一千多年前，中国的伟大诗人白居易这样描述过中国江南的春天景色“日出江花红胜火，春来江水绿如蓝”。多瑙河的蓝色也只属于春天、夏天或者秋天！整个维也纳森林也只有在春花秋月中才成为漫漫的翠堤。

冰雪覆盖着维也纳的原野。灰蒙蒙的天际下，一条色调暗淡的河流就在眼前，冬日的多瑙河失去了夏天那迷人的风采。

我向河畔走去。面对镜头，忽然产生了一种冲动，因为我靠近多瑙河时，看到了水波依然奔涌，听到浪花依然飞溅。于是，我讲了这样一段话：“冰雪覆盖着维也纳的城区与郊外，然而您看，多瑙河的流水依然在欢快地流淌，她流向远方，一路上呼唤着春的到来！”是的，此刻当地的人们正在欢度圣诞节；全世界喜爱古典乐曲的观众，正期待着1995年维也纳新年音乐会的盛况；爱乐乐团的艺术家们也正在全身心地投入这一年一度的音乐会的排练，准备向全世界传播美感和欢乐，与各国各地的朋友共迎新年。

我们又驱车直奔卡伦堡山。穿过白雪覆盖的维也纳森林，车窗外第一次闪现出一片银光四射的树挂，刚要拿起机器，一闪即成了过眼烟云；刚要懊恼，蓦地一片更为广阔的玉树琼枝又映入眼帘，继而又被路旁山丘阻断了视野；接着又生动地展现了裹着洁白的冰雪、蒙着薄薄雾气的树林。这美景仿佛在和我们捉迷藏，我能想象到，在夏日时光，那遮天蔽日的浓荫中，隐藏着无数的神秘音符，仿佛每一张叶片都藏着一个美妙的故事。当年，小约翰·施特劳斯乘着马车，进入这片森林，时而奔驰，时而徜徉，时而驻足，整日的流连忘返。他与大自然对话，与树林、与叶片、与穿过浓荫的晨曦、与挂在梢头的露滴、与钻入林间的风儿、与跳跃枝丫的鸟儿，用那超越人间的音乐语言无拘无束地交谈。《维也纳森林的故事》记述了他的神思妙想，记录了当时维也纳森林瑰丽的夏日交响，展现了迷人的风光和动人心魄的柔情，也描绘了大自然的生之快乐。那水晶般透明的旋律，越过半个多世纪，仍流传在人间，也凝结在维也纳森林那百年老干的枝头。那晶莹的冰挂，那蒙蒙的冷雾，仿佛就是小施特劳斯当年的艺术结晶。面对忽隐忽现的冬日维也纳森林的朦胧身影，我的耳畔，也若隐若现地回旋着《维也纳森林的故事》那跳跃的片断，这视觉的、幻觉的、听觉的仙境般的斑斑景色与仙乐般的阵阵轻歌，似乎用不属于人间的语言，喃喃叙述着往昔的一切。茫茫时空，在我心头掀起一阵阵微微酸辛的失落感，美景良辰奈何天，岁月无情，英才早逝，只有他的作品流传于世……就这样扑朔迷离，在一阵一阵的心潮跌宕中，不知不觉车已到了山顶。

踏着厚厚的积雪走上一处平台，这是最高点了。晴日里放眼望去，可以看到维也纳的全貌。可是在这冬日的灰蒙蒙的空间，布满了飘忽不定的雾气，只能在烟云袅袅、变幻无常的稍微透明的时刻，看到极为美丽的、披着冰霜

身后是白雪覆盖的维也纳森林

的、密密匝匝的树林轮廓。在这山顶的平台上有几个铁匣子挂在栏杆上，只要投入十元奥地利的硬币，再按动所选择的按钮，就会响起你所选择的某种语言的导游解说。解说词有几国语言，为游客想得很周到。

从山顶返回，在路上看到一些正在滑雪的人，我们停下车，扛着机器向他们走去。这是一个不太陡的山坡，然而积雪使人感到步履维艰，我们只能一摇一晃地慢慢往上爬，身子都走热了。

原来是几个家庭正在郊游，父母领着年幼的孩子们在玩雪。清新寒冷的空气中，不时传来孩子们银铃般的笑声。大人鼓励孩子，坐在一个小雪橇上，手扶立柱冲下山坡。一二百米的斜坡一路冲下去实在是很过瘾、很开心，孩子们常常发出一阵阵亢奋的尖叫，但是当滑到尽头，冲到很远，再拖着雪橇返回原地，就相当难了，要费好大力，要摔好几个跟头，但是这些穿着五颜六色运动衣的洋娃娃，一个个玩得高兴极了。一位金发女人一手搂着她的孩子，一手抚摸着蹲在她身边的小狗，抬起头，眯着蓝色的双眼，笑着对我们说："你们也可以试一试。"这时我童心大起，脱了大衣只着薄薄的羊绒衫，坐上那娃娃们使用的小雪橇，乘风破雪冲下平岗，一路滑落下去，耳畔生风，没想到孩子们的玩意儿会令我如此开心。当然由于我身体更重，所以滑得更远。当爬回原地还人家雪橇时，已是气喘吁吁，说不出谢意了。我喘着粗气，咧着嘴算在笑吧，点点头还给人家雪橇，到一边儿接着喘气去了。

萨尔斯堡

萨尔斯堡是奥地利西北部的重要门户，自古就是奥地利的主教驻所。这座不大的城市却是世界上最美丽的城市之一。

同样的青山绿水，同样的精美建筑，使这座本来就游人蜂至的小城，更增加了一种号召力，这就要归功于美国电影《音乐之声》的成功了。1964 年，美国 20 世纪福克斯公司以萨尔斯堡为拍摄场所，全力投入 8 个月后，将一个融美景与美妙乐曲为一体的美丽故事表现得淋漓尽致，欢快、动人、抒情。1965 年《音乐之声》一上映，立即引起强烈反响，并荣获当年的奥斯卡奖。

这部影片以亲情、爱情、爱国之情感染观众，经久不衰，获得了两代人的青睐。这一年，萨尔斯堡名声大振，从20世纪60年代中期以来，更是一年四季都吸引了无数游客来此观光。

尽管我们到来的时候不是旅游的黄金季节，但萨尔斯堡的动人之处仍深深地吸引着我。

我们在一位对中国颇有感情的导游的带领下，以《音乐之声》这部影片所拍摄过的外景地为路线，饶有兴致地听她介绍当年拍摄影片的情景，重温这部充满温馨之情的故事影片的动人情节。这美景、这温情，使所有游客，包括我们摄制组在内，边工作、边浏览，仍不觉疲累。

《音乐之声》的主人公冯·崔普一家确有其人其事，他有七个孩子，常苦于找不到教育孩子们的有效方法。当玛利亚这位聪明、美丽、善良的家庭教师到来之后，使得这七个失去母爱的孩子们，很快爱上了这位年轻的，像姐姐又像妈妈的老师。不但孩子们，最后，冯·崔普也深深爱上了玛利亚，他们组成了一个令人羡慕的圆满家庭。并且，在第二次世界大战中，他们一家以极大的正义感和爱国之情躲过了纳粹的魔掌，奔向光明。

半个世纪过去了，一部抒情故事影片把在第二次世界大战时的这段故事，和在20世纪90年代人们的心理间筑起了一座桥梁，使人们对冯·崔普的故乡产生了一种亲切的感情。

摄制组到了《音乐之声》第一组镜头的外景地，一座夏日被湖水环绕和浓荫遮盖的精美的楼房。此刻，这里冰封湖水，枯枝老干。可是这冬日的外景地仍散发出神话般的光彩。接着我们到了冯·崔普真正的故居，依然是环湖冰封，平静的冰面映出这座楼房的倒影。在宽阔的冰面上，当地的少男少女欢愉地滑来滑去，这是一片天然溜冰场。不知当年影片是为了抢时间还是有意避开冬季，这样美好的能表现冰上之梦的情节竟没被展现，不能不说这是个遗憾。导游又把我们引到一座白色的凉亭前，告诉我们，这是雷雨中，那个坏小子邮差和冯·崔晋的大女儿歌舞的一个场景。这是当年的一处人工场景，现在完好地保留了下来，招揽游客。当我们在一条林荫小路上行进时，导游问我们，你们看到那一排树了吗？那就是冯·崔普的七个孩子穿着玛利亚用窗帘给他们缝制的衣服爬在树上唱歌的外景地。在阳光照射下，一排排冬日未凋的树影中仿佛还藏着七个天真活泼可爱的孩子。

当暮色沉沉时，我们穿过街区，攀上小路，拐入小巷，来到了一座巍峨的教堂前。这是一处令人感到神秘的地方。影片中玛利亚一度在此，躲避令她惶惑的爱情。在浓浓夜幕下，这依山而建的教堂，那肃穆的凄清气氛还是那么的压抑。想到青春被关锁在这里，又是多么令人感到窒息呀！

教堂的钟声响了，在山野，在夜空，飘出一串串美妙的金属声音，回荡不已，震撼人心。

萨尔斯堡的特色就是教堂的建筑，正是这古堡一样的巨大建筑使得这仅有 20 万人口的小镇显得那样饱满。

萨尔斯堡一年四季游客不断，一年四季音乐和戏剧演出不断，这里的人们爱艺术。这座城市之所以令人感到亲切，还在于他们把一位音乐家莫扎特，作为自己缅怀、尊崇和引以为自豪的偶像。

莫扎特铜像矗立在游人如织的莫扎特广场，游人为瞻仰他而来，他也为生他养他的故乡带来了荣耀。穿过这座广场的楼房，有一座钢结构的桥梁，它被命名为莫扎特桥。城内，还有莫扎特纪念馆，莫扎特出生地，莫扎特音乐唱片，以及旅游纪念品——莫扎特塑像。萨尔斯堡到处是莫扎特的身影。总而言之，世界上还没有哪一个地方像萨尔斯堡那样，把一位音乐家尊崇到这样的地位。所以，把萨尔斯堡称为音乐艺术之城才算是名副其实。

一年四季都有众多喜爱音乐的和尊重莫扎特的游客，有本地的、他乡的、异国的，无论年轻的、年长的男男女女，来到这位“乐圣”像前。不少人还会认认真真地演奏起各自家乡的乐曲，来纪念这位天才的前辈，和他心神交往。

在我们拍摄的当天，几位来自俄罗斯的小伙子正专注地演奏《莫斯科郊外的晚上》，这流传很广的著名乐曲，呈现在莫扎特面前，很容易让周围的人动情。

莫扎特铜像头顶的一层积雪消融，雪水顺着他的面颊流淌，洇湿了有着

过一把滑雪瘾

青色铜锈的面庞，这位“乐圣”仿佛因为被这么多来自世界各地的人们深深地爱着感极而泣。

我们也久久地在这里徘徊。这时，导游告诉我们一个故事，在为铜像奠基时，这里居然发掘出一座罗马时代的古墓，在这罗马帝国的古迹中，有一块石碑刻着这样的句子：“他幸福地生活，没有恶魔能进入这里。他在这里幸福地生活，也在这里得到永生。”

这块墓碑的主人是谁已无从考证，但这碑铭却似乎是专为莫扎特早已安排好的。

莫扎特这位早熟的音乐天才，尽管他只活到36岁，并一生坎坷，但他爱着自己的家乡，同时也为世人留下了不朽的乐章，为家乡挣来荣誉。萨尔斯堡的人们如此地怀念他，他受之无愧。

夜色中，莫扎特仿佛仍挂着泪水在注视着宁静的四周，他在感慨……

金色大厅

新年音乐会就要开始了。这是我们此行的尾声，也是此行重要工作的开始，是我们此行的主要目的。金色大厅是八十多年来音乐盛典的举办地点，也是全世界无数音乐爱好者永远注目的一个神圣艺术殿堂。

当我们有幸抵达这里，抵达七年来每当新年之际就在中国荧屏上反复出现的金色大厅时，1995年新年音乐会的排练已进入尾声。在乐声回荡中，我们进入了没有观众的排演现场。金碧辉煌的大厅，两千多人的座位所占的空间并不算大，庄重辉煌的金色装饰，的确能使人感到它与辉煌的音乐在时空上的水乳交融。

舞台上，维也纳爱乐乐团的艺术家们，全神贯注地在印度籍指挥家梅塔先生的指挥下排练乐曲。我们有幸先睹、先听为快，同时，也有幸与梅塔先生交谈。梅塔先生近年来，已经第二次担任新年音乐会指挥了。他神态非常和蔼，他告诉我，他从年轻时起就在维也纳学习音乐、学习指挥，爱乐乐团的大部分成员是他的同学和朋友，共同的爱好使他们心心相印。在排练中，他们是

维也纳金色大厅

1994 年维也纳新年新乐会

维也纳新年音乐会指挥穆蒂

那样投入，整个乐队都沉醉在施特劳斯的乐曲声中。是的，只有演奏者先打动自己，才能感染观众。排练休息时，梅塔先生热情地通过我们的摄像机向中国观众问候，祝大家新年快乐。

音乐是没有国界的，是属于全人类的。梅塔先生是一位东方血统的指挥家，但他自幼就深深爱上了施特劳斯圆舞曲。说来也巧，我们中国人也和施特劳斯机缘相投，可以说新年音乐会以施特劳斯家族的作品为主要内容，还是我们中国人促成的。1873 年，中国清朝政府官员在维也纳举办了一个大型的联欢会（party），当时的中国官员点的就是施特劳斯的作品。从那以后，施特劳斯圆舞曲才登堂入室，从普通舞会的通俗伴奏舞曲成为正统的、至今已不可替代的音乐潮流。施特劳斯家族的作品一代代流传下来，成为新年音乐会的主要旋律。

我真想不到，头上留着辫子，身上穿马褂的清朝官员，居然会首先倡议把施特劳斯父子的作品请上大雅之堂。东西方文化的认同，在这儿无疑是值得大书一笔的。

我曾在维也纳郊区的一排酒店门前发表过这样的感慨：“中国人喝酒产生诗，李白不是说过斗酒诗百篇吗？而奥地利人喝酒产生了音乐，这正可谓异曲同工。”诗具有音乐性，又有明了性；乐曲有着诗意，有着强烈的感染性。维也纳人以葡萄酿酒，中国人以粮食酿酒，可不可以说粮食酒产生诗，葡萄酒产生歌呢？又巧得不能再巧，奥地利音乐家玛勒（1860—1911 年）的《尘世之歌》，这部浪漫主义后期的杰作，居然以中国的七首唐诗为内容，而第一乐章又以李白的《悲歌行》为依据。这是东西方文化沟通的一个重要标志，一个重要史料，同时也是东方诗歌与西方乐曲结合的一个完善凭证。

接受国外同行的采访

在金色大厅里，奥地利广播公司的同行们正在调试灯光音响、试分镜头，乐队继续在聚精会神地排练。金色大厅此刻乐声悠扬，我坐在空旷的观众席中不由得心神荡漾。

几十年来，在同一个地方——金色大厅，同一支乐队——爱乐乐团，同一个作者群体——施氏家族的作品，年复一年的演奏。所不同的是，每年更换一位指挥，而所有的指挥又都深深地热爱与理解施特劳斯的乐曲。为什么新年音乐会经久不衰，百听不厌；每年都由意大利圣雷莫的花匠们送来鲜艳而美丽的花朵；2000张门票在头一年就已售光，而且并不是有钱就能买到，这象征着一种身份、一份殊荣。这一切都来自人类对一种高雅艺术永不厌倦的喜爱与追求。

金色大厅外

新年伊始，当《蓝色多瑙河》第一小节的乐曲刚刚奏响在金色大厅时，全场照例报以雷鸣般的掌声。这是音乐所产生的效应，所引起的共鸣。当那辉煌美丽的旋律在金色大厅中回荡时，现场观众如醉似狂。当无线电波和屏幕的音频把这美丽的乐声传送到全世界千万个家庭的时候，无论你在地球上的哪个地方，都会为之感动，都会产生心醉神迷的共鸣。

新的一年伴着传统的美好乐曲，照例给每一位音乐爱好者，送来一份古老与崭新的祝福。不论您在天之涯或是海之角，都会通过这美好的乐曲，展望和追求美好与光明的前程。您在这乐声中，也许会感怀到中国伟大诗人的诗句：“但愿人长久，千里共婵娟。”

贝多芬小径

当我独自从奥地利搭乘汉莎航空公司的航班回国的途中，我们的摄制组去了维也纳郊外的贝多芬墓地与贝多芬小径。我不能前往墓地朝拜“乐圣”，

工作中与同事交谈

不能亲自感受贝多芬晚年居住之所的艺术氛围，留下了一段遗憾。飞机腾空，俯视窗外。尽管眼下是欧洲中部严寒的冬季，但是四季不落的松林针叶在夕阳的辉映下莽莽苍苍，形同墨染。好一片连绵无尽的黑松林，在开阔地带白雪的衬映下，时明时暗，时黑时白，犹如旅人心潮的起伏。飞机拔高穿入云层，在云雾的遮掩下，维也纳连同她的乐声消融在如画般的大地上。

我不知摄制组现在何处，也弄不清贝多芬墓地与小径在何处，只靠着想象形成了人越离越远，思绪却遨游太空一般的流连恍惚。

我们神州大地或许由于历史的悠久，或许是古代王朝的森严体制，皇帝陵墓经悠悠岁月仍完好矗立，使后代游客在这些地方回顾的是各位天子的文治武功，不免心存尊崇，并在皇家气派中，生出一种望而生畏的肃穆。

然而在音乐之乡，吸引游客的，却是为后人留下宝贵而美妙乐曲、留下美丽感受的艺术家们的长眠场所。到此瞻仰的人们会怀着不同的心情，或为天才早逝表示惋惜，或为盛名犹存、人已作古而感叹。总之，在这些墓地中，人们怀着的是艺术情调，抚今思昔，对艺术永存的敬仰。

贝多芬这位举世公认的伟大的音乐家，是奥地利的近邻德国人，但他一生十分喜爱维也纳的美丽风光和艺术情调，把这里当作他的第二故乡。在维也纳郊区的一个小镇，贝多芬间断地住了大约三年。小镇的周围林深叶茂，清泉流淌，花红草绿。贝多芬在这里透过林木，遥望着展现在他面前的蓝天碧野，写下了著名的第六交响乐《田园》。

是这一带幽静而美丽的风景为这部作品输入了无尽的生命力，《田园》交响乐也以恢宏而优雅的音波，描摹了维也纳原野宁静而多彩的风光。

贝多芬晚年寓居小镇的时候，他经常独自一人在一条小路上散步，徜徉。他能闻到森林中那松木的芬芳，能看到路旁的花丛瑰丽地点缀在绿草之中，但此时他的听力已然大大的衰弱了，阵阵的头痛不断袭来，他的心境是郁悒的，他的情绪是烦躁的。音乐家需要的，或者说最重要的感官就是一双灵敏的耳朵。大自然的音响正是音乐家借以激发灵感的素材；同时，他谱成的乐曲，韵味与情调，都是要靠听力来鉴别、校正与补充的。然而，人间头号音乐天才却正丧失着听力。造化弄人，难道冥冥中真有什么事物，那么心怀妒忌偏偏打中贝多芬的要害吗？即使失去一条腿的打击，也不会像夺去听力那样，使这位“乐圣”不堪忍受。

贝多芬心中的痛苦焦躁、愤愤不平，交织着撞击着他全身的每一根神经。我们后世的人们也为他发出天理何在的哀叹！

“无可奈何花落去，似曾相识燕归来，小园香径独徘徊。”不宁的心绪却造就出优美的诗篇，命运的多舛会磨砺出不屈的壮志。你可以改变命运，即使一生坎坷，对许多遭遇不幸而内心坚强不屈的人来说，未尝不可以成就另一番事业。司马迁说：“文王拘而演《周易》，仲尼厄而作《春秋》……《诗》三百篇，大抵贤圣发愤之所为作也！”世事无常，但可期待命运的转变。可是对于靠双耳来完成自己伟大作品的贝多芬来说，在那个时代，在医学科学无可奈何之时，他不再存有希望。后代或他的同代人尽管敬佩贝多芬的天才，但不可能像他本人那样认识到自己的潜力未尽。贝多芬双耳失聪之后，他以罕见的天才为我们谱写了第九交响乐，作为他对人生最后一程的拼死一搏。双耳完全没有了听力后，贝多芬不久于人世。他是属于音乐的，为音乐而生，为音乐奉献出他所能奉献的一切，一旦不能再为音乐做什么，一旦音乐离开了他，他的生命就失去了意义！

然而，他又是幸福的，他的躯体虽然已经消失了，但他的生命存在于他的乐章中。如今，环球的无线电波，据说只有贝多芬的音乐是永不间断的，他在自己谱写的瑰丽的乐曲中获得了永生。

有这样一个传说，贝多芬的听力日益衰弱时，他会在钢琴上加大力度，以便能勉强听清乐声，就像耳朵越背的人越会大声与人交谈一样，然而这巨大的音响却把邻居吵得不得安宁。那时候他周围的人一定没认识到他的伟大，邻居纷纷提出抗议，贝多芬也会与他们争吵。但强龙难压地头蛇，贝多芬虎落平川，只能一再搬家，几易其所。最后，他与一位楼下的邻居居然相安无事，住了很长时间。

不，这位邻居不是因为识得他的伟大而牺牲自己的安宁来成全这位大师！

不，这位邻居不是聋子，而是一位日夜操劳的铁匠！

幽默中还带有感伤！

贝多芬曲高和寡，必定会恃才傲物，但他从没有轻视穷人。还记得那钢琴曲《月光》吗？关于这首作品的诞生，有着几种传说，我情愿相信这一种。一天，贝多芬行走在街头，在明月中天的清景中，胸中升腾着美感。一阵琴声断续飘来，贝多芬那时耳聪目明，他听到这是有人在弹奏他的曲子，于是循声走到一间木屋前，门敞开着，一位盲人少女，用纤细的手指，在一架破旧的钢琴上，断续地弹奏着贝多芬的作品。姑娘的哥哥是一位穷皮匠，尽自己所能满足妹妹的需求，为她买了这架钢琴。邻居家偶然传出的琴声，就是这位盲女学习的机遇，她最喜爱贝多芬的作品。当姑娘听到有客人进来，便停下了演奏，她向客人轻声说，盼望能完整地听到贝多芬先生的作品。

月光如银倾泻在少女虔诚、瘦小的面庞上，贝多芬感动了，他和蔼地说："让我来为你演奏一曲吧。"

在充满人世间真挚情怀的寂静月夜里，贝多芬的双手在这架旧钢琴的琴键上轻柔地按了下去，一个又一个音符飘向夜空，如泣如诉，如怨如慕；一串串柔美颤动的琴声，透过窗户，与中天的月光融为一体，交相回旋；继而一阵冲动，一串加大力度的和弦震颤心灵，似乎在倾诉着人间的哀怨。时而轻，时而重，时而徐，时而疾，时而柔，时而刚，时而如溪水潺潺，时而如无语凝噎。那飘荡如珠的琴音使这位盲女如醉如痴。美到极致则心必哀伤，少女的面颊上淌下了泪水，她喃喃地低语："谢谢您，先生，您就是贝多芬先生！"

贝多芬默默地退出了这相依为命的兄妹的住处，匆匆回到寓所，翻出谱纸，记下他刚才即兴演奏的乐曲。

于是，《月光》带着清秋明月的光华，带着感人至深的真情，从那一夜起一直在人间奏响。

我不知道，在贝多芬小径上的月夜今天会是一幅什么样的情景，但我相信那一定是醉人的美景，因为那是维也纳的郊外，是贝多芬走过的地方。

芬兰：蓝色之旅

对我而言，芬兰是一个遥远的、朦胧的、淡蓝色的国度，就像她的国旗的色调一样，洁白的底色，一个淡淡的蓝十字，在蔚蓝的晴空下，在徐徐的微风中飘动着，犹如乳白色的雾霭中隐约显露的蓝天……1995年的夏天，我穿云破雾，飞行万里，曾梦幻般地到了这片位于北欧号称“千湖之国”的神奇土地上，但提笔记述这段充满文化情趣的北欧之旅，已是四年后。

1995年我在写作第一本书时曾列下《芬兰行》这个篇目，打算聊赋短什，以寄幽思，把这段轻松而欢乐的行程的见闻、感慨诉诸笔端，因而在旅途中就有意识地强化记忆且激发我的感悟。沿途的景致与趣事，与同行旅伴的谈吐说笑，白夜的阴晴冷暖和人迹罕至的秀美湖光，都一一记在心中。孰料，我刚回到北京，就被派往俄罗斯采访“二战”胜利五十周年的英雄军民，同时也到了被称为苦难的国度——曾被德国法西斯占领与摧残的波兰。在这次行程中，一反在芬兰的轻松愉悦，几乎每天都被一种激愤与哀伤冲击得难以自已。在采访拍摄的过程中，手不释笔，心不了叹，在路上，在宿处，在空中，总之除了面对镜头和与人交谈之外，总在握笔疾书。在那段时间里，我完成了《半师半友书画缘》《那也是我生命中的一段时光》《正气悲歌》共五万多字的写作，其中《正气悲歌》于回国后不久先发表在《人民日报》上，同时，我也极为沉重地写下了《旅途随感——奥斯维辛见闻》一文。

在波兰的奥斯维辛，当我站在集中营炼人炉旁时，巨大的恐怖攫住了我的心，无论同事们怎么动员我，我都坚持不进去，几近落荒而逃。我身旁一批批的游客都鱼贯而入，只有我一人孤零零地站在路旁，脚边的青草如此翠绿，而我面前却是远远近近的一排排在浓荫覆盖下像普通平房一样的炼人炉。我站在那儿，心中受着煎熬，我实在不愿去面对，也不希望再进一步了解这惨绝人寰、灭绝人性的大屠杀史实，难以承受心灵的摧残！就在那一刻，在我被折磨的内心中，升腾出一腔的恨，一腔的仇，这是人类永远洗刷不掉的污点！人怎么可以对自己的同类下这般残忍的毒手，人怎么能在自己的躯壳下包藏着这样的狠毒之心。我眼前浮动着不堪回首的场景和那些任人驱赶的、被无辜杀戮的成千上万的已被惊恐摧残得麻木的人。人啊，你又为什么如此的软弱，任人蹂躏，你不如一只麻雀在失去自由时宁愿撞死笼中，你不如一头小鹿在被追捕到手时已心碎而死。那一刻，我呼唤金庸笔下那些身怀绝技的武士，用降龙十八掌摧枯拉朽，横扫群魔，希望倚天神剑与屠龙宝刀将一切恶魔碎尸万段。我那篇文章也是不堪回首、惨不忍睹的内容，那在睡梦中都令我心悸的浸透着血泪的罪恶场景，搅得我五内俱焚，我不能再想它了。对那以后在欧洲的行程，我都不忍回想，因此也无心再完成已列入选题的《芬兰行》一文。不过《芬兰行》一文幸好没在当时成篇，那时的思路没有今天宽豁，其实《芬兰行》只算开一个头，以芬兰那一段行程作为开端，引发了我一系列的文化心路历程，激起了我对中国文化从抽象到具象的一次探求。这次芬兰之行也给了我一个恰当的机会，使我从那以后能对中国文化的一个支脉——考古与文玩，有了一个初步的认知，产生了极大、极浓的兴趣。但由于我入门晚，知之甚少，反而使我又免于堕入收藏发烧友的圈子，述而不著，爱而不藏，喜而不痴。总之，这次芬兰之行使我精神上走进了博大精深的中国文化的一个新天地。

断玉剪彩

1995 年 6 月 4 日，中央电视台一行四人一早就来到了首都机场，在熙熙攘攘的人群中，芬兰航空公司驻中国首席代表林白曦先生和中旅卢先生在机场和我们相遇。林白曦能讲一口土极了的北京话，你要是背靠背与他交谈，没准你会觉得自己的北京话还真不如他地道，但只要一回头，嘿，吓你一跳，黄头发，蓝眼睛，活像银幕上的外国人被高明的中国译制演员配了音。这老外有一个优雅诗意的中国名字：林白曦。我第一次见他，是要在工作餐上探讨拍摄问题，正琢磨跟他说什么时，他上来就问："哪儿搓啊？"这位老弟三岁就从芬兰来到了北京，他父亲在北师大教书，母亲在人民画报社工作，他从幼儿园到初中毕业一直住在北师大的院子里，跟一帮小男孩摸爬滚打说着京腔。1970年，他的同学都去东北插队了，却没人敢要一个"外国孩子"去落户。就这样，他留在了北京，一天到晚走街串巷地晃荡。1974年，他收到芬兰军队要求他回国服兵役的通知，自他三岁离开芬兰，还从来没有回过国。他坐上从北京开往莫斯科的国际列车，绕道西伯利亚，回到赫尔辛基，一路上走了七天七夜。服完兵役，他在赫尔辛基做些零工，可他的母语——芬兰话还不过关。正苦恼时，赶上芬航要人，他最后如愿以偿加入了芬航，先在赫尔辛基机场做一名实习生。1987年4月，林白曦奉命前来北京组建芬航驻北京办事处，于是回到了哺育他十九年的北京。在北京他如鱼得水，其工作效率之高令芬航的同事们对他刮目相看，如今，他已是芬兰航空公司的要员。林白曦一见我们就说："秀伟等你们半天了。"秀伟是《北京晚报》国际部主任，这是跟我第二次结伴出国了，上次是1990年一块去东南亚工作了十七天，回国后只聚过几次，同在京城却见面不多，反而出国时能朝夕相处。与此同时，我发现一位年轻女子在旁边站着，我以为是别的游客好奇，围观我们，林白曦微笑着说："来，给你们介绍一下邵红，她是《中华工商时报》的记者，一块儿走。"林白曦还告诉我们邵红是从美国回来的留学生，年轻的文物收藏家，这次就麻烦她给大家填出入境表。到这时我才知道，我们这一行共计八人。

登机时间尚早，我们正在交谈，忽见邵红仔细地弯腰从地上拾起一个东西。秀伟看见了一愣："哟，怎么了？"邵红悒悒地说："也不知怎么回事，在脖子上挂得好好的，摔断了！"我凑过去一看，哦，是女孩子经常戴的一种小装饰品，一块玉坠，莫名其妙地摔断了。我当然要安慰人家了，就说："别介意，旧的不去，新的不来，碎碎平安！"我看邵红还是一脸的心疼样，忙把秀伟拉到一边，指着小卖部说："秀伟，头一次搭伴儿出门，别叫人家不痛快，这样吧，我们给她在机场摊位上买一个类似的挂件，顶她那个断了的玉坠，算见面礼，行吗？"秀伟忙拉我走得更远了几步，低声对我说："你真不知道还是假不知道？""怎么了？""那是一块脂儿玉，羊脂玉，至少是清朝的工儿，您带多少钱？这块玉少说也得值一两万元，您就是带足了钱，甭说这儿没有，别处您也不是随便就能见到的。""啊？！"我傻了，真是有眼不识金镶玉，我觉得自己很无知（后来从邵红那儿得知，那块玉是汉代的双龙造型，清乾隆年间的雕工）。秀伟在上次的东南亚之行，多次对我讲述文物知识，我是这个耳朵进那个耳朵出。此前，我也知道一些古董文化，也有一两样东西，但我一直没把它当成学问，总觉得文玩古董就是打鼓的、摆摊的、赚人钱的，跟旧社会的遗老遗少纠结在一起形成的所谓文物市场，敢情这里面学问深了。就在邵红玉断机场的刹那间，我仿佛感到了过去认识上的误区。于是，这次断玉，就成了一次郑重的剪彩，从那一刻起，我萌生了要了解他们所掌握的古董文玩知识的愿望——这次芬兰行旅途中他们就给我上了第一堂中国文物课。

穿云破雾飞北欧

此行，中央电视台国际部摄制组是拍《人与自然》电视节目，梁秀伟、邵红他们用文字报道芬航。我们作为芬航的客人，在芬航的飞机上被安排在头等舱，宽敞舒适，饭菜可口。芬航的女乘务员年纪较大，尤其头等舱两位年逾五十岁的乘务员，温文尔雅，仪态端庄，礼貌待客，使我心有敬意。

在漫长的飞行途中，大家一见如故，倾心交谈，这也是新闻界的一个特点吧。我把刚写好的《奥地利情思》拿给他们几位看，并征求意见。秀伟说："这篇文章的文风别具一格，可读性强。"邵红说："你真有学者之风。"我说："你不是讽刺吧？"邵红笑了，她有一对漂亮的大酒窝，她一笑，大家也开心了，知道她把断玉的事儿搁下了。

当离赫尔辛基还有一段航程时，林白曦邀我进驾驶舱参观，我本不想去，我说我去过很多次了，但大家都说盛情难却，于是我独自进了机舱。芬兰的机长和机务员非常有礼貌地请我坐在一张座椅上，并让我系好安全带。这里的安全带和座舱中旅客的安全带不一样，简直是五花大绑，腰间勒一道，两肩也各斜勒一道，我几乎一动都不能动，但觉得眼界十分开阔，就像只身面对无垠的蓝天，像自己在展翅翱翔一样。这和在机舱舷窗边侧看天空感觉完全不一样，因为此刻，我面对蓝天白云只隔一层玻璃而已，蓝天上的白云成山成谷成堆成团成絮，变幻成各种赏心悦目的形状，让我目不暇接，我真像一只鸟儿在愉快地飞翔。

我与机组人员交谈，我问他们这样经常在空中飞行会不会感到厌倦。他们说不会。我坐在机舱中才明白他们为什么永不厌倦：因为每一朵云彩的形状都是新的，每一朵云彩都像一件唯一的艺术品。在机舱中，视野纵横，无边无际，飞机在穿越了一朵又一朵白云后，我看到身下是一片又一片波光粼粼的湖面和一丛又一丛浓郁的森林以及纤巧漂亮如童话般的小房屋，远方是一条两个竖着接起来的火柴盒大小的跑道，降低了，降低了，我就像往下飘一样，像徐徐收线的纸鸢，终于轻轻地滑上跑道，我们来到了芬兰。

赫尔辛基

1995年6月5日下午，我们到了芬兰的首都赫尔辛基。这是一座有名的国际都市，在这里，可以寻见许多芬兰重要历史事件的印迹。赫尔辛基是1550年由瑞典国王古斯塔夫·瓦萨建造的。瑞典统治的这段漫长历史（1155—1809年）给芬兰的文化和公共设施留下了深远的影响，而一直到1809年，赫尔辛基仍是一座小城市，后来成为俄国公爵的领地，由俄国沙皇直接管辖，因此，赫尔辛基又有了与圣彼得堡相似的新古典派建筑，它与原本赫尔辛基乡间朴素的建筑风格结合在一起，使赫尔辛基成为北欧最具魅力的都市。1812年赫尔辛基被定为芬兰首都的那一刻，是一个历史转折点。特别是1917年俄国统治芬兰的历史结束之后，芬兰宣布独立，赫尔辛基即成为飞速发展的现代化城市。

车子开到市中心的一家宾馆，我们被安排住下。行李刚放到房间，我就和我台的范武林扛起机器出了宾馆。没人引领，我们到了大街对面的一个湖边公园，一片湛蓝的湖水，周围绿草覆盖，有人在跑步，有人在骑车，使这一片美丽的风景显得生动。只见一队队小野鸭在鸭妈妈的带领下在湖畔岸边悠闲漫步，一会儿扑向湖中，一会儿又游回岸边，行人很少，市声也不喧闹。范武林在拍摄，我悠闲地坐在岸旁的长椅上，看着湖心的一个喷泉，泉水向上喷涌，喷得老高老高然后纷纷坠下，犹如银丝悬垂，微风之中，水雾飞沫随风飘散，然后悄然落在湖中……波光闪烁的湖水上有不知名的鸟儿飞翔，它们潇洒敏捷，似乎在向游人发出轻盈的呼唤。整个湖面并不大，但却显得气派、浩渺，因为湖的周围没有任何高大的建筑，只有绿树环侍，青草围绕。北欧夏日漫长的时光长久地陪伴着来到这里的每一个生灵遨游，嬉戏……

一阵轻风吹来，有了点清凉，正感到身心惬意之时，又忽地淅淅沥沥下起小雨，我和范武林一路小跑回到旅馆。站在大堂玻璃窗前，我们看着雨中的街景，犹如看到挪威作家埃格纳笔下的豆蔻镇的街景：一头毛驴在街上随便地荡来荡去，无人管束，一两只骆驼也可以自由自在地徜徉。豆蔻镇差不多每天都有太阳照着，那里的居民自然快乐！在雨雾中我仿佛感到，这里莫不是迁徙来的豆蔻镇，雨中的小汽车高兴地开过去，寥寥行人，撑着五颜六色的雨伞似和雨水嬉戏……我从来记不住自己在国外住的旅馆名称，更不记得街道的名称，但我认定这儿肯定是市中心：来往的有轨电车交错行驶，电车的铃声和碾轧轨道声是那样悠扬悦耳，妙不可言。

雨停了，其实没下多大一会儿。我和范武林又一起横穿马路来到那片湖旁，空气越发的凉津津，甜润润，如茵的花草含着雨露就更精神也更鲜美了！范武林抓紧四处拍摄，我也在一旁帮他寻景点。尽管雨后的湖边一下子冷了下来，衣着单薄的我们冻得发抖，但我们兴致不减，毫无归意。

夏日的赫尔辛基白天很长，夜晚却姗姗来迟。大家吃过晚饭，一起到街上散步。天色还很亮，好像这儿的太阳不打算去屈原说的崦嵫山休息，偏要加班似的，都晚上九点多钟了，天还比鱼肚白要白。商店橱窗里摆着各种精致诱人的货物，但没一家开门，都打烊了。俨然以主人的姿态在街旁坦然漫步的我们渐渐也走得疲了，邵红说回去聊天吧，我们大家都说要聊天，于是我们回到了宾馆。

梁秀伟一进屋就打开了电视。这里的电视频道也有几十个，不是说瑞典语就是拉普语或别的语言，听不懂不如不看。梁秀伟说这电视节目要是介绍文物，我们就能懂。我心想，只能懂实物，语言还是沟通不了。文物领域的语言是极美的，譬如说玉质温润，说瓷色高洁，以及制作过程中“浸晕”“垂釉”这些工艺专用语时，单从字面上就栩栩如生了。而语言还不能尽现文物之美，有的就只能意会。

古镇幽情

天光大亮，睁开眼，不知道这 24 小时之内，赫尔辛基有没有过黑夜，因为在我入睡时还仅是暮色苍茫而已。“黎明即起”，几位团友在餐厅中用了早餐，林白曦姗姗来迟。我们说：“你倒真能睡，好福气。”他说：“别逗了，我还不是为你们当催巴，一大早就把今儿个该办的事儿给办了。怎么样，休息得好吗？其实我跟你们差不多，并不习惯夜短昼长。”

我放下手中的茶杯，很真诚地说：“林先生，我原来以为你的中国名字林白曦只是一种追求典雅、略有诗意的味道，今天我明白了，你这是一个纪实的名字，你们这里早早地就大天亮了，晨曦白兮，所以叫林白曦，你们家要再往北边住，我看你就得叫林白夜。”

大家在笑声中一齐起身，步出门外。

在透明的晨光中，深深地吸了一口清冽的空气，街上的汽车还不稠密，有轨电车在铁轨上行驶时，发出“叮当”的声响。

一辆中巴已在门前等候，我们鱼贯入座。从这一天（6 月 6 日）起，我们就在这辆中巴上度过了在芬兰的大部分旅途时光。在车上可以小憩，可以凭窗，可以谈笑，可以商量，可以高谈阔论，可以低声研讨，可以谈芬兰，可以谈中国，可以谈风光，可以谈民俗，可以谈工业发展，可以谈文化积淀，爱好什么话题就展开记忆的屏幕互相交流。除了一位老司机是地地道道的芬兰人，不通过翻译不太能沟通以外，车上基本都是中国人，林白曦可以算半个中国人。

林白曦说：“各位，今天咱们的旅途不长，可景点不算少，也挺有芬兰特色。第一站马上就到。”

车开进一个小镇停了下来。这是距赫尔辛基不远的一个古老的村镇塔米萨里。据说，当年瑞典人占领芬兰之时，曾打算把这傍海的小镇扩建成首都，当然并没有实现，否则芬兰的首都就叫塔米萨里了。世界上很多国际公约就叫塔米萨里公约，真不如赫尔辛基读起来柔和好听。

古老的小镇青石铺路，街巷狭窄，两边住房颇似中国老民宅，一面临街，但院里如何布局，无人知晓，我们都没进去过。一座巨大的教堂矗立镇中，只因再没有高层建筑与它争夺空间，所以这个教堂十分显眼。无论从已被磨亮的青石路，还是临街房屋的老砖石，以及房根处常见的苔痕，都可以想见小镇的沧桑。我联想起早先在云南一古镇写的《咏茶花》诗的前两句：“玉峰山下无尘埃，青石苍松生老苔。”

在曲径两边有一株参天古木，浓荫一棚，盖住一片居民宅院。徐风生凉，更显得小镇清幽，没有鸡鸣亦无犬吠，只有知了在树上偶尔长鸣，但并不聒噪，倒是“蝉噪林逾静”，道出了此处的悠闲。

在一处夹道中行走，两旁住宅的一层，都有一扇明亮的后窗朝着我们，使我们这寥寥散散的异国观光客徜徉闲踱之时能不断地游览，从这明亮的窗中品味到身在异乡为异客的心情。

有的窗内有一层云翳般的窗纱，自然不会有人俯窗窥视，因之屋中的一切都云遮雾罩，影影绰绰。但有的主人却大大方方地敞开窗户，让你在走马观花之时，瞥见室内洁净的几柜与琳琅的陈设，当此之时，也不会有游人趴在窗外向里面张望。令我颇有感触的是，在这幽静的小巷深处，我们不记得有镇上居民与我们相遇，也没有看到窗内人影闪动，似乎说明居民们都在某地某场所干着自己或书写或劳作的营生，孩子们也正在学堂上课，这样的小镇内外，基本不设防。没有一户人家在临街的几乎触手可摸的窗外加一层防盗装置，既没有铁栅也没有木栅，家家如此户户这般。

在处处浓荫覆盖之下，空气显得透衣生凉，走了许久，并不似夏日逛街那样汗水淋漓。这里的盛夏犹如北京的晚秋，只是树叶并不变色，依然浓绿蓊郁。临街的木框玻璃窗做工精巧，几乎家家都是双层窗户，可以想见此地冬季的严寒。临街的许多夹窗的框间，铺着干净的细沙，长着小巧的绿色植株，有的还绽着娇小的红、黄、蓝的纤纤花朵，使这一排排原显冷寂的房舍透出鲜灵的生气与迷人的情致。

古镇的风情在于一个静字，在静谧中仿佛感受到时光的波段在无声地流泻，穿过树隙，穿过小巷，穿过家家户户的屋里屋外，带着昨日的烟梦，带着窃窃私语和偶尔的低吟。站在这小镇的街巷深处，心会由于旷邈的思绪而感伤。在静谧中，你会想到在浓荫下依稀一对情侣无言相偎，你会想到晚归的宿鸦在林梢栖身，你会想到一位老婆婆在蹒跚行走，你仿佛也会听到在那扇窗后飘来的如珠琴音。

在夏季白昼能让人产生凄清的遐思，非古镇不能有此韵致，非悠闲静寂不能任你情思绵绵。

我们走散了，但在这小镇寂静的巷中不会迷路，在这小镇难得的氛围中，每个人都在品味着似曾相识和与自己心灵相碰触的情愫。

我独步小巷，看到一棵百年的栗树，在虬结的树根与粗壮的躯干上悬挂着一只人工制作的木板钉就的鸟巢。这空空的木巢，是鸟儿们外出还是一鸟孵窝，不得而知。是哪种鸟儿会领情住在这里，它每天是否为主人婉转高歌，主人是男是女是老是少亦不得而知。但我能感到此地是充溢着爱心的居民点，“一叶落而知秋，一巢悬而知善”，爱护生灵，珍惜自然，必然会邻里和睦，必然会相安年年。这是一些心平气和的居民所居住的平平安安、清幽洁净的乐园。

当我们不约而同走到镇中一个小广场时，大家的神情似乎受到这小镇惠风和畅的感染，神清气和，微微颔首，感慨良多。“怎么样，各位感觉如何？”“真不错。”秀伟应答了一句，代表了大家共同的心声。

“这是什么呀，林先生？”邵红指着一根立在一堵墙旁的木柱，好奇地发问。我们也看到了这木柱，看到它的下部有一个木阶，而且木柱上还钉挂着一条粗铁链，并且有一个可以开合与锁住的铁环。其实大家都能判断，这必定是早年的刑具，问题是谁在使用它，用它拘禁谁，以及犯了什么罪会遭此刑罚。“这叫耻辱柱！”林白曦自信地解答。我们当然只能听信他的讲解，这里只有他是地道的芬兰人，他是“权威”。

“这是耻辱柱，惩罚通奸的人！”

“啊？！”

我们都没再深究。我本以为是把小偷绑在这里示众，而林白曦一说是专绑通奸的人，倒叫我们好生费解，“捉贼要赃，捉奸要双！”这儿只有一个铁环，到底绑哪一个？林先生没说，我们也没问。因为说这根柱子只绑通奸的人，那问题就多了，难道这么一个清静无为与世无争的世外桃源般的净土会有那么多的苟且行为？难道问题多得要专立一根耻辱柱来以正视听、以正风气吗？不可思议，尤其是两人中只拴一个，更令人莫名其妙了。林白曦这样一讲解，我们反而弄了一头雾水，于是大家为惩罚他干扰了我们得来不易的恬适的心情，我们说：“这个铁环怎么用呀，你示范一下吧。”于是林白曦走了上去，表演一番。噢！我明白了，这一定是恐吓柱，告诉你行为不轨就有可能让你示众，像庄稼地里的稻草人。未必乡里乡亲的非要把一个人绑在那儿，即使要绑，由谁决定？绑多久？为什么？是罪有应得，还是冤枉，跳进黄河也洗不清？反正那链条已锈迹斑斑，那木柱在风雨侵蚀下已然残旧破败，一切的一切都过去了，反正小镇私刑，绝不会是文明的。如今，文明之风正吹拂着全球的沟沟壑壑，动用家法、宗祠私法，本身就是与法律和公众的道德准则相对立，只会越来越不得人心，但残存的世俗陋习仍抵制着文明的进入。就在我提笔追述芬兰行时，就在我回忆温情脉脉、古风幽深的芬兰小镇风光，并为所谓的耻辱柱而颇费思量的时候，我竟看到了这么一个骇人听闻的报道《为尊严血溅文明死角》，贫瘠的土地，野蛮的习俗，埃塞俄比亚的十六岁姑娘雅芭拉仕·蓓克拉杀死了绑架强奸她的男人，却受到部落族长的痛责和惩罚。因为通过绑架与强奸来求婚，竟是本地的世袭传统。也就是说，如果一个男人看上了一位未婚女子并想要娶她为妻，完全可以不管对方意愿就强行拐走，多次强奸她，直到她怀孕，就算把婚事办了。雅芭拉仕·蓓克拉曾被几个男人绑架，其中一个狠狠打她，打得她几乎失去知觉。她打算逃跑，但那个男人追了上来。这位姑娘用在男人房内捡来的手枪向天鸣枪示警，但那个男人仍恶狠狠地扑上来，于是她垂下枪口扣动了扳机。那个男人应声倒地，中弹身亡。雅芭拉仕被当作凶手逮捕起来，对方家属向她一家要求偿还血债，雅芭拉仕一家如今已把所有牲畜都卖掉了，还欠了一大笔债。时至今日她仍在流放当中，没有自由。在埃塞俄比亚的乡村，宗族权势要大于法律。

是谁应当被绑上耻辱柱？是哪个人，还是哪种陋习？还是一个时代？我们从黑暗与蒙昧中走来，我们向光明与充满希望的未来走去。立在古老小镇的耻辱柱，它如今仍在那里，说明小镇的人有勇气承认曾有不尽合理的过去，同时也说明，他们如今正走向美好的未来。

耻辱柱

当时，我们留下了几张照片，但有意思的是林白曦的那张，因为只有他是芬兰人，我们是外国人，所以轮不上让他们的耻辱柱捆绑。“哈哈！”大家一哄而散，向镇外的水边走去。

小镇外临着一片茫茫水域，我当时就没弄清，这是内陆淡水湖还是一个海湾？

在湖畔，我们看到岸旁一排小

木屋，林白曦让我们注意在小木屋的板壁上那一道道的被水淹没而留下的水痕。他说这里当年曾遇过洪水，要是这样的话，那我当能推断这是淡水湖无疑，哪有海域发水之说呢？如今这个码头已不再使用了，岸边有几个大铁钉一样的手臂粗的铁桩，说明小镇当年是个水运码头。也足可想见当年这一带熙来攘往的繁华热闹的场景，难怪当瑞典人占据芬兰时，曾有过要把这个名叫塔米萨里的小镇扩建为首都的打算。此一时，彼一时，如果当年真的把这个小镇扩建成首都，如今的清静幽深当不复存在，取而代之的是喧嚣的市声与热闹的街景，那又当是另一番滋味了。

这时，临近中午，我们在林白曦的带领下，在岸旁静候游艇接我们去水上畅游。

在等待的时候，我们闲散地坐在散布在岸边草坪的长椅上，各干各的事。秀伟和我们摄制组的华星，在用心地记着什么；范武林用镜头三百六十度地转着圈子在取景与拍摄，但不知他要选择什么镜头；林白曦正用手机和外面联络，说着我们一点也听不懂的芬兰话。

我则用目光搜寻能令我牢记的景物，同时体会着身在异乡为异客的独特心情。不知其他人看到了没有，我的座椅两端设置了两个垃圾筒，是铁皮制的。我想此刻每一个人都会有他们的发现，有他们的感受与他们要记住的此行令他们感兴趣的细节，我想他们不一定有我此刻的感觉。

我感到当地人在这游客寥寥的地区如此重视环境的整洁，每一个供游客包括本地居民享用的公共绿地上，都格外重视保持环境的清洁与不受污染。在许多国家的公共场所都有这种现象，即垃圾筒似乎比游人多。对此我十分感慨。因为，没有收容垃圾设施的旅游点怎么可能要求游人保持环境清洁呢？

我曾在一个城市的街头，手拿一个冰棍棒无处扔，我就像接力赛运动员在跑道上跑着，手中紧握着这支“接力棒”，可是交给谁呢？这条街道没有一个垃圾筒，我捏着这根小木棍走了二十分钟，最后我把它插在一个商店外的大花盆的土里。当然这并没有解决问题，只是把这个难题转嫁了出去，甚至与随手抛在街道上差不多。可是我该往哪儿扔呢？我知道那些随地丢弃烟头的人也大多是不得已而为之，因为没有给他们提供随时可扔东西的设施。现在听说国内许多旅游点及公共场所已经开始安置更多的垃圾筒，这是好事。一个地方的环境卫生质量，并不完全取决于地上脏物与废弃物的多少，而是要取决于垃圾筒的数量。

当我思考这个问题时，一只船静静地靠在了岸旁。

我们登上了这只普通的游艇，先在湖中绕了一会儿，不知不觉中行驶到了蔚蓝色的芬兰湾。

这实在是最普通不过的船了，当我几天后登上从芬兰到瑞典的豪华游轮时，回想起这条船，只能算一叶轻舟，但轻舟漂荡，人少宁静，除了马达声隐隐传来，满目只是芬兰湾出奇秀丽的景色。

离开塔米萨里在海面上行驶，会看到一座座绿岛，有一支优美的歌曲叫《绿岛小夜曲》，我忽然觉得这儿需要几十首这样的歌曲来状物抒情。在海面上荡漾，其实是波光在晃动，使我感到小岛的飘摇，远远近近、实实虚虚、缥缥缈缈的朦胧岛影，有的似小巧盆景，有的犹如一座山峦，晴岚隐翠。除个别小岛的嶙峋怪石裸露出周边之外，绝大部分的岛上都林木葱茏，树密草深。成百上千个小小的岛屿，在蔚蓝色的海光中，在蓝天白云的映衬下，无疑是撒在蓝色的天鹅绒上的一粒粒绿宝石。

有这样的美景就要懂得珍惜它，钟爱它，保护它，才是一个文明群体的清醒举措。当我看到白鹭投林、鸟鸣树梢和乳白色的海鸥在岛边浅海处翔集旋绕之时，心中也默默祝愿，这一片海天之内的美丽晶莹的水波，千万不要毁在我们这一代人的手中，留点美丽的天然景色点缀我们这千疮百孔和钢筋水泥建筑林立的地球吧。

在船行出半小时后，我蓦地感到有些岛内似乎还藏着什么，我看到有一些房子建在岛上。“云深不知处”，此可谓“林深掩屋柱”。林白曦说，其实很多岛上都有建筑，有的是别墅。芬兰有法律规定，所有岛上住房与其他建筑，高度均不许超过树高或与树齐高。因此，很多时候，我们看到绿叶高高，浓荫匝匝，实则这里面还藏着一栋栋的童话般的小屋。

当地人爱护环境的举措给我留下了深刻的印象。同时，我又不得不进行推理和设想。这一座座的孤岛，看上去玲珑妩媚，色彩迷人，夏日浓荫，秋日斑斓，而严冬则萧疏苍凉，一岛一楼，或二三楼，如何能住得安然？白日海天蓝蓝，浮光耀金，而夜冷风高，黑浪滔滔，孤零零地住在岛上，在林木深处，听那怪鸟冷啸，或暴雨如注，或风吹树摇，要有多壮的胆色与多高的定力才能在这里安卧酣眠呀。我几乎不敢想象如果有朝一日被请到这个小岛上小住几日，写作文章，那一惊一乍，何以克当。

于是我把这想法在船舱内对各位团友说了，他们未置可否，也似乎根本没想过这一节。秀伟说："是呀，这么一说，把神仙般的日子和仙境般的居处，变成了阴森恐怖、令人惊魂失魄的魔窟了。"是呀，世上的事本来都具有双重性，范仲淹在《岳阳楼记》中，还不是把洞庭湖描绘成仙姿绰约与鬼哭狼嚎的双重景观。

在封闭的船舱中，我们聚在一起吃了一餐船老板为我们烧制的午餐。看着无边的景色，就不太留意都咽下了什么，总之填饱了肚子，才有精力继续欣赏沿途风光。

刚刚撂下刀叉，我们的游艇已靠上一座小岛。这座小岛有码头，也有船工把我们拢到岸边搭上跳板接上岛来。"要知道梨子的滋味，就得尝尝梨子。"要对那星罗棋布的如翠玉般的岛上的隐秘窥测个究竟，莫如上来走近，亲眼看看。登上这座岛，就像解剖一只麻雀，由此及彼推论一番，看看这些异邦景物，也试试我自己可否领略得了这里的情调，能不能消受这里面的一切。

上得岛来，脚踏实地，还觉得身子在摇晃，这不仅是"实地"似乎还是石地，可在这石岛上却长出参天大树，奇哉怪也。我们未走几步就大彻大悟了，原来岛上有几眼山泉，山泉淙淙琼浆四溢，沿着石缝石隙形成了汩汩流淌的小溪，洇得各处的石块都湿漉漉的，有的石根还长着青苔，于是一位芬兰导游用英语讲："大家小心，别滑倒。"我们就一路登山似的上了小岛，在船上望着小岛，觉得它如珠玉般的翠生，丝绒般的柔软，可是钻进这个小岛的树荫，踏着石头小路，一身汗就冒了出来，这真是听景不如看景。

这个无名小岛看来大有来头，一块石碑上镌刻着被青苔遮盖得模糊的字迹，导游讲到，这是以前俄国沙皇曾临幸此岛的记述。这样一座无名孤岛，沙皇竟肯屈尊大驾，何等的非同寻常啊。人总是有那么一种莫名的追随心理。沙皇跟我们有什么关系？也可能他们在占领芬兰期间也正占领着我们东北大片领土，他登上这个岛来耀武扬威。我们今天走到这里，听说他来过，似乎有了一种荣耀之心，这确实不该。仔细一想又不尽然，作为历史，任何人物，好人恶人，政客骚人，早就风流云散，我们发思古之幽情并不因他的善恶功过，或思之绵绵，或恨之入骨，只把它作为一个有据可查的古人在前，觉得时光之转瞬即逝，而念天地之悠悠。因此中国十几位皇帝在泰山封禅，今天游客并非登山去批判封建帝王劳民伤财，沽名钓誉，而是觉得泰山有了这等的人文景观，更显得耐人寻味并有历史的厚重感，而且使这座名山更四海周知。这里面说不尽还要说的情绪，也还要靠我们去一层层剥解。

这座无名岛倒不趋炎附势，并不因为沙皇曾登临而起个什么名字以招徕游客观光。那碑文已淹没难认，也不想发扬光大重刻圣迹。

但令我感慨的事情又发生了，导游问我们要不要喝点水。出门在外一味客气可不好，我就说我渴了。导游手里有个缸子，一弯腰从溪流中舀了一缸子水递给我。我稍稍犹豫了一下，然后义无反顾地端起来咕咚咕咚喝了几大口，清冽甘甜，一身的燥意与汗水顿失，团友们也都来之不拒地啜饮甘泉。

我至少有二三十年没在大自然的怀抱中直接饮这玉露琼浆，既没机会，也没有胆量，尤其如今水污染的严重性可谓众所周知，若非口干欲绝，谁会掬起小河流水直接饮用。我记起后来林白曦在我们的《人与自然》栏目中做了一次嘉宾，他说："我小时候游泳，游累口渴了，张嘴就喝河水，我们的河水没有污染。"如今，自诩自己家园的水、水果、蔬菜、牛、羊、猪、鸡、鸭等没有污染，远比说我们那儿都盖了楼，都有拖拉机，有的还有汽车，有电磨坊之类的来得骄傲。现在的旅游景点能吸引人之处必然要加上一个"我们的环境如何如何……"

临离开这无名小岛，望着那小溪潺潺，心中说不出的依恋。本来地球上任何一条溪流，河水，任何一个湖泊与任何一带港湾，都是清凌凌的……

激流勇进

在芬兰，晚上闲聊，精神头儿十足，早早就醒了。6 月 7 日，在天光大亮的清晨，我们一行八人离开赫尔辛基，飞往约恩苏。

不知睡了几个小时，可是大家都精力充沛地来到餐厅吃早上的自助餐。早餐要吃饱，这在国外更是至理名言。何况早餐一般是免费的，哪有放弃之理。而且早晨这一顿吃得饱饱的，中午可以随便买个三明治就省去了吃正餐的大量时间，尽管是对方接待，不用自己花钱吃午饭，可时间是自己的呀。过去我们在国外，早餐完了以后 8 点多钟出发工作，11 点多要坐车走几十分钟找一个餐馆，点完菜吃完再回工作地点，实在太浪费时间了。后来我们试着把三餐改为两餐，似乎多出了半个工作日。

林白曦把日程安排得十分满，下了飞机直奔另一个景点。我并不清楚这个上午要做什么。他把我们带到一个游艇俱乐部，请大家在一间放映厅看电视录像。我们看到了许多冲破浪花的游艇与划艇健儿的英姿，这样的运动我过去在电视中看过多次，但觉得这是专业运动员的竞技项目，不要说我的年龄已经不适合做这种剧烈运动，即使在我年轻的时候也不见得会投身这种运动项目，因为这具有很大的冒险性。常常见到在一个打翻船艇的激流旋涡中，两位穿橘红色救生衣的运动员在挣扎。我不太喜欢冒险，我承认我胆小。记得在 1992 年《正大综艺》节目中，有一个场面是我国台湾的导游主持人李秀媛在欧洲做蹦极动作，一个画面表现她被挤对得没办法跳了下去，眼见这位小妹妹在空中直坠下去，然后被弹上来，一上一下，终于又回到原地，吓得她泪流满面，失声哭泣。既好玩，又好笑，既可怕，又可怜，但也足见她为工作的奋不顾身，谁让你干这行呢，赶上了这回，你不上谁上。接下来，杨澜问我，您要是遇到这种情况跳不跳？我说：“不成，我身体太重，万一这根绳子承受不了我的重量，中间断了，那可是有去无回，悔之晚矣。反正你们谁爱跳就跳，我不跳。”杨澜说：“没想到您胆子这么小。”后来《正大综艺》三百期时，做了一集纪念性的节目，把所有主持过这档节目的主持人都请了来。那时，我和杨澜都已退出了《正大综艺》，而且杨澜已在纽约就读。这次我们又都聚在一起，台湾的三位外景主持李秀媛、谢佳勋、许小妹都来了。大家头一次在同一时空中联袂主持，十分热闹，也很融洽。

当介绍李秀媛的时候，导演特地调出了以前她做蹦极的镜头，大家都为她的勇敢而鼓掌。那时候蹦极这项活动还没引进国内，所以看到李秀媛的蹦极既感到新鲜，又感到好奇，又同时为她的敬业精神而赞叹。我没问她当时的感受，不过我想，要不是因为拍摄需要她的镜头，她也未必主动去体验这吓死人的活动。这时，杨澜又问我："您还记得那一年咱们主持这段节目时，问您敢不敢跳，您说说什么也不跳，后来我听到不少观众议论，说对您很失望，没想到您那么胆小。今天李秀媛也来到了现场，您再跟大伙说说您的感想吧。"我说："上一次我的借口是怕那根绳子禁不住我，半截断了，我就惨了，这次我想明白了，我想他们一定会给我绑好几根绳子，绳子的保险系数万无一失。""那您这次再表表态吧。""好，这次再向大家表明我的态度，我——还是不跳。"其实这不是调侃，我是真的不想跳，不敢跳，不敢就是不敢，何必假充胆大呢？再说很多极具挑战性与刺激性的运动不适合中老年人参与。

此刻在约恩苏，我一面回味着过去的时光，一面在看眼前画面上运动员惊心动魄地与激流搏斗的场景。

录像带不长，20 分钟左右，节目终了，灯光也亮了。

林白曦说："过一会儿，我们就坐这种船往前走。"

"你们乘船吧，我坐车在岸上走。"

"车已经出发，到下一站去等咱们了，唯一的办法就是乘船。"

得，说什么也没用了，跟着感觉走吧，既来之则安之，"醉卧沙场君莫笑，古来征战几人回"。

我们这几个人大约都有点既兴奋又紧张的感觉，已经如此，只有走一步看一步了。

我们走到了一条宽阔的河边，已经有几个团队的游客在整理服装，也在用手比画着船桨。主人给我们拿来了几件橘红色的救生衣，让我们每个人穿好。真不是仅仅摆个样子，每条船上都又安排了一名教练，他们仔细认真地检查我们每个人救生衣的带子系好没有，然后说："咱们大家只管稳稳地划，到了激流险滩时，要有一个人指挥，大家齐心协力往前冲，一般不会有危险，否则我们怎么组织这么多的游客来探险呢？"真是险，我心中这样想，最后自己又检查了一次救生衣的情况，登上了船，我忘记了当时我们是怎么排列就座的。

在树荫下，在波光桨影中，我们轻轻地离开了河岸，划向宽阔的河面。小艇静悄悄地向中流漂去，我们齐心协力，试着让划桨的动作尽量地整齐。这是一条浮力很大的橡皮船，很扁，船舷只略略高出水面，我们分两列坐好，每人只有一支桨。两岸的景致也十分悦目，天是那么蓝，不知是不是北欧的盛夏轻寒也会使天空的蓝色更纯净，河水也很平缓，水波不兴，朵朵白云映在前面的河面，云影、波光、蓝天、绿树与沁人心脾的新鲜空气，让我觉得整个身心是那么舒适，心情此刻也特别的放松与宁静。面对这一叶扁舟贴着水面静静地漂流，倒显得我刚才有点夸张了，有点自己吓唬自己。这样的轻舟漂荡与极目水天一色，只有桨声哗哗和远处什么鸟儿的鸣唱，这种异国的纯自然的风光让我感到有些陶陶然。

"大家注意前方快到了激流，注意别心慌，喊一二一，大家一齐使劲划。"

我往前看，只见前方两百米处，在河床收窄处，一段白花花的波浪在翻滚着，似乎在幽深的河面突然涌起一阵白色泡沫。不过我看那险滩离我们还有一段距离，并且目测一下也没多长的一段，于是心一

横，怎么也得冲过去。刚这么想着，船身已剧烈地上下颠簸了起来，船像被巨大磁石吸着卷进了激流。这时，一阵波浪冲上船头，每个人都被浪花打上了，只听邻船与本船的女士们，真实地、发自肺腑地、撕心裂肺地尖叫，但这尖叫立刻淹没在轰鸣的浪花声中。这时每一个人都顾不上害怕了，拿出了吃奶的劲，玩了命地划。没工夫想别的，又一个浪头打上船来，又是发自内心直白的一阵尖叫，这绝不是演戏与表现惊慌，真的是慌了神儿了，不知这个磨难什么时候能结束。拼命划水，划呀，划呀，蓦地，一切都归于平稳，小船已经过了鬼门关。胜利来得太容易了。回头一看那开了锅似的波澜，雪堆似的一段激流，已在我们身后，而又有后来者在呐喊着冲过它。

我们悬着的心终于放平了，就像这橡皮舟，此刻像在玻璃镜上稳稳地滑过。刚才太紧张了，也可能失态了。不过谁都没经历过那死里逃生的场面，谁也不必笑话谁。总算化险为夷了。我们的话多了起来，“曾经沧海难为水”，这大江大浪都闯过了，还有什么可怕的呢？还没冲过惊涛骇浪之时，大家都悬着心，及至冲过了这激流险滩，才觉得也不过如此。

于是我们的神情彻底放松了，话也格外地多了，一身衣服也都湿了，好在毕竟是夏天，几乎彻夜的太阳光把周遭都融化了，都催绿了，都温暖了。天还是那么蓝，云还是那么美，水面更开阔，两岸的景色更凄艳。

我想起了欧洲一条条著称于世的大河。蓝色多瑙河，那波光水色，滋养了欧洲几个国家的土地，沟通着几个国家的文化与风情，同时它还滋养着人们的精神，产生了瑰丽的艺术。施特劳斯家族的乐坛精英就是在这条宽阔美丽的河水旁灵思泉涌，一朵朵千变万化的浪花，在他们胸中荡漾出精美绝伦的乐句，经过他们天才的组合，多彩多姿，成为令世人心旷神怡、心神俱醉的旋律。

还有那塞纳河，千古流淌，目睹了欧洲从蛮荒到兴旺，从乱世到和平，从大革命的浪涛到田园牧歌的宁静，从纸醉金迷到纯情散聚。有愉悦，有忧伤，有快慰，有别情，有悲壮，有浪漫，有轰轰烈烈，有两情切切，那万缕情思和千般别绪都汇入波光浪影无尽的奔流之中。此刻，我们漂流的是一条不知名的大河。也许，当多瑙河与塞纳河暗淡了，这条大河才开始振兴，也许这条大河日后名声远播成了举世瞩目的文化摇篮，也许故事还会有很多很多。试想，2l 世纪的人们还会依物质的丰盛与微薄来权衡一个地域与一个环境的等级吗？ 21 世纪最可宝贵的当是河水清清，树木葱茏，空气清新，人烟稀少，四处安宁。

我想这条河将来会扬名环宇。此时它已开始接纳各国游客前来拼搏一番，也许人越来越多，它声名也将越来越大。

浪头又在前面，白花花的急流翻滚，像蛟龙闹江，像水怪作乱，像地覆天翻。我们向着这高声咆哮的恶浪冲去。这一回我们心中有底了，我们会从容镇静全力以赴，齐心协力密切合作，而且在第二个险滩出现之前，我们自己已经做了动员，决定让曾在体育学院学习过、现在在北京每天晨练长跑的范武林“脱产”指挥，他不用划，只需要身子冲着大家，用手打着拍子，高声呼喊地指挥大家。“千军易得，一将难求”，这个领衔的重担就有劳他了。范武林不负众望，他威严地往船头一坐，很神气地担负了重任。说时迟那时快，好似万马奔腾之浪涛又铺天盖地而来，前头的船只照例发出了尖叫，叫声越响，说明女士越多，我只好嘱咐，大家别喊，只管使劲划桨。

船身又剧烈颠簸起来。“哗”一个浪头又打得眼睛睁不开。在尖声呐喊当中，男女声二重唱，范武林喊着号子，而两位女士一方面忠于职守，拼了命地划桨，但也没忘了尖声惊叫。我才明白，这喊声是不以人的意志为转移的无法控制的条件反射。我在香港看过别人坐海盗船，每次船身抛起都会传来高高的整齐的直着喉咙的长声尖叫。那种声音，如今就在这浪涛声中重现。“哗”又一个浪头，我们不仅用木桨拼命冲开这激溅的浪涛，而且还用尖锐的叫声冲破这一片乱翻乱滚的水魔。

当此之时，“使三军将士视死如归”，我想李陵当年在大漠之中与单于厮杀时，两军相碰犹如两股激流互相冲刺，那时的呼天喊地惨不忍睹，令天光失色，烟尘爆起和这浪花飞溅、水雾迷漾当有同工之妙，但我们的破浪而进，绝没有性命之虞，只是让你体味到丧魂失魄的刺激，这就是冲浪划艇惊心动魄

的诱人之处。我觉得没有任何污染的冰冷的河水，溅在我身上、脸上的清凉的水沫，把我所有的怯懦与软弱荡涤一空，尤其把我的暮气冲洗了一番，使我童心萌动，意趣勃发。当此波滚浪翻，虎吼雷鸣之际，我的全身都像沸腾了一般。这时，我想喊，也想叫，我要像祖先在蛮荒的旷野呼号一样，从心底升腾冲击起一股野性。这野性不是北美那贪婪的淘金者以性命相搏去攫取财富，不是杰克·伦敦笔下的与狼拼斗，而是有着文明躯壳与心智的文化人那血液里流淌的先祖的勇猛和智慧，于是我们在冲过激流后，共同唱了一首歌。

“大刀向——鬼子们的头上砍去！”我们唱了一遍又一遍，大家都归于一个起跑线，回归到孩童时代一般，直着嗓子吼叫，震得船底的浪花飞溅，震得岸上的鸟儿惊飞，震得皮艇发颤，震得我们心灵欢腾。

附近的水面上传来了轰然的欢叫与掌声，几船外国人向我们笑着叫着。他们听懂了，这是我们在拼死搏杀后获得的胜利的吼声，是心狂喜，神经震颤，是我们的原始天性得以尽情发泄的欢畅。他们一定体会到了我们这歌声中所向无敌与一往无前的气概，于是在他们心底也发生了共鸣。但他们不知道，这是我们一群中国记者在异国他乡点燃的神圣的爱国激情。这激情在心中燃烧，在冰冷的河水上，在凉爽的湿润的风中扩散……“老夫聊发少年狂”“将谓偷闲学少年”“少年不识愁滋味”，都不对，我们的前辈，有时也太矜持了，难得浮生一片闲，难得一晌贪欢，难得得意忘形，还要给自己迅速冷却，还要不好意思，还要遮遮掩掩，太没必要了。可那是因为他们的狂欢遭到了冷遇、白眼，起码是不以为意的哂笑。而我们面对蛮荒，面对星汉，面对异族，面对波澜，自是无所顾忌一味地尽情宣泄。

此时，当我们终于唱得不想再唱了的时候，在归于寂静，享受波的晃动、水的轻摇，想闭目遐思时，忽然从远处贴着水面传来一阵歌声，男女声齐唱的苏格兰民歌。这像是一道轻柔的波穿透了河面，向四下扩散，仿佛在河面上和在我的心底都漾起了涟漪。那略带沙哑的歌声，正好在我们的激情之后响起，我们的心境被天地被河水被明媚的阳光轻轻抚慰，轻轻抚弄，轻轻抚平。我聆听伴着风声水声没有装饰的直白的歌声，一句句的诗，一朵朵的花儿，仿佛在我身边跳跃。我想起了断断续续欧洲诗人的诗句：

多少次我曾看见灿烂的朝阳，
用他那至尊的眼媚悦着山顶，
金色的脸庞吻着青碧的草场，
把黯淡的溪水镀成一片黄金。
……
啊，欢乐的客人，我听见了，
听见了你的歌声……
乘着歌声的翅膀，
心爱的人，我带你飞翔。
……
我听到大海的轻涛细浪，
拍打柔和的海滩，
抒出了一阵阵温情的轻声软语。
发出袅袅不断的回音。

在轻柔的缥缈的歌声中，我们的皮艇靠在岸边，有人接过缆绳牢牢拽住，我们浑身湿漉漉地跳上了青草覆盖的土地。

这儿满目树荫，这里人影憧憧。从漂流中过来的人应该有一种轻微的幻象，这里是一座山寨，不是中国的水泊梁山，也不是英国罗宾汉的驻地，这儿有一股奇妙的味道，有一阵阵氤氲的岚烟，是不是蓝精灵们的聚集区?

我们踏着还有些发软的步子穿过林间，哦，这里是绿林好汉们啸聚山林的场所，一片空场，几幢木屋，门前露天安放着一张素木长桌，杯盘狼藉，两个壮汉正在手忙脚乱地紧着拾掇，桌旁几段树桩子，连着树皮竖在那里，有人招呼我们入座。经过漂流，在人烟稀少的地方，在一片孤岛上，在一片密林中，在这粗糙的木屋附近，我们要是落了草，那就永远不会有人知道我们的行踪。但我们靠什么为生呢?打家劫舍不成，这附近荒无人烟，那么只好靠山吃山靠水吃水，以打鱼为生了。

于是我们在这片几乎与世隔绝的地方，就在这粗糙的原木搭成的桌子上，就着松香的味道，吃了美味的烤三文鱼。鲜活的鱼，刚刚离水，就被刀俎，一破两半，胡萝卜色的嫩肉被刷上调料，送到松枝燃起的火堆上烘烤。那林间的烟霭，就是炉火烟熏火燎的明证，我们却把它当成林间雾气，那香香的味道就是柴草松香与烧烤的鱼香。

1995年，在国内各大餐馆都有刺身三文鱼这道美味，加上日本芥末，一口放到嘴里，滑软的鱼肉还没容你咀嚼，那芥末的呛劲直冲鼻腔，眼泪随即涌出。现代文明人真不知怎么追求口感才好。2000多年前孔子就说过“食不厌精”，果真全世界都这么奉行着。餐厅里的三文鱼被切成黄黄的鱼片整齐地码放在瓷盘中，有时盘底还要铺上一层塑料薄膜，在这张塑料膜下是一层冰，镇着三文鱼不叫它发出因为热浪而产生的腥气。

三文鱼学名叫鲑鱼，是我们乌苏里江、松花江的一些河段打捞上来的大马哈鱼的一族。这是喜欢寒水的鱼种，可以说乌苏里江一带已是大马哈鱼生活领域的最南端了。不知为什么近年产量持续下降，于是我们餐桌上摆放的三文鱼肉大都是从北欧进口的。现在挪威已开始了人工养殖，不过不清楚他们是怎么个养法。因为三文鱼是洄游鱼，在河床上产卵，待小鱼孵出，就要顺着河流游入大海，在宽广的海域中逐渐长大，待到性成熟该产卵了，就成群集结在江河入海口逆流而上，义无反顾地往前闯，无论遇到什么险阻，它们都本能地无畏地往前冲，这时雌鱼遍体发红，无论是浅滩急流甚至瀑布，它们都要成群地往上冲，坚毅无比，感人至深。此时，棕熊、黑熊、浣熊也正是冬眠初觉，又瘦又饥，它们似乎感觉到了什么，也齐聚河边，有的就走进水中选一浅滩，耐心地呆呆地站着，等待着，待到鱼儿们成群地游过，这些看似笨拙的熊，就变得灵巧无比，在河床，在浪花中，东奔西突，追逐、捕捞集群而来的三文鱼。

熊们边追边捉，边吃边跑，大快朵颐，津津有味，狼吞虎咽，风卷残云，有的大熊一天要吃上七八十公斤的鱼，几天之内就把一个冬天躲在树洞中因冬眠而饿得瘦弱的身子撑了起来。但鱼群是吃不完的，大部分的鱼都回到了它们的出生地。

鲑鱼是凭什么才能找到它们的回乡之路呢，凭的是嗅迹。当年它们还幼小时从这条河游向大海，身体从河床上经过排出的气味，顺着这气味的残迹就能准确无误地找回出生的根。这简直类似天方夜谭，但目前科学界就是这么说的。

三年前一条小鱼儿从这里游过，三年中日晒雨淋，风吹浪打，水流涡旋，都没洗刷净这些嗅迹，这岂不令人称奇。大自然各种动物物种的进化有时令我们匪夷所思，但有时我们又无视它们甚至蔑视它们。

此刻在芬兰的约恩苏，一条通海的河中，还有着三文鱼的游动，还能捕到它们，于是过往的游客就吃起了烤三文鱼。

每人半条，好大的一条鱼，一破两半掐头去尾，掏了内脏，把鱼肉烤得焦黄流油。我们一大早起来，与恶浪搏斗了大半天，冲过五六次险滩抵达这里，面前摆着香喷喷的鱼肉，没什么可客气的了，吃得痛快淋漓，居然半条这么大的鱼还不够，几位男士又烤了一大片。主人又给我们拿来一大筐粗面包，就着面包品着鱼香，似乎还缺点儿什么，哦，这回齐了，一瓶葡萄美酒端上了桌面。我是不擅喝酒的，在任何场合不论是谁劝我，我都指指喉咙告诉他们，我要指这个吃饭呢，我的嗓子敌不过酒的刺激。几乎所有的主人都会理解我而放过我，但是也会遇到猛劝的人。我十分理解他们，除了在餐桌上喝酒似乎找不到体现价值的项目，于是醉醺醺地把杯子端在你鼻子下面，“您喝了这一杯，就一杯，给我个面子”。我有时还坚持不喝，但有时也真没办法。这就埋怨自己没有豪量了，我要有量，就拿起一只大碗，把酒咕咚咚倒一大碗，“来，来，来，我陪你喝三大碗”。要是把对方灌得钻桌子下面，我看他下次还劝不劝别人“喝喝喝”。我真的就因为有些地方那没完没了的“酒文化”，而对酒产生逆反心理，但小啜几口，尤其是品尝佳酿毕竟还是人生一大乐事。何况前贤诗仙都有“对酒当歌，人生几何”“斗酒诗百篇”“五花马，千金裘，呼儿将出换美酒，与尔同销万古愁”的歌吟。此时此地，我并无忧亦复无愁，忧愁不宜深埋心底，高兴还来不及呢，对着蓝天，对着赏心悦目的云朵，对着壮阔无言的河流，对着苍松，对着清风鸟语，对着我志同道合的伙伴，“也无风雨也无愁”。让我们感受一下那高歌之后的欢畅，与浪拼搏后的轻松，忘却繁文缛节与堆积如山的工作，让我们享受片刻的透明的快乐吧。我一口啜尽杯中的葡萄佳酿，只觉得三文鱼、粗面包，松香、草香、水香、花儿香，与空中弥漫着的欢笑糅在一起，心仍在轻轻歌唱。

在1999年的北京夏日里，激起我提笔回顾那短暂旅途中的时光动因的，其实也是因为那一段清凉。夏日在北欧的感受，与眼下北京四周的燠热形成了一个极大反差，40℃，这几乎是闻所未闻的热浪，热浪袭击北京城，一出门就像进了煤火烘干了锅的蒸笼里，躲没处躲，藏无处藏，又听说热浪也袭击美国中部，热浪使呼和浩特温度达到了34℃，这罪真是受大了。于是我想起了在芬兰的湖上，岛上，即使在屋中，在街道，在宾馆，在饭店，在行进的中巴上，凉意大于暖意，我多数时候要穿外衣。于是在炎炎夏日，让我在纸上描绘出一缕清凉，像是啜着冰冻冷饮和品着凉津津的雪糕。

忽然，我感到失了点什么。失了一张证明。听邵红、秀伟前两天讲，当时每人都领了一份漂流的证书，这证书其实不证明什么，犹如1999年昆明世博会上，游客可买一本护照纪念本，打上各参展国的印章，至少觉得自己像走过了八十多个国家和地区。秀伟说：“不是，咱们那证书可和这假护照不一样，这是真的，凭这纪录，你可以在世界上任何游艇俱乐部申报参赛，这是毕业证明，这也是人生的一次历练。证明咱们在北极附近冲过险滩。”别提了，我根本毫无印象，也可能我根本就没有领取，也可能我忘在哪里就没带回国内，他们不提，我压根不知道世界上还有这么一码事，可经他们一提，我当然多多少少会感到一种遗憾。

漂流证明，我是没有了，也犯不着去补领。

今后也没有多少机会再去漂流，上一回若不是林白曦放走了车辆，我也许就不会坐在皮艇上与他们一块儿拼了命地划水，使出了浑身的力量。也许只有我一个人懒懒地靠在车窗旁，看着外面的迷人风光，看着流淌的河水，看着白花花的像玩具盆大小的险滩，也许猜测他们，我的同伴们是在哪条船上，看他们隐隐约约地冲过浪去，会微微一笑：这些孩子弄一身水。然后我会数数有多少皮艇一条条地过去。我会懒懒地靠着车窗，用第二国语言——英语，与老司机做一些沟通，长途开车司机会寂寞。我们俩可能都在说一些废话，毫无意义的废话，什么我觉得你们这儿真漂亮，会给我留下美好回忆，欢迎你有机会去我们国家看看之类的。

于是，我的北欧漂流或许写成车内遐想或与外国司机闲聊。人生啊，不知哪一段哪一站会错过什么机会，会遇到什么奇趣，全凭一念之间，也全凭稍纵即逝的机遇。由于不是我们能预料的，也不是我们能有意找到的，于是任何与我们在人生旅途际遇的人、情、景、物，都被我们笼统地称之为缘。

有缘千里来相会，无缘对面不相识。

我们把这种缘分也可以解释为机会，但是机会无情，缘分是有情的。有情的、凑巧的机遇，就是情缘，就是岁月之中无处不在的情缘。

千湖之国

在约恩苏的河上漂流之后，在岛上别具情趣的餐饮之后，我们就弃舟登岸上了等在这里的汽车。

不知水上人家对船是什么样的情感，我们这些偶尔才乘船在水上漂荡一段的人，永远都会把这种水上之旅当作偶一为之的游戏项目，只有乘上了行驶在陆上的车才感到安定，觉得这才是我们的生活方式。

水上人家与陆上人家的生活与乐趣真有那么大的不同吗？我想我们可能永远没法去理解生活在另一种环境的人是何等的爱他们的生活方式。苏小明在1982年以一首《军港之夜》唱红了大江南北，其中有一句“年轻的水兵头枕着波涛，睡梦中露出甜美的微笑”。我曾有过一次水上经历，那是1979年，从武汉乘船历经五天抵达重庆。后来没有从重庆乘船回武汉，本来这段顺水航程要用三天，但我们改乘飞机，从重庆到武汉乘安-24用了三个多小时，然后从武汉乘长航“东方红”轮，用两天抵达上海。从那以后再没机会有那么长时间的航行。

这次在千湖之国的芬兰，使我又有了以船代步的一次机会。当我们在中巴上还沉浸在刚才动人心弦的冲浪体验中，本以为要在车上走一长段行程时，哪知林白曦说：“过一会儿，咱们上船去伊利湖。”啊？怎么又要破浪前进？“这次咱们上一条游轮，请大家游览伊利湖。”

伊利湖是芬兰境内众多湖泊中最长的一个湖泊，成一带状，长约一百公里，这条游轮是专为我们包下的，没有外人。

车在途中行驶了个把小时就到了一个码头，一艘很漂亮的白色游轮已在码头上等我们了。登上这艘漂亮、整洁的大船，我们仿佛上了两层楼的楼顶。这一天我们算是过足了水上旅行的瘾。

大家都登上游船最高一层的平台，搬过几张折椅，在明亮的阳光下坐在靠前的部位，让湖面上的风吹拂着我们的胸怀。

湖水荡漾，无边无际，让我觉得仿佛行驶在渤海湾上一样。1982年，我在从东京去伊豆的途中也经历了一段乘船的行程，那是在海上行驶。伊利湖与渤海湾相比，差异并不大，也许海水更蓝，也许海风特有的味道与湖面上风的味道不同，但大同小异，伊利湖实在太大了。

在芬兰最长的湖上行船，是来千湖之国的最佳活动项目。此刻仍是天蓝蓝，水清清，满目的蔚蓝，满目的灿烂，约莫已经是傍晚时分了，可仍是响晴白日。在宽阔的水面上行船，最容易疲倦，再美好的水景也嫌单调，几只白鸥上下翻飞，紧紧跟随着我们，它们轻舒双翅，来去倏忽，似与船旁激起的浪花相戏。一面淡蓝十字的芬兰国旗在船尾迎风猎猎作响，我又一次感到芬兰的国旗其实代表了他们国土的基本色调，千百个湖泊碧波荡漾，天是蓝的，云是白的，浅蓝色的十字与周围和谐地融为一色。

我们几个同伴各自凭栏远眺，看那湖中偶现的小岛，看着湖水平静如梦般深沉，看不到底，不知这深沉的水下，会有着什么生灵，会有鱼吗？会有虾吗？会有水草摇曳吗？没人能为我回答。我们聚聚谈谈，又四散枯坐，有人凭栏，有人停立，相互拍了几张照片。

我对华星他们讲，这湖面大得令人无法想象它是淡水湖，这是从没被污染过的宝贵的淡水，这是芬兰人的财富。这冰凉幽深的湖水，不能去游泳，虽然我们在它的上面行驶，但它太冷峻，它不能温柔地接待我们。从感情上讲，我更喜小一点的湖，喜欢湖连着湖的那份情调。

我记得我最亲近的一个湖，就是白洋淀。

那是 1963 年，我们采访白洋淀的老雁翎队员。我那时还很年轻，跟着摄制组的老同志，从北京坐着颠簸的吉普车一路开到了白洋淀。

我已经记不清在那里都做了什么，但我记得我换上泳裤站在木船的船头，一头扎进那清清的水中的情景。在白洋淀游泳，嘴角都是甜的，淀水深处也黑森森的怕人，但几条小木船围成了一个临时的游泳场，使大家觉得人多胆大就不害怕了。站在船头，望着那无边的水域，觉得那水清得发蓝，人跳进水中，可以清清楚楚地看到身体的轮廓。1963 年，白洋淀的水不仅深，而且清净甘甜，没有污染。那时候人们还不知水污染为何事。

几只木船围拢的一个水面，形成了一个天然游泳场，碧波荡漾，水清透底。木船中当年孙犁描写的白洋淀上的打日本鬼子的游击队员们，接受几家新闻单位的采访，告诉我们他们当年在这水淀苇荡与莲叶当中怎么与敌人周旋。雁翎队员们在接受采访时还是壮年汉子，时值 20 世纪 60 年代初，距抗战胜利还不到二十年，当年他们驾着木舟在淀上神出鬼没之时，都还是二三十岁的青壮年，过了二十年不过四五十岁。讲起当年，历历在目，谈起与鬼子激战，虎虎生威。他们在舱中讲古，我们几个年轻人就按捺不住与水相亲的激情，跳入淀中，在这样开阔的水中浮游，感到全身心的欢畅，也觉得神秘异常。但这木船围拢的水面，并不是给我们游着玩的，而是白洋淀民兵水上操练的演兵场。

那一天，由当地青年男女组成的民兵列成队伍，手持步枪，在淀中比赛，看谁整齐看谁快速，同时又不能把枪膛淹了。在水淀中长大的青年，水性没的说，只是那泳姿还有待提高。接着老雁翎队员驾着木船表演如何追逐前进，几叶轻舟，在开阔的水面上，如箭般的迅捷，如雁掠水似的轻灵，可以想象当年在“接天莲叶”之中，小船儿左一弯又一转，与开着机动艇的敌人捉迷藏般地拼搏。为了保卫家乡，为了这一片他们世代生息的水乡不让鬼子侵占，冀中儿女用他们的机智、勇敢、超人一等的水上功夫和不怕牺牲的英雄气魄，为家乡、为亲人，与敌人血战到底。

1963年能到白洋淀采访，能看到那一片片的水荡与丛丛无际的芦苇，能在淀中漂游，仰面观看无垠的苍穹，潜水巡看晶莹的世界，都使我终生难忘。也难忘在那一天，乡亲们用新麦磨面烙的大饼和堆得高高的一大盘用刚从淀中捞上来的鱼做的香嫩爽滑的鱼片。

再后来，白洋淀大部分干涸了，这是20世纪70年代传来的不幸消息，水少到什么程度不知道。这消息令我十分感伤，我难以想象那碧森森的水淀，那无边无际的田田莲叶与密丛丛的芦荡就这么消失了。水一点点消退，最后彻底干涸，在炎炎烈日下，那曾是湖底的沃土变成了片片龟裂的焦土，那莲叶与芦苇竟活活地干枯窒息，水荡中的鱼儿、水禽，全体消亡；那世代以水为生、以船为家的人们收起了渔网，解散了鸬鹚，放弃了鸭阵，无可奈何地过上了他们不曾想到的耕种旱地庄稼的营生。

我听到那令人伤感的消息尚且悒悒不乐，何况是身在其境的可爱的乡亲们，那祖祖辈辈在水上劳作、在水上收获、与水淀相依为命的水娃们。

当年，我们对这水泽的干涸并不曾有过深层次的思考，不曾有过保护环境的忧思，只是从文学辞典中找了一个再通常不过、却无缘目睹其状的四字成语——“沧海桑田”来解释这个变化。沧海桑田是研究地质史的专家们用几百万年乃至上亿年的地质变迁的历史来描述地球表面的演变，那事实上的存在，对任何一个历史阶段的人来说都是一个无法亲历的景观，于是沧海桑田不过是一个神话，一个传说，一个故事。

有人亲历，并能与人谈古者，盖神怪志异中子虚乌有的杜撰人物的漫天大谎。一位老叟一日对偶遇他的后辈言道："某世居此地，曾见此地五次漫水，六次桑田。"于是可想见，这是平民形貌的神仙。我在20世纪70年代没有机会能再去白洋淀旧地重游。即使有这种机会也非故地重游，那不过是古罗马的废墟，是巴比伦的陷落，是玛雅人的弃址，是大漠中的楼兰。虽然，不至于连人带船一并消失得无影无踪，可是再见大部分乡亲们已弃船登岸，木船反扣在烈日下的干滩，渔网已成了一道莫名其妙的风景，儿孙们在土地上奔跑，小腿扬起一股黄色尘烟——这哪儿还有新生不久的白胖儿子腰上系一个大葫芦，把他丢到清波荡漾的水面，让他嘻嘻哈哈，在水面上伸展肥嘟嘟的小手和圆滚滚的小腿，与鱼儿嬉游与虾儿逗趣的渔家乐呀，如今水娃已成了干娃，无可奈何地在泥土中打闹。后来，在20世纪80年代初，一个喜讯传来，白洋淀来水了！"沧海桑田"竟真让现代人目睹了，幸何如之。

我的眼前是芬兰伊利湖无边无际、无穷无尽的汪洋一片，水波荡得人眼难开，明明已是北京的日落黄昏之际，可这游轮上方仍是艳阳高照，蓝天白云，这水中一碧万顷映出的也是朵朵飘云，水天一色。也许是在异邦，也许是在寒带，也许是在高高的游轮最上面的顶舱，总之，这一望无际的水波给我的感觉是陌生得难以亲近。如果我此刻下到湖中，四望无际，只能自生自灭，何况从我在船上需要穿外套尚觉轻寒来度测，此时沉到湖底必是严寒刺骨，这玉洁冰清的湖水就是几乎冷凝的冰。没有人会在这里游泳，在上百平方公里的水面上，也许只有几条游艇，因为我们的船开出那么久，居然没碰上另外一只船，无论是大船抑或小艇。在南非的海边，在澳大利亚布里斯班，在俄罗斯的圣彼得堡，海湾的人烟再稀少，也会有人在水面或操劳或游玩，有时，我们外来人几乎难以想象在那荒凉的水面竟会有一叶孤舟在漂荡，它在追求什么，它在想什么，我几乎要把莱蒙托夫的《帆》再背诵一遍，来对照它的孤寂与期盼。

在茫茫大海的蓝色云雾中，
有一片孤帆在闪耀着白光。
在它的下面蓝色的波浪在做着游戏，
在它的上面金色的阳光在闪着光芒。

我们这条漂亮的大游轮通体白漆，有一位英俊的绅士风度的船长在指挥航行，我们八个人当中大概只有林白曦知道这条船往哪里行进，从哪儿转航，然后驶向何方，以及我们还要在这美得不能再美的环境中待上多长的时光。我都没想过要打探一下，尽管船长还邀我进了驾驶舱。这就叫优哉游哉无边无际的漫游，不管东西南北风，也无风雨也无晴，心事浩茫也罢，无思无想无牵无挂也罢，任它漂游。人生当中有多少时光会这么度过呢？大约是蒙昧时期的儿童，伏在妈妈身上，不问妈妈走向哪里，只要知道这是妈妈的怀抱就感到心安。

任着这船随意地开，我们只管享受阳光、空气、凉风和满目的碧蓝。我招呼邵红，请她过来，在这百无聊赖的水波逝去、人生逝去、无所作无所为时，问了她一个压在心底的问题：“你看到这蓝天绿水，水天如碧，有什么联想？会不会想到你在机场摔断的那块玉？”我当时还真的无法换位思考，去体味自己的心爱物件摔坏了以后的无尽追悔与烦恼。这不是丢了一方手帕，当然不是指的定情之物；这不是丢了一支圆珠笔，几乎每个人过些日子就丢一回；这也不是丢了一个钱包，当然不要有太多的现金。总之，这个滋味别人都无法体会，但我还是问了这么一个不该问的问题，是一种无知的表现。邵红倒是爽快：“玉和人是有缘分之说的。”我实在不爱听这样的回答。我知道，贾宝玉有一块通灵宝玉，玉在无灾，玉失有祸，那是贾府的一个命根子。这缘分之说也给《红楼梦》涂上一抹神话般超现实的色彩。邵红说玉与人是有缘的，那岂不意味着那块玉并不想来芬兰，却无可奈何地被邵红带来了，结果宁碎勿全。

邵红说："其实这并不是宿命论与唯心论，现在您可能不清楚，您想花钱买一块好点的玉，可不一定能遇到满意的。现在，尤其这几年，好一点的东西，早被人买走了。"我想这大约就是"小荷才露尖尖角，早有蜻蜓立上头"这句诗的含义了，名花有主，名玉有主，没主的，你看不上。

"那倒也不尽然，这里面有许多说不清的因素，当然最说得清的是价钱，价位适中，甚至物有所值也是促使买主下决心买下的重要因素。但是要说自己是不是真正喜欢这东西，那还不是价钱能决定的，我们毕竟不是商贩，考虑再出手能否赢利，我们是收藏。有时候这东西便宜，就算朋友送给你，那也要看你是否喜欢。有时碰到商人拿几件玉器给你看，其中一件，越看越喜欢，也就是所谓的怦然心动，一见钟情，但是，价钱很贵，你没有这样的能力，或是虽然出得起钱，但总觉得这价位离谱，谁愿意在把玩这个玉件时，觉得自己是冤大头呀，所以能碰上一块又喜欢，而价位又合理，又承受得了的物件，那只能说是个人缘分了。"

是，我还是有点灵性的，我明白在首都机场梁秀伟看到邵红把那块玉摔断之后，体会人家那种难受之情。现在普天之下不可能再找到一块这样的玉件了，无论是玉石的质量，莹润程度，色泽的可爱，还是技师巧夺天工的加工——那是清乾隆年间的手艺，如今上哪儿找这么一位师傅呢。何况那块玉由于加工日久，如今已有了一层淡淡的包浆，这就更是天下无双了。邵红的损失，不仅仅是经济上的，她还有心灵上的隐痛。

林白曦过来了，我一指邵红身后，在一碧如洗的湖水中，现在有一大片成条状的黄色浮游物，散布湖上，也是一望无际。我想到了赤潮，但这不是赤色而是黄色，也不像油泄漏的污染，那是什么呢？邵红也回过身去注视着湖面。

"花粉，每年这个时候，湖边树木上的花粉都会飘落在水面上，越落越多，越漂越扩散，就形成这样的颜色和这样的形状。"林白曦说。

只有这个解释才合理。我相信，但我实在难以想象该有多少花粉飘洒湖面呀，将来这些花粉会不会发酵，会不会继而造成对湖水的污染？不过这大概是久已存在的事实了，亘古至今都如此，何必我们外来人去替人家担忧。船仍在一直前行，现在左舷已靠岸行驶，水面上的黄色漂浮物，越聚越多，走了这么久，它还在船两边聚散。我想都没想过花粉会有这么多，过去对有些人患呼吸道病，其中有花粉过敏这样一种，觉得不可思议，因为弥漫在空中的花粉，我们很少有机会看到，可是洒在一片湖水中竟然这么无尽无休，堆积得那么厚，形成了一望无际的黄色漂浮物，这是游伊利湖的一大见闻。芬兰大部分地区的自然生态迄今还没有受到人为的过量破坏，这给我留下了深刻的印象。在这样的观察与思考中，就已转回了话题，而邵红又把照相机瞄向了远方……

船终于抛锚靠岸了。我们和船长告别并感谢他带我们在伊利湖上游览观光，感谢他把一条船弄得如此整洁美观。于是，我们上了车奔向下一站。

在车上，我们又有了踏实的感觉，湖上的单调与各自的沉思默想，变成此刻就近的探讨。我说："现在全球缺乏淡水，尤其是我们国家人均占有淡水量不足世界人均淡水量的四分之一，全国百座大城市不同程度地缺水，150 座城市严重缺水。看了人家这么多纯净的淡水湖泊，不由得感到这里将是 21 世纪的'海湾地区'。因为 20 世纪人们为石油资源而战，而 21 世纪人类将会为水资源而战。如果真的如此，20 世纪末的中东海湾的战火将会北移至水源充沛的地区。不过更可能的是向南极进发，争夺冰盖，那是地球上 80% 以上的没有污染的淡水，南极无疑将替代海湾，而且将会有一种全新的态势和均衡的格局，毕竟那里迄今为止还不曾有过国家，也没有人能宣布对那里实行主权控制。"

秀伟说："不过替未来担忧不是这次我们一行的全部目的。《人与自然》的超前意识我们已经很佩服了，可是站在我观察的角度，我不得不这样描述伊利湖，它很宝贵，很美丽，很吸引人，但它也太像一大块没有雕琢的璞玉，玉不雕不成器，光是一块玉石，也就比石头高不到哪儿去。"

邵红笑着说："那可不能这么比，新疆和阗白玉的玉石现在也五六千元一公斤哪，鹅卵石才值多少钱。"

我说："所以秀伟说得没错，五六千元一件的白玉石能雕你那玉龙件几十个，但是你那块玉件值上万元呢，所以有没有工还是挺重要的。我们把伊利湖当成水资源它已经很宝贵了，但从它的名气以及文化的积淀来讲，它还处在人类出现之初的蛮荒阶段。它的吸引人之处，远不及瑞士的日内瓦，不及美国的盐湖和俄罗斯的贝加尔湖，也没有上过小说的茵梦湖出名，至于和杭州的西湖、江西的鄱阳湖与湖南的洞庭湖也是无法相比的。西湖有苏堤白堤，有三潭印月，有柳浪闻莺，有‘青山有幸埋忠骨’的岳王庙、岳飞墓，更有雷峰塔和金山寺让我们想到潇潇春雨中断桥上的许仙与白蛇化身的白素贞的生死恋情，于是这湖光潋滟之中的西湖，多了一种人性与亲情的柔曼。熙熙攘攘的游人之中，仁者见仁，智者见智，每个人都会生发出各自的诗情，文人墨客可以挥毫成篇，留传于世，一般人等不必出口成章也未必落墨成文，只要有那心中的感触与情感的微澜也可算作诗兴萌发与情有所钟。自古以来文人学士何止万千留言赋诗，流传下来的最让我心仪的还是‘欲把西湖比西子，淡妆浓抹总相宜’。洞庭湖的岳阳楼因有范仲淹的《岳阳楼记》而越显得‘朝晖夕阴，气象万千’，据说范文正公根本没有到岳阳来过。之所以一篇文章响遍天下，并非全为文章前半部的景物描绘，实则在结句：‘先天下之忧而忧，后天下之乐而乐。’震古烁今，为正气之人撑腰，而使奸佞之徒不寒而栗，至今均未见有宵小之辈敢冒天下之大不韪去攻讦范公此立身之言。所以景以寄情，情以立景，有文人墨客吟诗题词或仙女下凡、状元及第等轶事传说的，才使原本蛮荒的景色灿然生姿。”

在异国他乡的旅途中，我们念念不忘的是生我养我的神州沃土所承载的辉煌文化。这是我们永志不忘的骄傲，是祖先留给我们的摔不碎的瑰宝。

不知是几点钟了。我在集体行动中根本不看表，第一行程与作息不由我指挥与分派，第二我自己绝没有离群独行的想法。在我国香港（未回归前），在东京，在纽约，在伦敦，在曼谷，在新加坡，在维也纳，都可能会逢二三友人小酌相会，或随心所欲逛逛文物市场，可是这里是芬兰，是远离城市的蛮荒之野，任谁也不会独自徜徉。

“下一站，我带大家去看一位艺术家。”林白曦宣布。

已经是晚上了，但阳光依旧灿烂。

车在柏油路上几经迂回开进了一个小镇，我们在一处田园般的景色中下了车，凉风习习，绿荫掩映之下有一道绿篱围住的一栋小木楼。

林白曦介绍说，这里住着芬兰的民间女雕刻家绿丹宁。木雕，在盛产木材的乡间，在童话般的宁静居处，埋头苦干，心无旁骛，此乃雅趣。唯其没有尘世的喧嚣与烟尘的侵扰，才能心境平和，这里的空气质量应该是超一级的标准。林白曦用中文一个字一个字地告诉我们，这位女艺术家叫这么一个极富诗意的名字——绿丹宁。

在一阵犬吠之中，门开了，一位年已七十岁的夫人迎门伫立，她用“欢迎，欢迎”的英文词语迎接来自中国的记者。在林白曦的带领下，我们走进这漂亮的小楼。

芬兰的乡下到处都是木头，到处都是木质的房屋，到处都是木头的用具。我们进了屋，看到一堂极具特色的家具：一张大木桌，亮闪闪的打磨抛光之中透出古朴的色泽，整张桌面是一片厚厚的原木截断面，这个桌面的边缘随形而成，没有故意整成圆形或东方人习惯的方形，而是随随便便的造型，一点儿也不矫情：任这块木头保持着在森林中多年形成的形态，每一曲每一弯每一褶皱，都任其自然，甚至在边缘部分还可看到一颗颗树瘤的形态，但这大块板材在自在中又有着意的加工，玲珑剔透的细节雕琢与整体尽力的抛光，使得并未上漆的桌面已显得油汪汪的，光可鉴人，让你觉得这张圆桌放在任何一个地方都再合适不过，上可入皇室收藏，下可放于百姓住房，这不又是“淡妆浓抹总相宜”吗？围在桌旁的几把实木椅子也和这张桌子相辅相成，无论款式、色泽都极讲究，几乎可以摆在任何一个方向。每一把椅子一只手都拎不动，手头儿极重，做工也是既天然古朴随意，又于精微处可见细腻的雕工。再看周围，看一件眼一亮。我们是从东方的文化氛围中闯进这北欧的小镇民居，这儿的一切陈设既不像东方那般讲究格局，也不像欧洲富户那样典雅与奢华，这里是乡村，这里是山居，这里是从莽莽荒原中过渡出来的文明结晶。像松脂变成的琥珀，像嫩松做成的盆栽，自然中有人工的痕迹，人工中留有自然的野趣。

进到这间客厅，我有几个没想到，本以为女雕刻家会做出一大堆小人、小马、小牛、小羊、小鹿，会精致灵动，会生气勃勃，也会曲尽人微，真没想到这位女雕刻家竟有这么大的气魄，这么大的手笔，原来这整栋小楼，这小楼内外结构，不但是绿丹宁设计的，而且还是她亲自动手建成的。

她兴致勃勃地领我们左拐右弯参观她的作品。这座两层小楼，每一根立柱，每一根木椽，都是她精心挑选经过加工又匠心独运构成框架，再精心设计立成墙体形成房间。她高兴地说，木屋防火至关重要。从二楼的大厅推开一扇小门，赫然看到一部铁梯直达后园，木梯不成，万一失火先烧了木梯，那这救生通道岂非虚设，因此这是唯一的例外。

后花园也是她自己的精巧布局，有小木栅，有一畦畦的寒带能够旺长的草与花，有一棵棵的树，有一丛丛的灌木，有木椅，有木雕，有小溪，有小桥，有几块巨石，这一切都是这位女雕刻家的匠心独运。我不知像这样的艺术家芬兰有几位，如果仅从这一位艺术家身上就能体现出这样的气度，即环境与作品的和谐，我不知这西方文明中有没有天人合一的观念，但她的作品分明体现出我们素以称道的这神秘的东方哲理。

她的居处环境，她的小楼，她的小楼的每一个局部，她小屋的桌椅柜橱，她小屋的陈设，大到神龛——她一定是一位天主教徒——小到微小的用品、艺术品甚至餐具、木勺，都是她的作品。据她说，镇中的一个教堂也是她的作品，她为邻里创造了一处可以聚会、可以一起礼拜的场所。

当我们走进她的工作室，大家都有点不相信自己的眼睛，就在绿丹宁的居室底层，有一大间工作室，这工作室的顶层直接贯穿二楼，悬着巨索，用来悬吊大根木料。这哪是一位艺术家自己闭门精雕细刻的工作间，这是一个中等木器加工厂，电锯、电刨、车床、大斧子、大砍刀一排排一行行，一大盒小刀具，一大堆小零件以及室外堆放着的一堆堆原木，我真的难以相信。据老太太自己讲述，她从年轻时起就是一个人干活，并没请过帮工。这有可能吗？

既然到人家这儿来做客，起码没理由去猜测与怀疑人家自我的介绍。我真的没想到林白曦介绍我们认识的这么一位有着诗意名字的女雕刻家竟是一位年逾古稀的老妇人，更没想到这位身材瘦削、精神矍铄的老太太，竟然有这么大的手笔，她终日劳作，终生不辍。先生正好外出，据老太太说先生从不干预她的工作和生活方式，但也从不在她的劳作中帮忙。

我们告别了这位老艺术家，我们在她家的留言簿上留下了一行题词“我们从遥远的东方来到这充满生活情趣和智慧的艺术之家，我们愿绿丹宁女士艺术之树常青”。我们逐一签下了中文名字。林白曦向她仔细解释了我们的题词，她笑容可掬地表示感谢。我这样想，以后也不知会不会再有中国客人来她这里做客，如果有的话，那我们的题词也许与他们的想法一样。不知什么时候会有中国人再到这孤零零的小镇造访。

我们上了车，回首望去，这瘦削的老人，身披霞光，很神气地向我们挥手道别。呀，她多像《金色池塘》[①] 中的那位老妈妈！

国　魂

用满腔的情感谱出最炽热的乐章，让自己的同胞兄弟在一个历史阶段热血沸腾，万众一心，而这乐曲的旋律还应该流传于后世，流传到全世界，受到世人的共同尊崇。

《马赛曲》《国际歌》《第九交响乐》《义勇军进行曲》《我的祖国》《芬兰颂》《蓝色多瑙河》……这些乐曲属于作曲家的祖国，也属于全人类。

当我们提到这些作曲家就会想到他们不朽的乐曲，听到这些火焰般的乐曲就会想到作曲家的英名和他的祖国。

约翰·施特劳斯使他的祖国声名远播。

聂耳的《义勇军进行曲》成为新中国的国歌，五十年来，在升起五星红旗的上空回响，在与一百多个国家的交往中，代表站起来的中国人民的形象与尊严。

西贝柳斯的交响乐《芬兰颂》，促成了他的祖国芬兰的独立。

这些乐曲和这些作曲家是他们祖国的骄傲，也是他们国家的国魂。

1995 年 6 月 8 日上午，在西贝柳斯的塑像前，我们一一留下与这位传奇

① 美国电影，1981 年 12 月上映。

人物塑像的合影。

西贝柳斯是芬兰的国魂，是芬兰人的骄傲，是伟大的欧洲古典音乐作曲家中的寿星，他安详地走过了人生的漫长之路，终年九十二岁。

爱他的芬兰人民和芬兰政府已在西贝柳斯生前为他举行了五次全国性生日庆典，从五十岁开始，每十年为他过一个盛大隆重的生日。西贝柳斯是芬兰的民族英雄，他以他的音乐作为芬兰独立斗争的动员令。在赫尔辛基市郊有两组雕塑，一组是作曲家的塑像，另一组雕塑是一大束管状的集合体。看到这尊结构纷繁的宏伟纪念碑，那管状物使我们仿佛感受到 1899 年 11 月在赫尔辛基的露天演奏中西贝柳斯的《芬兰颂》的音波。这座纪念碑上的建筑代表着当年的旋律，长笛、竖琴、双簧管吹奏的乐曲以及铜管如炮火的惊天动地的音响，最终是弦乐排山倒海的胜利进军。

被沙皇禁止了言论自由的芬兰，正当民族情绪激昂之际，西贝柳斯的《芬兰颂》成了导火索、催化剂与唤起民众的进军号角。那一天（1899 年 11 月 4 日），这一片露天场地爆炸了，沸腾了，怒吼了，所有能扔上天空的东西都被抛上了天空，所有的人都站立起来，登高呐喊“芬兰！”“芬兰！”“我们的芬兰！”

从这一天起，《芬兰颂》在全国回响、震荡、共鸣。这支乐曲使芬兰全国的男女热血沸腾，这支乐曲鼓动了所有的芬兰同胞准备奔赴战场。如今《芬兰颂》虽成了第二国歌，仍令芬兰人热血沸腾，令芬兰人无比骄傲。

在西贝柳斯的纪念碑前，我浮想联翩，对欧洲音乐大师们的敬仰之情此时也翻涌胸中。在波兰，我在肖邦的故居前，聆听过透过他故居的窗户飘出来的这位钢琴诗人的乐曲，为他感伤的旋律，为他的孱弱身躯所涌出的巨大的爱国激情所感动，想到他死在异国，死前嘱咐友人把他的心脏带回他多难的祖国，我不觉热泪盈眶。至今他的同胞仍以他为荣耀，肖邦是波兰的国魂。

我在维也纳金色大厅为转播新年音乐会做过多次采访，采访过近年来轮流执棒指挥爱乐乐团的三位大师，玛泽尔、穆蒂、祖宾・梅塔。他们都是外国人，但他们都深爱着施特劳斯的乐曲。我也采访过爱乐乐团的首席乐手和 ORF（奥地利电视台）的同行们，我们最近几年来，都在维也纳金色大厅现场相聚，共同探讨与解决我们的转播事宜，我从中国第一次现场转播维也纳新年音乐会至今已工作了十二年。十二年来，我是每年第一个聆听金色大厅乐曲的中国观众。我先观看乐队的排练，然后在正式演出中，我再进行现场直播。我按照奥地利广播公司向全世界转播金色大厅新年音乐会的地区发的通稿，核对乐曲间歇的时间，并做必要与简短的修改润饰。在十二年的工作中，施特劳斯家族的音乐，每一年都会更深地打动我。十多年来每一次在现场转播的时候，都能体会到全场的激动、亢奋与陶醉。这就是恢宏优美的乐曲——《蓝色多瑙河》所具有的魅力。每当这一连续演奏了80多年的压轴曲目在新年的第一天响起第一个小节，第一个乐句，第一组旋律时，世界各地来的观众无疑都像被点燃激情之火，他们狂喜地鼓掌，全身心陶醉。《蓝色多瑙河》是奥地利的第二国歌，约翰·施特劳斯——奥地利的国魂。

《义勇军进行曲》是中华人民共和国国歌，在五星红旗冉冉升起，国歌乐曲激昂地奏响时，多少中华儿女都会眼含热泪，无比激动，国歌永远令全中国的人民热血沸腾。聂耳——中国的国魂。

捷克作曲家斯美塔那的《我的祖国》(波尔塔瓦河)，那一波一波雄浑的旋律像在人们的心头奏响，它使所有聆听这一乐曲的人们都会感慨动情。斯美塔那——捷克斯洛伐克的国魂。

西贝柳斯，我有幸在您的纪念碑前留影，也留下了我对您的崇敬之情。爱国主义是狭义的，因为他爱的是生他养他的祖国，然而爱国热情又是属于全人类的共同感情，任何一位伟大的爱国者都会受到世界各国人民的敬重！

与总统谈环保

在赫尔辛基，我们中央电视台采访小组有幸在芬兰短暂的行程中采访了时任芬兰总统的阿赫迪萨里。我过去在从事新闻工作时，多次采访外国首脑，采访的内容大体是有关两国关系与政治经济性的问题，而这次采访外国元首谈的却是环保问题。

这是一个颇有意义的采访，我不清楚近年来中国新闻界同行在有机会采访外国首脑时有否把环境问题作为一项内容。

6 月 8 日的上午，我们乘坐一辆中巴从赫尔辛基住所出发，在市区行驶 20 分钟，开向西北方向芬兰总统的官邸。过了一扇铁门，开进一个花园似的庭院，停在一栋楼前，下车后进了宽大的玻璃门，这是一层的大厅，往左手拐，进了一间小会客厅，落地窗外花草丛生，十分安静也十分明亮。正好中华人民共和国驻奥地利使馆文化处的同志来帮我们做翻译，我们互相介绍并向他通报了我们将要采访的问题。

1995 年 6 月采访芬兰赫尔辛基总统

机器刚刚架好，总统就出来接见了我们，很快落座谈起了主题。总统讲，当今在发展生产过程中，必须注意环境保护，这已是芬兰的一项国策。他谈了在保护森林、保护水资源、限制与治理工厂的排污方面，芬兰都有重要的决策。他对芬兰湾的污染表示了忧虑，这使我的脑海中闪现了三天前我们在芬兰湾遨游的经历，那一幕情景历历在目，那蓝天碧水正露出被污染的苗头，并且已经使芬兰政府产生了忧虑。芬兰总统对我们《人与自然》的观众说，芬兰每一工业项目的立项运行都必须有环保部门的批准。

接着总统谈了自己的生态环境意识，他说，你们知道我的办公室外是庭园，经常会有兔子出没吗？我问，是总统府饲养的吗？他说，不是，是野兔，这是总统府生态环境的晴雨表，在这里，没人伤害小动物。总统说，他原来很喜欢打猎，而现在芬兰的猎枪受到管制，他们打猎要有狩猎证。在芬兰有人还在打猎，但已受到严格的控制，批准手续比较难办。总统是一位十分和善的人，他当时告诉我，中国领导人将要来访问，而他也将到中国访问，中芬两国关系十分友好，他希望与中国发展友好关系。后来，我在国内把总统这段电视录像画面在《人与自然》栏目中播出了。在我们播出后不久，我也从电视上看到他访华的情景，我感到很高兴，也衷心希望他的访问圆满成功。

1999年春夏之交，在北约轰炸南斯拉夫过程中，芬兰总统曾作为北约特使来中国访问并与中国领导人会晤。我知道西方之所以在这个时候请他前来沟通信息，说明他与中国的关系一向是亲密的。

砍一活三

林白曦给我们安排的日程很紧张，除了拍摄，剩下的时间只够在路上跑与吃饭。他根本没考虑在我们“跑”马观花的行程中，要留出多少拍摄的时间。

从总统府出来，又回酒店提上行李再奔机场，一个多小时的空中飞行抵达伊瓦洛。这是一处松林密布的地方，在空中俯瞰，可以看到稀疏的房屋与茂密的森林。当飞机降落机场后，我们从伊瓦洛还要驱车到密林的最深处，这是芬兰的少数民族拉普人的聚居地，他们的另一聚居地是伊那瑞。我不知道这里的行政区划是如何编制的，但伊瓦洛像是个城市，而伊那瑞则是它下辖的一个乡村，一排排砖木结构的房舍组成了一条街道。我们根本没有时间下车，所以伊那瑞到底有多大，究竟有几条街道，无从知晓，只是可以从街面的几家房舍看出一个特点，即面朝道路的房屋的旁边还有一个栅栏门，隐约可以感到这道木栅或铁栅之内是一个很大的院子，那很可能是当地居民圈鹿的地方，门口都有一两条猛犬把着门。这和中国农村住户的门口通常会有一只看门的狗差不多。我当年在“四清”和去干校插队时，就很怕一个人半夜穿村而过，那一声声此起彼伏的狗吠，能把人吓出一身冷汗，我生怕有谁家的狗会蹿出来咬人。这次我们之所以没下车，倒不是怕狗，而是为节省时间接上一位向导再往村外行驶，到他们的夏季牧场去。

伊那瑞的居民是以养鹿为生的。这几年，他们开始放牧而不是圈养了。据主人介绍，他们现在正在这儿做试验进行统计，看一看到底哪种方法更有利。

往密林行驶途中，向导给我们介绍，这个季节，汽车可以行驶，待到冬季到来，就必须驾着机动雪橇车才能行动。再过几个月，汽车就不能在这儿开了。

其实，马上就得下车了，我们面前是一片长满了灌木和野草的沼泽地。

向导让我们换上高筒雨靴，并发给每人一件红的或黄的塑料雨衣，因为天上乌云密布，四周风声飒然，雨要来了。在这样一个阴霾的日子里，周围又是神秘而生疏的环境，走在异国他乡的沼泽地，心情不免紧张。尤其来此之前毫无心理准备，恐怕林白曦自己也没来过。估计这一路行程是开车的外国老师傅安排的。在国外，千万不要把司机就当成是普通工人，有的可能就是老板。我在美国的一次行程中，一路上都是老板开车引路，当然也不是大老板。哈默如果健在，怎么也不可能给客人开车。“车到山前必有路”，看来得改改观念了，有的地方车就是过不去。我们分别把机器设备扛着拎着，迈进了茫茫的、前路叵测的沼泽地，一脚踏进表面长着青草的地面，一陷老深，“轰”的一下，一小团小虫子像扬尘一样飞起来，同时一股刺鼻的腐草味也扑面而来。向导告诫我们紧跟着他。凡是听说过红军两万五千里长征途中过草地的人，都知道这会儿可不是各行其是的时候。再者说我们又都看过苏联电影《这里的黎明静悄悄》，其中一位女战士独自一人返回营地报告德国鬼子来了的消息，在途中过沼泽地时，因为慌不择路，又没经验，结果陷进泥淖牺牲了年轻的生命。林白曦告诉我们：“向导说让大家别掉队，不是说有大泥潭，这儿没那么险，只不过这一阵子雨下得多了，这里成了一片烂泥塘。”

我当然并不认为林白曦会把我们带到闹不好就回不来的地方去，只不过越想越可笑。大家似乎都觉得可笑了。“谁也没想到，办了护照，领了签证，咱们凑一块儿出国是为了重走长征路。”林白曦与我们有了一个小小的分歧，他说：“我们这儿的人，其实都喜欢往这种地方跑，这才叫旅游。旅游就是要任其自然，芬兰的许多旅游点都不允许设置现代化设施。比如，在中国的许多景点都有不少便利游客的设施，登泰山可以坐缆车，其他国家一些景点也尽量想让旅游者少吃苦，少受累，但是有许多游客就是为了体验自己与大自然打交道中处于一种什么状况。有很多人对旅游景点放这些装置有异议。”我说：“其实这就是见仁见智了，如果登珠峰不是自己爬上去，改乘直升机上去，那珠峰恐怕人满为患了，现在是很多人想冒险挑战生命极限，而另一些人自己却怎么也上不去，有了现代化设备，不妨上去开开眼。”林白曦说：“我们这儿有很多人抱这种观点：我的景区如果不适合大多数的人来这里，必定有其理由，如果谁想来都可以随意到来，那这景区的保护也会面临压力。”这其实是一个长时期的争论，不会在短期内达成共识。

好了，我们终于吃力地走了一程，到达了目的地，因为，我们听到了“呦呦鹿鸣”。今天我们的目的地是伊那瑞的雷阿玛戈家的两个鹿圈。他家把鹿圈在一起，给它们称体重做记号，不用烙铁烫，而是在耳朵上剪个豁口，并做上标记，这样在放牧野外以后就能记住原来这头鹿体重多少，而过一段增重多少，和圈养组进行对照。

这时雨下得密了起来，我们进了鹿圈，看到养鹿人正一只一只地抓鹿。几个人围追堵截，凭着他们丰富的经验，把一头鹿一下子抓住，那只鹿惊魂未定之际，已做完了标记和称完了体重，就那么一捆腿，用手提了弹簧秤来称分量。

鹿们都挤在一起，因为它们无处可逃。这鹿圈并不大，待到要抓某一只鹿了，它就左突右闪，狂跑起来，惊吓中，仍不失矫捷与优美，斜着身子轻盈地跑跳，一旦被抓住那叫声是惨烈的。看多了《动物世界》中狮子、猎豹在塞伦盖蒂草原抓羚羊的镜头，觉得在这儿还是人更强一些，因为他们想抓哪只就抓哪只，几下就能抓住，万无一失。当然这是在圈中，如果到了野外，把这些鹿放出去，那时人就没这么大能耐了。

看着一头头的鹿被做了记号，称了体重，向导说：“这是驯鹿，就好比家养的羊群一般，在野外它们也集群，也受人的驱赶，不过鹿比羊难管理，驯鹿人要坐车，冬天要乘雪橇在野外去驱赶它们，一赶就是上百里。但有一个细节要知道，就是每跑10公里左右，必须歇一下，不能再赶，因为这时鹿要撒尿，如果不停下来，让它们一直跑下去，就会因膀胱破裂而死去。”“鹿死谁手”，看来逐鹿中原，让鹿一直狂奔必死无疑。这就不是我在本文开篇所写“被追捕到手时会心碎死”。不是心碎是膀胱碎了才死的，可是文学语言要说它会膀胱破碎而死，又好像不太雅。故沿用而未改。

芬兰有麋鹿六百万头，比五百万人口多，像吃牛羊猪肉一样，芬兰人餐桌上的肉类就有许多的鹿肉。在芬兰商店可以看到许多鹿皮制品，皮衣、皮靴，我们买了几把著名的芬兰刀，一般不是木头鞘就是鹿皮鞘。芬兰人开车白天也要开车灯，而且在主要公路的行车道上经常会有一个牌子，上面画着一头鹿，提示司机，这里是麋鹿穿越的路口，不要撞了鹿。在公路上行驶时，我们没有碰到鹿过马路的情况，但我们经常看到不要撞到鹿的标志。

在这次参观伊那瑞鹿场的过程中，我们冒着细雨点起了篝火，烘烤鹿肉。在细雨中，在湿漉漉的地面点燃篝火，实在是一件不容易的事，然而对于拉普族的牧人来说，十分容易，三弄两弄，用嘴吹一吹，一堆细柴忽地着了起来，续火就不难了。我们围坐在铺着雨布的地上，一边儿往火堆添柴，一边儿烤着鹿肉，主人们用蓝汪汪的芬兰刀，把鹿肉切成小小的条块，穿在一根细细的树枝上，就在火上烤。要烤几分熟悉听尊便，烤得能吃了，就蘸点盐嚼了起来。看来，人家天天都如此地风餐但不露宿。我们几位中国人算是尝个鲜，从内心讲，我不太能接受这种动物的肉，我习惯吃牛羊猪鸡鸭鱼的肉。尽管明明知道鹿肉在芬兰是家常菜，可我并不感到好吃，在野外烧烤那只能入乡随俗，在芬兰旅途的正餐中我是不点鹿肉的，好在平时餐厅牛羊肉有的是，饿不着。这次野餐只有鹿肉，主人还给我们准备了面包，同时还有浓浓的、热热的用野莓子熬的饮料，吃得很饱，很暖和。

告别了野外的拉普人，我们拿起摄影器材，又一次穿过沼泽地踏着泥泞走回车旁，车真正停在了伊那瑞的街区。

我们并没有受到门前卧着的狗的威胁，它们也没对远方的客人龇牙狂吠，从它们的身旁我们走进了一所住房。这是一个典型的拉普人的家庭，只有一位中年妇人招呼我们，也许她的丈夫刚才就在篝火旁与我们并肩席地而坐。

男人们外出放牧，女人们在家料理家务，拉普人世世代代在这里过着他们祖先一直过的生活，他们的财富是他们的鹿群。当然要把麋鹿驯化也不是易事，毕竟这些驯鹿还没像牛羊那样和人类相处那么长的时光。妇女们在家中料理家务，抚养孩子，给晚归的丈夫做好一顿热乎乎的饭。我们在人家家里做客也是一个旅游项目。这位瘦瘦的妇女十分大方和热情地招呼我们坐下，我们喝着她给我们送来的饮料。她静静地坐了下来，做着手工制品，好像是在刻一个木盘，有时也会做一些刺绣，就像二十年前，中国城市与农村的妇女用两个竹圈绷一块布，用针线在这个平展展的圆圆的布面上刺绣图案一样。现在我们的生活发生了多大的变化，全家人的衣服鞋袜都远远离开了家庭主妇的劳作供应。

没有人再在一块门板上刷一遍糨子，贴一层破布，再刷一遍再贴一层布，一遍遍地贴上去，然后等到干了揭下来，这叫打袼褙，然后画成一个个鞋底，用剪刀把它们剪下来，叠在一起，用锥子、针与麻绳纳鞋底。这种景象或这种文化一点痕迹都没有留下。二三十年来，中国人的生活变化得太快了，人们从繁重烦琐的家务重负中解放出来，有了大把的时光，可以学习，可以看电视，可以参加各种社会活动，但会不会有一天，人们把过去的一种文化又部分地拾起作为休闲时光的一种情趣呢？据说欧洲的妇女有时还用两个竹圈绷上一块布，在闲谈中一针一针地刺绣，她们只为了兴趣，为了给休闲时光添一道风景，也许吧！

“呦呦鹿鸣，悠悠我心。”在车上沿途每看到一个有鹿的路标，都会加深一次对这个国家的认识。我们对芬兰应该说还没有一个完整的认识，它是一个中等发达国家，可是自然资源是如此的令人羡慕，有那么多纯净的淡水，有那么多大大小小的景色优美的湖泊，千湖之国有千百颗宝石布满它的国土，而大片的林木覆盖着大部分国土，六百万头麋鹿，在这片神奇的国土中奔跑跳跃。

五百万芬兰人过着较为富裕的生活。这是一个遥远的国度，是我们很少了解的带着童话般色彩的国家。告别伊那瑞时还早，其实单从天色我们很难有时间概念，这是一个适合工作与奔波劳碌的时机。我不知在冬季漫长的夜色中人们怎样生活，但是漫长的白天让我们赶上了，也就延长了我们的工作时间，使得在芬兰一天的工作量几乎相当于在一般城市的两倍。我们早晨五点就可以拍摄，晚上十一时仍可以在外景利用自然光拍摄，在北极圈内我们曾彻夜无眠，我们曾到了芬兰的最北端，那已是苔藓地带，满地洁白的地衣在寒雨中显得生机盎然。我在这片从未涉足过的高纬度地区，在虽是夜里却仍天光大亮的环境中，走下车来面对摄像机镜头，讲了这样一段话："《人与自然》的观众朋友，这里已是北极地带，是芬兰与挪威的接壤处。天空中飘着寒冷的雨丝，润泽着遍野如雪的地衣，这是夏季的白夜，阳光在头顶上长久地闪烁，使这儿的生物勃勃生长。看到这么多生长旺盛的地衣，您一定会知道，这周围的生态环境状况良好，因为地衣与苔藓是十分娇弱的植物，如果这里的生态状况不好，空气与水质被污染，它们就不可能生存。"地衣与苔藓，包括我们常见的青苔，这些低等植物是环境状况的天然测量仪表。挪威与芬兰的边界似乎除了界桩，没有明显的分野与隔离带，我们的车沿着南北贯通的公路，其实已经开进了挪威境内，从车上走出来，脚下踏着的是挪威的国土。

那一天，车离开伊那瑞，我们又到了一片森林。这儿没有拉普人，没有了鹿群，这里只有一群伐木人。电锯响声中，一棵松树倒下了，许多棵松树倒下了，一棵接着一棵，有的被剥下了咖啡色的粗糙的树皮，裸露出雪白的木头，被搭成一栋栋圆木小屋，不抹颜料，不涂油漆，就这么赤裸裸地直面日晒风吹霜打雨淋。这洁白的新木屋，在森林深处给人以原始的美，神秘的美，凄清的美。

我看到北极圈内百年以上的木材不过碗口粗，它们被电锯伐倒一片又一片。这种情景已延续多久了，我不清楚。前人砍树是为了自己打造木器，而今砍伐的目的早已变了，他们不单是为了满足自身需求，而今这些木材要运向远方，远离他们的家乡，远离他们的国度。芬兰是木材出口国，木材的出口占据国民生产总值很大一部分，但当地的林业工程师瑞根告诉我："近年来，芬兰木材蓄积量在增长，原因是芬兰制定了一条法律，凡是一棵树被砍倒，在这棵树周围必须栽活三棵同种树苗，否则违法。"

在芬兰——林场采访

我忽然很感动。如果早这么做，如果一百年前就这么做，如果全世界都这么做，我们地球上的绿色植被会欣欣向荣的。我想起了马永顺老人，20 世纪 50 年代他是伐木模范，朱镕基总理曾在视察抗洪一线时，在沈阳对马永顺说："当年国家需要木材你是劳模，今天国家需要森林你又带头植树，还是模范！"马永顺时年八十二岁，他五十年前就开始砍树了，据他统计，他一生砍了两万棵大树。在退休后他意识到，他欠青山的债，他要率领全家上山植树，他愿在有生之年栽活两万棵树，如今他和他的家人已了却了这桩心愿，马永顺老人又成为全国闻名的植树模范。这个故事至少五年前我就听说了，直到最近我才从电视中见到他。

我想，如果五十年前，马永顺在壮年时期，他用那张比常规宽大得多的锯砍树时在被锯成一个圆根的树桩旁，从三个方向点上三粒树种，如今最早长成的树已是五十年的树龄了，三棵五十年树龄的大树，蓄积量要比被砍伐的那棵百年以上的大得多。于是，我还在芬兰的伐木现场说了这么一段话："被砍伐的大树有百年以上的树龄，由于补偿措施太晚了，要等到什么时候，才会有那么一棵大树长成啊。"

极尽奢华的行程

6 月 9 日，我们从赫尔辛基直达斯德哥尔摩。

我们的交通方式是乘船，乘豪华游轮"小夜曲"（SILJALINE）号。从我登上船的一瞬间，我就觉得我不像是登上一艘游艇，而是进入了一家豪华的五星级酒店，进入了一个梦幻世界。

这艘轮船有四层楼那么高，一进门，就觉得闪光灯一通闪烁，每一位乘客都会为登上这么豪华的船而兴奋，服务员也是盛装堆笑迎宾。

我们登上船舱又上到二楼，找到各自的房间，把行李放下，稍事洗理换了一件外衣就集合到船上餐厅用餐。走到一层舱面，见人们熙来攘往在挤着瞧什么热闹，走近一看，墙上挂满了照片，一位旅客一张，原来在大家鱼贯上船检票的瞬间，已被一个不落地拍了照，现在各位上船时的尊容就在墙上贴着。我身穿条格 T 恤，容颜还过得去，只是手拎一只大塑料黑口袋，鼓鼓囊囊地，活像拎着一只大垃圾袋。

这是技术员小刘的心爱物件，他在赫尔辛基郊外一个商店里专门买了一个鹿头标本，当时他没带背包，带了也装不下，便问人家要了一个黑塑料大口袋，本来就是商店装垃圾用的一次性垃圾袋，小刘刚好把鹿头装在这个袋子里。上船时，本来我提一个白皮铁箱，里面装着监视器，比较沉，小刘好意说："我提箱子，您帮我提这个。"当然大口袋较轻。可是一上船就让人家拍了下来，活像我为船上当义务清洁工。本来嘛，这张相片挂在那儿也就一个晚上，有愿付钱的旅客，当时交了钱就可以把相片摘走。我要不是拿着垃圾袋是不会花那份钱的，一想提这么个大口袋上船，别人真不知这位中国人在干什么。于是我立即掏钱，把这“洋相”买了回来。

大部分游客都不会买这种一次成像的快照，但是有的人在这一瞬间确实容光焕发，神采奕奕，于是就掏腰包把这张照片买走。和他们相比，我的原因很简单，因为这张照片不雅，万一有人认为中国主持人到芬兰或瑞典捡破烂来了不好听。花了钱买下来怎舍得撕掉，于是，我把它带回了国内。

从墙上密密麻麻的游客照片中，我看到这条船上只有七位中国人，七个中国记者，其余皆为高鼻深目、金发碧睛的各国洋人。

一切都安顿下来以后，这条船就成了我们的入住宾馆和临时的家。我们一行七人换上干干净净的衣装步入了喧闹而豪华的船上餐厅。灯火辉煌，笑语欢声，人们在享受旅途的悠闲，享受人生难得的一段愉快时光，从内心深处调度出舒适与快乐的情绪。我们一路上辛苦劳累，每天奔波忙碌，拍摄采访十多个小时，拍摄时行色匆匆，行装随意，难得有闲适散淡的心情。在船上这十来个小时，就把心情放松，把工作重担暂且搁下，把这儿当成一片旅途的绿洲和心灵的驿站。

烛光、灯光、各种水晶饰物与墙上极具情调的图案交相辉映的餐厅十分奢华，在一长条餐桌上，我们品尝着精美的菜肴，在海上航行之际，龙虾与三文鱼尤其显得生猛，绝对的新鲜。不必赶路，不必想下一段的拍摄内容，这一餐饭可以自由自在地想吃多久就吃多久，想坐多长时间就坐多长时间。周围的游客也都在享受着他们的美食。能聚在一条国际间往返的巨型游轮上，这是大家的缘分，“百年修得同船渡”。既不是一叶扁舟，任我浮游的天人合一的孤帆远影，野鹤闲云，也不是灯影桨声中的秦淮风月，纸醉金迷与歌盛弦繁。这条船上的所有客人在有缘相聚的场所，都可能已经忘记自己置身于海上行进的船中。因为，这里就是富丽堂皇、流光溢彩的殿堂。在波浪中的独木舟，在山林中的伐木人，在北极苦寒风暴中的赶鹿人，在矿底挥汗的矿工，在炉前烘烤的冶炼工，在机床边爱岗敬业的技工，用他们的辛勤、智慧与一腔任劳任怨的感情，积攒了文明，积攒了财富，支撑起20世纪末的一片歌舞升平。我们这艘船看似凭着海水的举托，但实实在在的是凭着所有劳动者的托举。因而，当我在享受着一种物质文明时，确实从没有一刻的心安理得。“今我何功德”，白居易《观刈麦》中的这句诗，长久地徘徊于心际。当然，这只不过是“童子何知，欣逢盛会”，不可能“错把他乡当故乡”，也不可能乐不思蜀，因为我们明白只有一个晚上的航程。

用过了晚餐，按照“饭后百步走”的习惯，大家一路闲逛，也就四下分开。巨轮也没有多大的空间，就是一座五星级宾馆，各位只要不走出门去，总能轻易地遇到，失散是不可能的，于是我们的身影就消失在人群中、商店中和迷宫一般的过道中。

这条船上的娱乐设施几乎应有尽有，有歌厅、舞榭、酒吧和令人眼花缭乱的各种风格的大大小小林林总总的商店，二层舱面就像是一座大商厦。走了一半，我发现在舱中的一处竟然立着几台博彩的老虎机，这分明是有去无回的收人钱财的赌具。在旅途中，没有豪赌，也没有赌徒聚赌，却在不知不觉中刺激着游客把钱换成角子，硬币，然后一个个地放进去，一般是“肉包子打狗有去无回”。但明知如此，过往游客还是会站在这必须经过的过道中的几台恶狠狠盯着我们的老虎机旁，把一个个硬币放进去，一按电钮，呜地一阵旋转，随后杳无踪迹，就像什么事都没发生一般。明明扔进了硬币，怎么这么无情，一点动静都没有，有没有搞错，再扔，再来，再……忽然一阵欢快的乐音响起，随后听到叮叮当当的硬币掉在金属槽里的声音，于是所有人的眼睛都会盯着那幸运之人与幸运之手，看到他或她容光焕发，一双欣喜发光的眼睛也回视周围的眼神，意思是让大家分享快乐。赢了钱还想再来点运气，输了的又想捞本。这时机器把犹豫的脚步拽住，让更多的人增加了也许能赚钱的信念。于是，又有几位游客不知不觉中把钱扔了进去，绝大多数泥牛入海，“老虎机”之名由此而来。人们又叫它“吃角子机”，总而言之是有去无回，于是一拨一拨的游客在这道门槛上都多少损了些钱，这叫“周瑜打黄盖”。我也未能免俗“捐”了几美元，一声响都没听着，然后就悻悻然离开了这地方。我小时候，花一分钱用转盘买糖人，最不济也能得一粒糖仔，谁知这破机器，吃你没商量，有进无出，大进小出。最后，一群人都斗不过这么一个铁家伙，别看它打扮得花里胡哨，可是存心不良，掏人腰包，什么玩意儿。

不赌就是赢，小输也是赢，这是世间多少人总结出来的经验，但总有人“明知山有虎，偏向虎山行”，凡是输得倾家荡产之人，大都没想到输，只想着赢，最后有人连命都搭进去了。曾在报端看到一则消息，某国营公司负责人之一，用公款去澳门赌钱，越输越想捞回，公款就这么输掉了，最后虽用自己的命垫上了，可受损失的却是国家。

我都一把年龄了，大约此生不会萌生赌的念头，也不知晚年寂寞时光是否有一部分在麻将桌旁消磨。我想多半儿不会，我从不喜欢打麻将，连打扑克都和人玩不到一块儿，人各有志不必相强。但我总不能说这一生一次都没赌过，刚才扔了几块钱就是赌博。扔了就扔了，反正不多。又一想，算了，听说赢的概率虽是千分之一或万分之一，但不怕一万就怕万一,万一我要赢了一大笔钱，在这船上别看红男绿女的，万一要有个黑社会那可糟糕之极，就算没碰上意外，这笔钱可怎么花呀？那可不得了，还是输了为好。

“拜拜！”下次吧。

因为莫名其妙地“捐”得少了一点儿，所以马上就忘了刚才的不愉快，这次有机会上这条豪华船，可不是为生闷气，买后悔来的。于是我信步走进了船头的一间大厅，进了门，就有一阵音乐声浪冲击我的心，轰轰然，震天价响，灯光闪烁，一明一暗，一舞池的快乐男女，得意忘形，在跳呀蹦呀笑呀叫呀！“来，来，来！上这儿来！”我从乐声中听到了一种微弱的声音，在令人目眩的灯光中，看到不远处，舞池边的一溜木台子旁，我的同伴们正兴高采烈地看着别人跳舞，就着酒喝。我坐了下来，噫，其实就差我一个，都到齐了。邵红给我倒了一杯可乐，问我：“怎么样？赢了多少？”原来，在我专注地往老虎机里填硬币的时候，他们正好经过，看到了我并没劝阻我的“雅兴”。“我替大伙‘捐’了点。”于是用冷饮平复了心头的焦躁。乐曲由喧闹的迪斯科变成优雅徐缓的古典音乐，我的心头涌上一股亲切、柔美的情感。我很难接受狂野放纵的旋律与震得心头发疼的噪声，听着优美的小提琴、双簧管奏出的名曲，才觉得难忘今宵。当人们都沉浸在欢娱之中，忘情地愉悦之时，我走出大厅，下舷梯拐到一个临窗的小厅，有几把软椅和一张精巧的茶几。我坐了下来，独自看着舷窗之外的海浪。

这条游轮也许在夜行时是全部封闭的，只有在最外围的几个圆形舷窗隔着玻璃才能看到大海。由于这时正逢北极白夜，而我们的航线纬度昼长夜短，所以现在窗外已是昏暗。但唯其如此，才显得十分荒凉。海上茫茫，暮色苍苍，一团团的浪涛汹涌澎湃，冷寂的恶浪与舱内的舒适温馨形成了生与死、险与安、乱与静、暗与明、冷与暖的巨大反差。而这层薄薄的透明的玻璃就是临界点和分割线，内外的反差，令我此时的心际产生了肃穆的遐想。人喜欢安全、温馨、和睦、平静、愉悦与结群，我们在20世纪末的浮躁与环境的日趋恶化之中，经常会发出回归自然的呼吁，但真正的回归自然并不是那样容易。因为，我面对苍茫的大海，会想起海明威《老人与海》的情节，会想象如果此刻我驾着一只木船孤零零地与风浪搏击，与海中的鲨鱼相斗，然后划回家园，带回一具大鱼的鱼骨架，这种境况将是何等的壮烈，是人的不屈精神的写照。但此刻在一团其喜洋洋，其乐融融，灯红酒绿，弦乐纷繁，衣冠楚楚，美女如云的船舱内，没有人会"脱颖而出"，跳入冰冷险恶的海里去直接面对大自然的风浪。回归自然并不是物质文明的倒退与放弃科技文明带给我们的实惠，我们如果在图画中欣赏会毫不犹豫地讴歌田园风光，但田园牧歌，浪拍崖岸，枫叶荻花，都只能在安逸中去体会，真的身临其境会使物质文明中的人苦不堪言。窗外，在昏暗中的波滚浪涌，让我感想不尽，也可能是自寻烦恼。

于是我又回到了伙伴之中，与他们一同品尝美酒和欣赏妙曲，在暗淡的灯光中，欣赏人们的欢娱，也偶尔在乐曲合意时步入舞池，近距离地感受音波的荡漾。此时，那暗夜的波涛远离了我，心中已是一片祥和。

夜深了，回房稍事休息，很快天光又亮，船已靠岸。

我们走下舷梯踏上了瑞典的土地，开始了在斯德哥尔摩的一天行程。我们主要有两个日程，一是参观诺贝尔奖的颁奖大厅；二是走进瑞典皇宫，去感受北欧的皇家气派。早有一辆中巴车在距船码头不远处迎候我们，这是瑞典航空公司的车。林白曦是芬航的一位负责人，他与瑞典同行有着良好的合作关系，所以瑞航的人负责安排我们一行的活动。车在瑞典首都斯德哥尔摩大街上行驶，我们能在车窗内眺望城市的街景，两旁高大整齐的楼宇和街上密集的车流都在表明这是一座发达的繁华都市。

瑞典是个高福利国家，但这种高福利使许多瑞典人自己也莫名其妙。在车上林白曦讲了这样一个故事，一位瑞典政府机关的职员，劳碌了一生，奉公守法，恪尽职守，到了退休之际，他忽然发现，这一生勤奋工作所获得的收入，居然比不上他的邻居，一位一直没有什么正式工作而吃国家补贴的人。我们也觉得莫名其妙。于是大家纷纷议论，高福利带给人们的是生活的稳定和衣食的无忧，而对人们的勤劳奉献又是一个制约，如果干活的与不干活的人有一样收入，过着同样的生活，那岂不令出力者心寒。一个国家有一个国家的国情，我们仅凭道听途说很难透彻了解他们的究竟，也很难体会人家的民心。所以只听不评，是在异国他乡的外邦人士的准则。一种制度与一种生活方式归根结底是由那里的人民自己选择的，拿出打抱不平的借口，对一个主权国家动用武力进行粗暴干涉，是现今一个值得警惕的动向。

在喧闹的市声中我又想起一个传说，据说北欧人都在自己丰衣足食的家园中过着年复一年的安定日子，但是人际关系并不密切，活得清静，也就难免寂寞，这种孤独与寂寞时时折磨困扰着居民们，尤其在漫长冬季的极夜中，更是冷寂得令人无可奈何。于是有那么一天，人们都推开自己的窗子，同时向着窗外齐声呐喊，用高喊，用全身发出的声响，一声声地发泄心中的郁闷。那是多么令人震撼的一幕，尤其是令外来人莫名其妙的一幕，当此时天地为之动容，林木为之震颤，大地也在颤抖，此起彼伏的声浪从烦躁、不快、不安，到狂喜、奔放、粗犷，然后到平和、舒缓、安详。于是人们在兴奋过后，归于平静，在寂静之中有了期待与向往。平和、安静、平凡的时光也是令人不堪忍受的，人们需要欣喜，需要紧张，也需要有许许多多的事情让他们快慰与激动，让他们感动与畅想。

我对瑞典的已有印象是很深的，我十分熟悉瓦尔德内尔，这位宝刀不老的乒乓球前世界冠军。他是一棵乒坛常青树，他把运动年龄尽力延长，这是他对世界体育运动所做的贡献，在他身上有着顽强不屈、永远向前、尽力做得最好这些可贵的品质。他能否继续夺冠已不重要，他的参赛就是每位有望夺冠的选手永远不可忽视的障碍，在客观上瓦尔德内尔也起到了激励所有运动员努力奋发的作用。1961 年第 26 届世乒赛上曾出现过一位值得人们尊重的运动员匈牙利选手西多。他年近四十仍出征鏖战，仅此一点就值得人们尊敬，并铭记在心。还有，瑞典的沃尔沃牌汽车是世界名车，当我有机会乘坐这种牌子的汽车行进在北京街头时，司机都会告诉我，沃尔沃安全性能极佳，它的钢铁框架像一辆坦克那样坚固，因此即便发生什么意外，司机的安全系数也是很高的。瑞典有一支优秀的女子足球队，在女足世界杯上，她们顽强地拼搏，精湛的球艺令人不敢低估。瑞典还有很多知名的医药制品，以高品质得到不少医务人员和患者的信任。我们“金话筒”主持人颁奖晚会的第一次电视播放赞助商就是中瑞合资的厂商。还有就是大名鼎鼎，尚与我们无缘的诺贝尔奖，迄今为止中国内地还没有人获得这个世界著名奖项①。

今天我们乘着沃尔沃中巴，奔向诺贝尔颁奖大厅，前去领略这世人心目中的神圣殿堂。

这是阳光明媚的一天，北欧的城市即使在炎夏也仍然凉爽宜人，河畔的参天古木与翠绿的草坪，使闹市中有一片清静的憩园，有人悠然地斜卧草坡上享受闹中取静的时光。

河上的船只在徐缓地滑过水面驶向远方，几只白鸥在快乐地飞翔鸣叫，河畔一座文艺复兴式建筑连体成片，人们可以参观院墙内古城堡式的建筑，可以在通过拱门时看到进进出出的人们。这是来自各国的旅游者，他们慕名而来，参观这雄伟的建筑和光荣的领奖台。与世人景仰的盛名相比，领奖台与它所在的大厅虽然已经很讲究了，可是仍显得不够气派，不够辉煌。登上这个领奖台的人，将永载青史，也令世人刮目相看。

---

①　2012 年，莫言获得诺贝尔文学奖，打破空白；2015 年 10 月，屠呦呦与另外两名海外科学家共同获得诺贝尔生理学或医学奖。

我远远地看着这个领奖台，有不少游人在台前留影，大概是想沾点高智商与高度成功者的灵气吧。这个奖台永不属于我，它没有设主持人奖，但我仍很尊重它，景仰它，并且希望有朝一日，中国内地会有人登上这个领奖台。

导游向游客介绍着诺贝尔，他1833年10月21日出生于斯德哥尔摩。1896年12月10日在意大利圣雷莫逝世。1842年，在中国经历第一次鸦片战争时，他随家人去俄国彼得堡居住，1850年去法国学习，后来又去美国在埃里克森手下工作了四年，然后又回彼得堡在父亲的工厂工作。1859年，诺贝尔开始了硝化甘油的研究，第一次完成实验是3年之后，获得了爆炸成功。1863年他获得了瑞典炸药专利，并建成一小型工厂，但1864年工厂爆炸损失严重。为了防止发生意外，诺贝尔将硝酸甘油吸收入惰性物质中，使用较为安全。这种炸药称为达纳炸药，于1867年获得专利。1876年他又获一项专利，就是把火棉（纤维素六硝酸酯）与硝化甘油混合起来成为胶状物称为炸胶，1887年他发明了无烟炸药。他还有其他多项发明专利。诺贝尔积累了大量财富，他逝世时将主要财产达八百多万美元，设立诺贝尔奖。

诺贝尔

1901年，在斯德哥尔摩由瑞典皇帝首次亲自颁奖。每年都对在物理、化学、生物或医学、文学及和平方面对人类做出巨大贡献的人士颁奖。1968年，增设经济学奖金。

获得诺贝尔科学奖的人，第一，从小就有献身科学的抱负。在所有获得过诺贝尔奖的人中，百分之七八十在青年时期就才智超人，在学术上有重大成就。爱因斯坦二十六岁时就提出光量子理论、布朗运动理论和狭义相对论，三十二岁时获得诺贝尔物理学奖。还有一位获得该奖项的人名叫海森堡，在二十四岁至二十六岁时就因建立矩阵力学闻名于世。获得生物学或医学奖的梅契尼柯夫十七岁进大学，两年修完全部课程，二十岁取得动物学硕士学位，二十三岁成为博士。获得物理学奖的朗道，十四岁进大学，十九岁大学毕业。第二，善于与人合作。文人相轻几成世俗现象，但获诺贝尔奖的一些科学家却能精诚合作。1957 年李政道、杨振宁共同获得诺贝尔物理学奖，肖克莱、巴丁和布拉顿在长期合作后于 1956 年共同获得物理学奖，其中巴丁又和他的进修学生库珀、研究生施里弗尔亲密合作，解决了五十年悬而未决的超导之谜，提出电声子相互作用的超导理论，1972 年他们共获物理学奖。巴丁和居里夫人是诺贝尔颁奖史上仅有的两位两次获奖者。在获奖者中有五组是父子、母女，三对夫妻，一双同胞兄弟。最成功的是居里夫妇一家，1903 年居里与妻子发现天然放射性元素共获物理学奖，1911 年在居里去世后两年，居里夫人第二次单独获奖，1935 年居里夫妇的女儿艾琳和女婿约里奥综合了新的放射性元素，双双获化学奖。唯一的一对同胞兄弟荷兰人杨・廷伯根和尼古拉斯・廷伯根，一位在 1969 年首次获经济学奖，另一位于 1973 年获生物学或医学奖。全世界有六百多万科学家，而获诺贝尔奖的三百多位，他们的名字光耀世界。

诺贝尔奖评奖不是在某位科学家有重大科研突破后立时颁奖，而是要等几年甚至多年之后，在实践中看到该项发明的可观效应才颁奖。例如，日本物理学家汤川秀树 1935 年就发表论文，预言介子存在。1947 年英国物理学家鲍维尔发现了介子，汤川秀树 1949 年获物理学奖。分子生物学家美国的沃森和英国的克里克在 1953 年就提出了遗传的重要物质基础核酸的双螺旋结构，被誉为 20 世纪生物学中最伟大的发现，到 1962 年才获奖。诺贝尔奖的高水平由此可见一斑。同时，诺贝尔奖注意奖励开创性的基础研究，重视奖励基础理论研究，重视奖励工具方面的创造性研究。在这么一个引世人瞩目与景仰的大厅中，我默默地祝愿中国内地科学家，早点登台领奖，在居里夫人、爱因斯坦领奖站过的地方为国争光。

从1901年起，每年12月10日，诺贝尔逝世的纪念日，都由瑞典国王亲自颁发这一奖项。

诺贝尔家族两代致力于炸药研究。老诺贝尔原本是建筑师，在瑞典破了产，只身去俄国谋生。在克里米亚战争中，俄国政府授命他研制水雷和船用发动机，由于俄国吃了败仗，沙皇食言不再资助老诺贝尔，他又一次破产回到瑞典。那时老诺贝尔将近六十岁，重归故里在斯德哥尔摩郊外建立了第一个研制硝化甘油的工作间，后发生爆炸，小诺贝尔的弟弟遇难。老年丧子，老诺贝尔不堪打击，卧床不起。诺贝尔继承了父亲顽强的意志，百折不挠继续试验，多次死里逃生，终于成功了。他发明的炸药为瑞典开凿隧洞修通铁路立过功劳，但他晚年像居里夫人一样，祈求和平，而不愿看到自己的发明带来人类的伤亡。他获专利三百多项，在世界上开办实业和工厂八十多处，有了巨额财富，但他把主要部分捐出来，设立了诺贝尔奖。他没有按部就班地接受教育，但他通晓四国语言。与同代工程师相比，他理论素养高，与同代科学家相比，他又善于实践，他是科学巨星又是商业巨子，他的生前发明和身后立奖都对人类做出了巨大贡献。

1988年11月于英国

我走出这个大厅时，正陆续有一批批的游客进入这里。每年当颁奖大会对一些功绩卓著的人才颁奖之后，从第二天起没有得此殊荣的人就陆续来这里参观，直到下一年度再一次的颁奖。一年三百六十五天里不知有没有闭馆日。

当我离开这里，独自步向河边等待伙伴们参观完出来时，忽然感到我虽永远与诺贝尔奖无缘，但我与诺贝尔似乎也算有那么一丝缘分，不独为今天站在他出生的城市，只为近十五年来，我每年转播维也纳新年音乐会时，都要提到圣雷莫这个城市名。诺贝尔卒于圣雷莫，每年圣雷莫的花匠都会把在地中海这阳光城市中的美丽鲜花运到维也纳。在新年的这一天，花团锦簇的金色大厅，是由于圣雷莫给了它明媚与华贵。以后，我会在提到圣雷莫时想到这位发明了使战争更惨烈的炸药而在死后为世界和平做出巨大贡献的人。愿施特劳斯家族的如歌的行板，如潮的旋律，带给世界安详与和谐。

离开诺贝尔奖颁奖大厅，我们到了下一个景点瑞典皇宫。我不记得都参观过几个国家的皇宫，或在几个宫殿前驻足观瞻。我在东京日本天皇皇宫中的草坪上录过像，在英国白金汉宫前看过戎装骑士换岗仪式，参观过沙皇的冬宫和圣彼得堡有着金色塑像、喷着晶莹的水花的夏宫，参观过奥地利皇宫，记不清了，也不是很感兴趣。于是，我进了瑞典皇宫的御苑，却没跟大家进到宫内参观。

其实我应该进去，因为梁秀伟出来时对我讲，宫殿里摆着好几件中国瓷器。

这几天，我正为无知扫盲，正为缺少过去的文物知识补课，可没想到又失去一堂直观的实物教学课。

我当时想，与其进入里面喧喧闹闹看皇家摆设，不如看看皇宫修剪整齐的绿色灌木，看看那宽阔绿茸茸的草坪，到碧水涟涟的小池塘，看看鸭游，听听鸟语，闻闻花香，看看绿油油的爬山虎把几面砖墙铺上了挂毯，并看到两只白天鹅正在水面降落，我要与它们亲近亲近。在欧洲天鹅不怕人，在北京可不成，只要距它们四十米，它们就一定飞走。同样是天鹅，到了我们这里，它们就害怕了，肯定是因为我们过去惊吓过它们。

现在在哪个公园中出现野鸭还能被当成新闻，再过几年野生动物越频繁地与人接近，人们越不把此当回事，也就没必要再去播新闻了，与其相濡以

天鹅

沫，莫若相忘于江湖。

芬兰之行的最后一站结束于瑞典首都斯德哥尔摩，这天傍晚，我们登机经赫尔辛基直接飞向蓝天，飞回北京。

瑞士：阿尔卑斯山的秋月

1999 年春夏之交，以美国为首的北约狂轰南斯拉夫，使我浮想联翩，思虑良久。我想起一个和平的国度——瑞士，想起在那里的游历和见闻。

在瑞士打靶

瑞士是一个在两次世界大战中均保持中立并素有爱好和平称誉的欧洲国家，但你知不知道，它却是一个“武装到牙齿”的国家。

1992 年秋季，我在瑞士打了一次靶，使用了步枪和机枪。

在瑞士，实弹打靶是一项经常性活动，从能拿得动枪、扣得动扳机的少年，到再也拿不动枪的老人，瑞士几代人在经常与枪弹打交道中度过了一生的大部分时光。说不清从什么时候开始，据说至少有近百年的历史了，每个村、每个乡镇都组织当地居民进行军事教育和参与军事训练。看到过他们训练的外来人，几乎会误以为战争迫在眉睫。

在瑞士，驱车行驶在城外的公路上，时常会遇到子弹从头上呼啸而过的情况，那是人们正在打靶。靶场一般横跨公路，在道路一侧是打枪的场地，掩体高于路面，并在出枪部位前面有一道水泥墙挡着，使枪口不可能瞄向公路，因而任何情况下都不可能伤着来往行驶的车辆与路人，而靶子就设在对面公路一侧的山石上，靶场教练用望远镜观察射击者打中的环数。

我们摄制组是中国人，在主人的带领下，不但被允许拍摄了打靶的设施，还被主人邀请参加实弹射击，于是我们每个人都高兴地试了试枪法，过了一把瘾。我打了步枪和机枪，步枪的枪体很沉，扳机也很紧，不是轻轻一点就能击火的，要使劲扣动，可是这样一用劲就容易使枪身晃动，影响准确度。记得1965年前，我参加电视台民兵训练时使用的步枪，扳机没这么僵硬。

这次实弹打靶时，瑞士教练让我们戴上防震耳罩，我伏在地上，三点一线瞄准对面大约200米处的靶子，果然枪口只能对准对面的山石，在这个射击点与靶子之间是一条公路，汽车不绝过往，可是我卧倒时面前只有对面岩壁，看不见公路，因为我枪口前横亘着一道坚固的水泥墙，即使枪走火子弹也会被这道墙挡住。

我屏住气，瞄准靶子，根本看不到几环……扣动了扳机，枪体震了一下，耳边仍感到子弹击发时的巨响，一连打了5发，1发脱靶，4发击中，环数就不好意思说了。多少年没打靶了，我知道，我打得再好一点也比当地打得差的人环数要低，人家几乎天天枪不离手。瑞士的每个成年人都被编入一个军事组织，比我们过去城里的民兵更专业化，因为每个成年人要常年配备一支步枪，一筒子弹，一套军服，一双军靴，一副防毒面具，我们在一个人家采访时，主人把全副武装拿给我们看。一筒子弹可能是一百发，我们看不到里面，因为这个子弹筒上有锡封，不能打开，如果不是上级指令，任何个人不可以动用这个子弹筒，否则一经查出就要上法庭。这套装备并不是摆设，据主人说没准哪天一声令下，他们就会全副武装奔向指定地点去进行军事训练，打靶时不带自家的枪，靶场都准备好了枪械和子弹。我们在一个乡里做客时，恰逢这个乡这一天有几项活动。一早，我们先到靶场，看到四面八方来的人正在集中，大人们互致问候，男孩子们骑着自行车高兴极了，像过节一样兴奋，一个上午他们就在靶场度过了，这也就是我们在公路上行驶，听到头顶子弹呼啸的原因。我在靶场打的那几发子弹也不知从哪辆车顶上掠过，尽管我打得环数不高，可是车里人绝对不可能听出来，也不可能知道这是一位中国人打的。第二项活动就是参观这个乡的地下人防工事。令我吃惊的是，这个乡的每位村民家中都有一个坚固的地下室。我们参观时发现，室内没有潮湿的霉味，打扫得很干净，并储备有饮水和食品。我再仔细地询问，得到的回答是，像这样的地下掩体每户都有，而且都必须有。

接着主人带领我们到他们乡里的地下人防工事参观。我很少有这样的参观机会，无论在国内还是在其他国家，因此我无法进行直观地比较。我进入这个防空洞，犹如刘姥姥进大观园，看什么都新鲜，首先对一进门就连过三层厚厚的水泥门感到惊奇，每道水泥门都有三十厘米以上的厚度，进到里面，干净整齐，宽敞明亮，电灯很亮。沿墙有两个通风管道，直径约有二十厘米，主人说一条自然通风，一条防毒气。每进入一间地下室都有一道厚厚的水泥门，我们走进了一间地下医院，有二十张床位，旁边医疗柜整整齐齐地摆放着各种手术器械和氧气瓶。这个乡地下人防的医院水平可谓一流，不知大夫医术如何，毕竟是一个乡嘛。可是到了隔壁地下室，我震惊了，几十位妇女，从少女到老妈妈，聚精会神地围着几个橡胶人进行战地抢救伤员的训练，用纱布包裹各个部位，进行各种战伤的救护训练。她们知道有人进来，知道有人在看她们，然而她们仍小心地、认真地、仔细地进行训练。主人介绍说，每位妇女每周至少进行两次训练。真是想不到，我很早以前就听人介绍过瑞士全民皆兵的情况，也为这类影片进行过译制配音，但及至我身临其境才明白有人戏称瑞士这个中立国是“武装到牙齿”的国家的真正含义。这使我想起司马迁的一句名言：“好战必亡，忘战必危。”

打靶

关于瑞士成为中立国的渊源，《瑞士史》（威廉·马丁、皮埃尔·贝津著）

这样写道：

中立第一次成为欧洲公法的一项原则是在1815年。这一原则，确切地讲，是建立在列强们共同利益的基础上的。唯一的事实是，瑞士的中立从此不仅被承认了，而且形成了书面协约上的东西，它在法律上对于中立这一观念的发展有着巨大的影响。

素有“世界花园”之称的瑞士，只有四万多平方公里的国土，六百多万人口，既无资源，又无出海口。一位瑞士人说：“上帝赐给瑞士人民的，除了阿尔卑斯山的险山峻峰之外，就只有两只手了。”然而瑞士如今是最富有的国家之一。

中立的小国在第二次世界大战中受到了来自两个方面的压力，来自德国和英国的压力，使瑞士保持中立的立场受到考验。但直到“二战”结束，瑞士不论曾遇到怎样的险情和决定过什么样的可能引起争端的做法，但有一点是事实，即它一直都是中立的国家。

尽管瑞士的中立被立上文字写在协约上，但瑞士更知道中立也要靠实力，所以全民皆兵，常备不懈。

到过瑞士，接触过他们的全民武装训练，才对“居安思危”有了更切实的理解。瑞士人似乎永远觉得危在旦夕，使外来人面对他们这样的常备不懈和经常训练会错以为他们的国家马上要遭受外敌入侵似的。

天天如此，月月如此，年年如此，几十年如此，近一个世纪都如此。

瑞士的这种全民军事化程度，在世界上首屈一指。正因如此，它才有资格、有本钱、有实力，以山区的一个小国的地位，向全世界宣称保持中立。

这一天这个乡还有两项活动，其中一项是打靶的这个下午，本乡两支足球队进行比赛。这是一场认真、激烈、热情、投入的比赛，外人看不出输赢有什么了不起，可是乡人却当成一件大事，从场外双方啦啦队的起劲助威看得出当地人对运动的痴迷，也可以看出文雅的瑞士人的尚武之风。

从他们这样的日常生活中，不难看出瑞士人身上有着斯巴达的印记，他们业余崇尚锻炼，和大自然亲近，保持健康与结实的体魄。我们到瑞士后，一个名叫比尔的西部城市主人安排我们住在一家四星级宾馆。在餐桌上，主人介绍说，他们那里没那么多的夜生活，一般是几位老朋友共进晚餐和在酒吧边饮边聊。他们那儿的居民也不知道什么叫卡拉 OK，他们这个城市没有。

瑞士是当今世界上最富有的国家之一，富裕但不奢侈，我们很少看到他们大吃大喝，在餐桌上他们对我们这些外宾也严格要求，不怕你点多少好吃好喝的，但你也必须要吃完喝完。一位乡镇企业的老板不习惯吃西餐，剩下一块牛肉，主人一再问，是不是身体不好？是不是菜不可口？我们的陪同小声告诉我："斯丹纳（主人）不高兴了，怕他饿死。"话有点尖刻，也表明陪同对这位同胞不拘小节的反感。国内一些大款们在餐桌上的挥霍实在令人侧目。在国外也这么摆谱，实在令我们汗颜。人家那份怕浪费的心意是我们应当学习的，因为人家总体上比我们阔多了。主人绝对不会怪你点菜贵了，哪怕是便宜的食品也不能浪费。一个勤俭的民族，一个靠自己勤劳致富的国度的人民，不但自己不去浪费，也不允许任何外人在他们的面前随意浪费，他们在感情上受不了。

一到周末，很多瑞士居民全家背上干粮带上水瓶，去爬山，去徒步郊游，晚上回来，尽管身体疲倦，但大人孩子都兴高采烈。

打靶的那一天，这个乡里还有一项活动就是乡里晚间开乡民代表会，乡民代表在宽敞明亮甚至有点豪华的会议厅里认真研究，讨论，举手表决一件小事，要不要把村头那条小路重新修一下。瑞士人很富有，但生活上很小气，它是中立国但又全民武装，经常操练还要天天开会，这种日子他们过得有滋有味。不过，要让我选择，我真的不羡慕瑞士人的生活，假如让我在这种环境中生活，也许真受不了。

服务特色

从日内瓦驱车去洛桑，连途中休息看看景色算上，也不过两个多小时就到了。洛桑有两大名胜，世人大都知道奥林匹克总部就设在此地，萨马兰奇先生[①]与他的同事奥运官员在这儿的总部办公。我们在奥运总部外的草坪上坐

① 1980—2001 年，任国际奥委会主席。

下来休息了一会儿，照几张相，并没有进去的要求，毕竟我们不是体育节目摄制组。看到草坪上立了一尊中国女运动员的铜像，是一位竞走冠军，说明而今中国在奥运会中已是举足轻重的大国了，尽管我们的总体水平与我们十几亿人口的大国形象还不相称，但当今世界也没有几个对手敢小瞧我们的运动成绩。洛桑是奥运的象征，是世界体育的象征，是经常参加世界级竞技体育项目的人，常想在心头，挂在口头的一个地方。但洛桑还另有一重光环，就是洛桑旅游服务的培训中心——洛桑旅游学院。凡在洛桑旅游学院学过宾馆服务业的大学毕业生，立马就会成为全世界各大酒店的抢手人才，走遍天下任何大宾馆不愁找不到一个经理的位置。凡在旅游服务业内工作的高级人才，如有进修的机会与可能，无不渴望能到洛桑留学。这令我想起李白的《与韩荆州书》：“白闻天下谈士聚而言曰：‘生不用封万户侯，但愿一识韩荆州。’何令人景慕，一至于此耶！……使海内豪俊，奔走而归之，一登龙门，则声价十倍。”说到“声价”二字，人们有时会想到“盛名之下，其实难副”，而有的则是实至名归。洛桑旅游学院高明在何处，我并不了解，因为我身边尚没有从洛桑毕业做龙门一跃的朋友。

小憩

但瑞士的宾馆服务业我觉得确实挺棒的。

我们住在一家四星级宾馆，我对他们的服务就有感佩之心。入住后，恕我直言，我觉得哪够四星级酒店，大厅不气派，连国内三星级都比不上，客房也不大，一点都没豪华派头。洗澡间只有仅能容一人站立的沐浴玻璃间，整个宾馆简直像个招待所，但我住了两天之后，印象大为改观。这里虽简朴，但干净、方便实用，旅途中的生活需要基本上都可以满足，洗漱用品得心应手，没有拖鞋，欧洲旅馆都不放拖鞋，灯光、空调在伸手可及的地方。床可好玩了，看上去没国内的漂亮，但一按电钮，可以上半部任意抬起，像医院的病床，且可任意控制角度，可坐、可靠、可仰卧。阳台是共用的通道式的大长廊，安全性能极好，因为连窗带门有一道保险窗作为安全屏障，电钮操作可上可下，可形成百叶窗透光、透气，也可以全部封闭形成一道密不透风的钢板，防盗防火绝对安全，估计只有特种部队才能攻入。关键是这道防盗屏障，外观上纤秀灵巧，操作时轻稳光滑，绝不会磕磕碰碰，吱吱嘎嘎的。

旅馆的方便，应以满足客人的旅途生活需要为主，客人需要的一应俱全，而且质量上乘，得心应手，不必要的花里胡哨的东西一律去掉，其实有的宾馆房间看上去琳琅满目，小摆设不少，就像有的 VCD 很多功能纯属摆设，一般用不上，也不需要，画蛇添足。其实用不着的摆设和装置不必应景似的摆在那里，而用得着的一定要保质保量。这使我想起郑板桥的诗句“删繁就简三秋树”，他提倡简约实用的文风，对现代商品的包装与一些设施的华而不实也不无指导意义。

让我最感迷惑的是，我在酒店里住了差不多五天，从没有看到过楼层服务员，不像在国内有些宾馆，要在门上显示“请勿打扰”“请速打扫”，甚至服务员敲门，“先生，我可以清扫房间吗？”“可以。”“哦，请过一会儿。”人家的服务员根本不会与客人碰面，无论在楼道或是在房间。可是只要客人外出一会儿，再回来就会发现房间有变化，干净了，整齐了，废纸杂乱东西被清理了，枕套换了，被单换了，洗漱用品换了。想象不出是谁，在什么时候干的这些事。于是我感到在瑞士住的这家四星级宾馆的确与众不同。

与众不同还表现在餐饮服务上。入住的头一天，我们在餐厅点菜，一位男服务员站在我们面前，一看他，我第一个念头就是，“瑞士这个国家很关心残疾人，为他们就业创造条件，这么一间四星级酒店竟安排了一个‘弱智人’为客人服务”。眼前这位三十多岁的服务生，很像一位“弱智人”，无论东、西方的“弱智人”大都有着差不多的面孔，五官与表情似乎也都差不多。我们点菜，他不动声色地记，然后不多说一句，点了头就走了。我生怕他记错了，等上菜时看还算有条理，没上错菜。

第二天，这位男士又来了，点菜时就和我们有说有笑了。当我们刚拿起菜单，他一下子坐在辛少英旁边，一边比画着揽住辛少英，一边说："女士，先点。"玩笑开得不小，但礼数周到，没话说。当时我还抽烟，我掏出烟时，他立刻伸过手来，像变魔术似的手里多了一个打火机。"咔"的一声点了火，我刚说谢谢，他傻傻地笑了，他说："给我一支烟。"我就抽出一支烟给他，他放在鼻子底下一嗅，"哦，是英国烟。"我们摄制组的冯际庆立刻掏了一支红塔山给他，说："这是中国的。"他很高兴地放在口袋里，随手掏出一个扁盒法国雪茄送给我和冯际庆一人一支。冯际庆说："这烟太凶，我抽不了。"我换了这支烟吸了一口，觉得挺噎人，这位服务生一看我"吸"，立刻把手上一盒烟放在我面前做了个优雅手势，表示全给我。"投我以木挑，报之以琼瑶。"我笑了。他不懂中国话，更不会懂这句诗，但他憨憨地一笑，意思是他明白。可爱的"弱智人"有点善良也有点小聪明。这样的服务，很像老朋友开玩笑，我们这一桌加上主人十来个人，他端上的菜准确无误，有时故意把一盘菜张冠李戴，该给辛少英的，端到冯际庆面前，还没容我们说"不对"，他已做了一个滑稽表情，忙把盘子抽回来，重新轻轻地放到小辛面前。每餐饭都是他为我们服务，而他也都会有几个小小的无伤大雅的玩笑，让我们开心。直到最后一天的最后一顿早餐我们才恍然大悟，原来这是对我们这一桌客人的最高规格的服务。

这是个星期天，似乎免费早餐已开过了，我们要离开这家宾馆与这个城市，在房间里打点行囊和整理机器，晚来了一会儿，人家自助餐已撤了。我只能用英文问餐厅服务员。"早餐没了，我们现在可不可以用餐，这次用餐需不需要付钱？"正在等待回答时，耳旁响起一声标准地道的英语："早，先生们！"我们一回头，眼前一亮，这位老朋友服务生，今天一身黑礼服，一个黑领结，神采奕奕，精神焕发。一位服务员说："你问经理吧！"谁？什么？谁是经理？我明白了，闹了半天，人家不是什么"弱智人"，而是堂堂餐饮部经理。这么多天，竟是经理亲自为我们服务，此刻我们觉得受宠若惊，也感到意外。一切的玩笑，一切雅致的小动作，都是人家训练有素的修养、待客的礼貌与热情高度一致的技巧。因此，我心中暗想，他可能是洛桑旅游学院的高才生。如果是的话，洛桑旅游学院果然名不虚传。

湖光山色

“水做青螺带，山如碧玉簪。”

桂林山水在世人心目中留下的是蛮荒中的清秀，清秀中的野趣，美感中的天然，天然中的人文情趣。这是东方人心目中的锦绣山川。

在瑞士，在这群山之国，亘古的山峦由于有了高度文明的浸润，使得久远的自然与如今的工业化在某种程度上相互交融，而给人们留下的印象是群山正被唤醒，野蛮的荒野已呈现出文明的形象，蛮荒的原始美被驯顺了。

天蓝如洗，水波澄碧，山色苍郁，花草杂陈，到了瑞士的山野，手中持一傻瓜照相机，不用瞄准取景器，随意向四面八方辐射出去，手按快门，一张

山色秀丽

紧接一张地揿下去，冲洗出来的照片几乎都是精美的风景画片。我很少拍风景片，这样拍了几卷，冲出来之后，意想不到的是我也有了风光摄影作品，是山川灵秀成就了这几幅照片。

在拍摄电视片过程中，我们的视线与精神的注意力往往集中在一个部位，而忽略了四周迷人的景象。这就像在旅途中乘车赶路，沿着山间的蜿蜒小路，拐来拐去，却突然从窗外看到了赏心悦目的情景。

山野的小路也由粗沥青铺成，防滑且平稳，车开上去十分舒适，这是高度工业化蔓延到深山的体现。

窗外的山体呈现大色块纯绿的浓淡变化，山顶苍苍的松林呈墨绿，山腰是大片的牧场，淡绿色的草坪舒展四散，山底可能是一条清澈的小溪，也可能是带状湖泊……在秋日的阳光下，一切都生气勃勃，一切又都懒懒散散。一头头的奶牛在啃着青草，有的悠闲地卧倒在地，有的在缓缓踱步。除了我们这辆中巴在路上轻快地行驶，四野无人，这群牛都仿佛是野生动物。

我们下了车，小憩片刻，浏览一番。我在路边看到了一道金属围栏，不高，于是我跨了进去，跨进奶牛们的领地，一阵草香扑鼻而来。我索性坐在草地上，然后又放倒身子仰观苍苍的山顶和蓝蓝的天空，白云如絮，天风徐来，耳边传来远远的牛的打喷声，和近处的飞虫在我身边飞舞的嗡嗡声，一阵牛铃的悦耳之音传了过来，我禁不住用手召唤它过来。

身后的奶牛在悠闲地吃草

牛们仍自顾自地吃草，并不理会我，于是我也在秋日的爽风与秋阳的映照下，懒散地侧卧在草丛中，眯起眼来，享受片刻的宁馨。天籁之声，在我胸中荡漾，在我耳畔如仙乐般阵阵飘来。

我们又驱车山路，到了一个小镇的一片小楼前，有牧童在野，有过往汽车，有人的呼唤，还有热气球在空中高低错落的飘荡。眼前又是一个新奇的景象，我们一齐下了车。山间小路上，一个瑞士男孩，赶着狗拉车在往奶站送牛奶。我看到过狗看家，看到过狗打架，看到过狗游水，看到过狗耍把戏，在影片中也看到过因纽特人在冰天雪地中赶着一群狗拉着雪橇疾驰，甚至看到过牧羊犬驱赶羊群，但还从未看过——狗拉车。

一条大大的花狗拉着一部小巧的车子，车上放着一大铁筒牛奶，这孩子在前面引路，这狗在后面乖乖地拉着，那么温顺，那么和谐，那么适度。车似乎是为狗设计的，刚好配上这狗的身高与大小，这小车人拉嫌矮，驴拉嫌小，刚好狗拉。

我们围上去就照相，可是问题来了，狗不同于牛、马、驴、骡，那些牲口任人驱使，除了车把式别人也可以吆喝着赶车，我在干校就赶过马车，可这是狗拉车，狗只认主人，不认生人，小男孩弄着它百依百顺，一路上做着伴儿就过来了，可是生人到它面前，它就龇牙了，“汪、汪、汪”叫得好凶，刚刚还那么乖乖的、可爱的、憨憨的，此刻凶巴巴的，大有叫你识相躲开的意思。我们只能远远地，或站在孩子身边而不能贴着这只大狗照相。

蓦地，这只大狗狠狠大叫，全身毛都竖了起来。我们一回头，哦，原来对面也来了个男孩，赶着同样的狗拉车送奶来了。两条狗都是一个品种，高大，黄花，两部车似乎是一个厂家出产，两个男孩也似乎同龄，如果下次我们在山里再遇到他们，我肯定分不清谁是谁。

小狗拉车

两条狗狠狠地狂吠，把

这安宁和谐的气氛全打乱了，两个男孩却若无其事地各自拉着狗，叫它们不要乱动。这两条狗虽叫阵却并不动手，还算相安无事吧。告别了大乖狗和小男孩，我们继续往前走。

有人说欧洲的生活令人羡慕，我无论如何也不敢想象一旦我到了欧洲会是怎么个活法。城市不错，整洁卫生，住所宽敞明亮，但那份人际关系，东方人很难适应，人们各忙各的，少有亲密来往。在山野中的一个小镇上，我们停车吃饭，路边有一家乡村餐馆，不大，只有两名服务员，除了我们这个摄制组还有两位老夫妇就餐，我们十余人有说有笑，边吃边聊，而这两位老人却寂静无声地用餐。

我不知道他们是什么身份，居住何处，到这儿有何贵干，但我看得出他们很寂寞，他们彼此相濡以沫。在田野间，在树荫下，偶然路过我也看到过和这对老人相像的情景，夕照，秋风，面对无尽的群山和听着随风入耳的牛铃，两位老人靠在一张长椅上，度过这寂寥时光。闲适、富裕、安宁，但是在我们眼里，这是何等的难耐啊。远离尘世，远离喧嚣，这里虽是世外桃源，可是我难以设想，如果我今后长久地生活在这里，会是什么样。一方水土养一方人，人家从小在这里生存，祖辈就这么过来的，人家习惯了，可是我们习惯不了。月是故乡明，水是家乡好。

我们在返回宿处的车上领略着异国的湖光山色，阿尔卑斯山一片苍茫，在远山的掩映下，一片湖水跳动着斑斑银光，一轮明月悬在幽蓝的天穹，几丝浮云在这如镜的满月前纤纤飘过。大家不约而同地说出：“中秋节！”中秋节，仲秋之节，中国的秋月之节，而此刻我们在远离祖国万里之外的阿尔卑斯山前。明月的光华，为山峦、湖水、树林、草坪、田畴，为眼前的一切景物涂上了一层光晕，神奇的光晕，有生命的光晕，有灵性的光晕……

这明月光华和洒在四野的银辉，勾起了车中所有中国人的思乡之情。我们虽在异国他乡也仍要过中秋，其实我们有备而来，临出国时，我们就计算好在瑞士过中秋节，所以带了月饼，带了糖果，带了一些有特色的小吃。白天已在一位瑞士钟表师家聚过餐，主人为我们做了当地的特色食品，芝士烤马铃

冯际庆、辛少英、我、邵瑜

薯，我们则拿出了蛋黄月饼，给主人解释什么是中秋节，什么叫月饼。在中国民间关于中秋节有一些说法，在国外我们只向主人解释，这一天月亮最亮，月圆象征团圆团聚，月亮象征美好与幸福，月饼则在形状上是圆圆的饼，象征月亮的圆满，甜甜的味道则祝福人们生活比蜜甜。主人听没听懂无所谓，但尝到了月饼，肯定是生平头一回。

中秋团圆饭只有在晚上吃才有节日的韵味，白天看不到月色，和平常的气氛差不多，所以我们在瑞士也准备在晚上聚餐。

车行驶到半路的一个小村庄，我们停车架机器拍了一个画面，在一处哥特式的尖塔状建筑旁，拍摄一轮圆圆的月亮，这幅画面真有洋中秋的味道。记得我在机器旁说了一段即兴旁白："常言说：'古人不知今时月，今月曾经照古人。'此刻我们远离家乡万里之遥，这一轮明月相隔几个小时，既能照到家中亲人，也能抚慰海外游子的心。"刚才还皓月当空，此时秋雨点点滴滴，我们驱车回到宿地。没进餐厅，直接到了一个大阳台上，撑起一把大阳伞遮雨，摆了一桌子中国食品，拿出蛋黄月饼，泡了几盒方便面，打开一瓶干红，就着四川榨菜丝，品着苏州豆腐干，这一餐饭吃得有滋有味，别有情调。

咕咕钟

如果没有这张照片，我很难形容它。

这张照片就是咕咕钟的一种，外形有点童话色彩，它的表面是原木的材质和色彩，造型犹如一幢欧洲古老村镇的小木屋。钟摆就在大壳外晃动。这种充溢欧洲乡间风情的咕咕钟，挂在任何规格的客厅墙壁上，都醒目怡神，平添异国情调。每当到了整点，在一阵布谷鸟似的鸣叫声中，鸟儿出巢，流水欢歌，磨盘转动，还有的钟里有小木人出现，甚至有的坐着秋千摆动，生机盎然，赏心悦目。咕咕钟在咱们国内一些大商场也有的卖，价格或许偏贵，式样可能单调，有的零件不完全是木质而是塑料代替，当然就不如从欧洲挑一个回来更货真价实。我们到了瑞士知道某些大商店也有这种钟出售，但并不是每家钟表店都有，原因很简单，这种咕咕钟是德国制造的。瑞士是钟表王国，如果到处都出售德国咕咕钟好像有点那个。

咕咕钟，即布谷鸟钟

这一切都是我在瑞士知道的。

因为我们摄制组一行五人，摄影师冯际庆是最想买这么一个钟的。一个人想要添置一件物品，想了许久，到了国外有了一次买到的机会，内心的渴求别人是很难度测的。何况，这咕咕钟有那么多的生活气息与文化色彩，它不是普通的商品，在冯先生眼中，这是稀罕物件，是足以在闲暇时光慰藉他心灵的一件艺术品。至于他思念了多久，我就不得而知了，在瑞士的每一天他似乎日益增添着渴望，他的这种想头在旅途中溢于言表。

第一站我们经过伯尔尼。是瑞士的首都，但我们没逗留多久，就奔向下一站。在繁华热闹的商业区街头，我们一边浏览街景，一边走向约定地点，有车等我们。“喂，各位请等等，我进去看看东西。”冯先生独自一人进了商店，我则驻足街头，左顾右盼看看这古老而又充满现代气息的异国都城。不一会儿，他们几位匆匆出来。我问冯际庆：“买什么好东西了？”“咕咕钟，真好，国内看不到这么多。”我向橱窗瞄了一眼，确实琳琅满目地挂了许多这样的钟。“他们说，刚到站就扛着东西怪沉的，以后到别处再买吧，有的是，不急。”冯先生当时就是这样说的。没想到这不急可是说错了，以后这份急真是着大发了。虽然几天的日程排得满满的，很紧张、很累，但冯先生还是见了商店就观察与打听一番，但所到之处，瑞士本土的钟表随处可见，这种德国产的咕咕钟，却都没有。巧了，只有伯尔尼那家有，而当时又没买。如果冯先生自己决定当时不买，以后再说，那也就认了，可是当时人家冯先生要买，是别人劝他当时别买以后再说，已经“以后”几天了，没法再以后了，还能上哪儿买去?！就算再回伯尔尼，那么大的一座城市，到底在哪儿碰上的，一时也找不着了。工作很顺利，冯先生拍片子的认真劲儿，感动了陪我们的瑞士人，可是他自己的愿望还是没实现。

他有点生闷气，日渐气盛，坐在车里跟自己较劲。

“唉，我听你们的干吗？这么大的人自己不拿主意。”

“我真后悔那天那么好的机会。”

“在国外，同志们，这不是北京道儿熟，今天不买明儿买。这是在瑞士，咱们认识道儿吗？错了这村儿没这店，这不，光抓了几张外币在手里有什么用。”

“我后悔，没听赵起越的话，人家早就说了，从国外再把钱带回来多傻，要买东西，要会买东西，见机会就不能放过。这不，我没听人家教导。”（赵起越是外联部的同事。）

我说：“冯兄，也不能全听赵起越的，咱们有好几万难道也都非在这儿购物不成吗？”

我这话更斗气儿了，冯先生一上车就叨唠这事儿。大家在车上一看他来气儿了，不知如何劝慰，只好陪他着急，有空上街就都四下搜寻咕咕钟。

“老冯，有咕咕钟啦，快走！”

大约是离回国还有几天，终于在一个小镇上看到了咕咕钟。那是一家小商店，而且专营咕咕钟，在临街的橱窗里摆着五光十色，各式各样的钟。我忽然想起《新概念英语》有这样一段文章“一个人家里挂满了钟，他是收藏家，但由于钟太多了，反倒不知道时间了，因为那么多钟走得都不一样。”

终于碰到了一家有咕咕钟的商店，哪知，一场欢喜一场空。这天是星期天，商店关门，眼看着心爱的咕咕钟在玻璃窗里欢蹦乱跳，可是一道玻璃窗把冯先生与咕咕钟残酷地隔开了，看得见，够不着。

最后总算把商店门打开了，本以为店主度假去了，哪知就在店内。冯先生进去了，领队的邵女士也陪着进去了。过了一会儿，冯先生叹着气走了出来。

“人家有法律规定，星期天商店一律停业，大家都不做买卖，谁要是私下卖东西，要受法律制裁，这叫什么事儿？”

我们说什么好呢？说什么都多余，别说冯兄想买咕咕钟，我们也都着了魔地盼着冯际庆梦想成真，也能分享愉快。事情到了这一步，大家不但觉得遗憾，也都觉着对不起冯际庆。如果在那一天，他高兴地买了它，扛上了车，就算再多搬几次住处，大家帮着拎一下不就完了吗？干吗那天不让人家买呢？你说到处都有，可是到处都没有。这，这算怎么回事。冯际庆反而再也不提这事儿了。谢天谢地，临回国上飞机前，在机场商店里冯际庆终于买到了咕咕钟，连我也附庸风雅地买了一个小咕咕钟。

冯际庆抱着咕咕钟回到了北京。一路上那份得来不易的心情是何样滋味，只有他自己心知肚明。

“坏啦，冯先生买的那咕咕钟回到家不走啦。”忘了是哪位同行的“快报”。哟，这是怎么说的，怎么这么不顺当？但我知道，冯际庆是一位摄影师，也是一位“能工巧匠”，办公室录像机坏了，接收机不灵，他都能摆弄，也都能修好，所以我估计这咕咕钟只要不缺少零件，冯际庆把它鼓捣好应该没什么问题。

“走得很好。”果然，过几天见到冯际庆时，他轻松爽脆地说。“好，好，好，祝你天天快乐，时时高兴。”这叫精诚所至，金石为开。

想象得出，到了整点，那挂在冯际庆家墙上的咕咕钟一定咕咕鸣叫，接着人欢马叫地热闹一阵子，报完时后，那嘀嗒之声悦耳怡神。冯兄坐在家中，有空看看这座美丽的充满童话色彩的挂钟，回想在瑞士的各种情景，其乐融融。

俄罗斯之行

莫斯科：油画一条街

到了莫斯科，心头就会涌起十分亲切的感觉，那似乎是曾有过的一种乡愁，直把他乡当故乡。我从小就唱苏联的歌曲，看苏联电影，读苏联小说，学俄文，与莫斯科中学的学生用俄文通信，但却一直没有机会去莫斯科。

机会来了，但苏联已然解体，我去的这个遥远的地方还是我当年，或者说这么多年来向往的那个地方吗？我来了，莫斯科，带着旧时的梦来了，陌生而又亲近。

从1995年到2003年，我去了俄罗斯四次，三次到莫斯科。在莫斯科除了工作以外，我去得最多的地方就是莫斯科河畔的油画市场。我知道国家的性质变了，但城市的容颜不太会变，语言不会变，人情不会有大的变化，建筑物当然旧貌依然。我相信绘画也不可能有大的改变，我深深爱着俄国的油画，除了参观圣彼得堡的冬宫里的油画，最热切地还是到莫斯科的街头油画市场，因为在这里，我可以买到我喜欢的画。于是三去莫斯科，除工作之外的最大愿望就是买油画，最大的兴趣就是逛油画市场。到过莫斯科三回，去莫斯科的油画市场就不下十次。要不是必须回去工作，我一个人情愿不吃午饭逛一天，把每

1995 年 7 月在莫斯科

幅作品都仔细看过，问价钱，然后在看中的油画面前和摊主砍价钱。

第一回去莫斯科，我买了大大小小七八幅画，价钱还算公道。可是回到我们住的中国驻俄使馆招待所，所长问我们多少钱，然后他说："你们看挂在墙上的风景画，多好呀，你们猜多少钱买下的？"我们当然会往便宜猜，但怎么也猜不到，这幅大油画，在 1992 年仅用 1 美元买下。天呀！我怎么晚来了三年。早不成，晚不成，必须是 1992 年。法国作家雨果有部名著《九三年》，但那不行，非 1992 年不可。那是苏联解体后的两年多，那时是什么境况啊！不过，那么想，有点乘人之危之嫌，但我们是买，不是八国联军抢。1999 年，我又去了莫斯科，在克里姆林宫大剧院演出，只要不排练，我就会拉上几个人一块儿去油画市场。凡是被我说动一起逛油画市场的，没有人会空手而归。我买了四幅，这次比上次贵多了，但不想买任何吃的、用的、穿的，只想买油画。要买画必须有充分时间，才能挑到好的题材或自己感兴趣的作品，更重要的是要有充裕的时间和极大的耐心去砍价。不管当时花了多少钱，事后后悔的总是觉得买少了。

1995 年我在莫斯科街头画廊

2003 年 9 月，金秋时节，我第三次到莫斯科，这次是有单位邀请偕夫人前往。张美珠看过前两次买回的画，还是她一起去画店定做的画框，所以这回她也十分有意再买几幅称心的画。可是，她和我都失望了。画的总体水平大不如前，即使同一题材的画，也比早先的差太多了。当然在街头买画摊的商品画，差不多相当于国内画店卖的行货，算不上精品。但前些年画市上的确有很多美院教师的作品，而 2003 年的市场上，油画的总体水平和以往不能比了，价钱又比前两次贵了许多，结果我们空手而归。

那次工作不多，大部分时间由邀请单位安排参观和游览。街头的油画不过如此，而美术馆和几个宫里的油画作品就是世界名画了，我们看得十分投入，但做梦也不可能想过买走。

圣彼得堡：正气悲歌

一

我谨以在三天电视台采访时间内写成的这篇文字，向第二次世界大战中这段悲壮的历史，向 50 年前英雄的亡灵，献上我深深的敬意。

战争的烟云仍充塞于苍冥之间，往事历历在目。

1944 年 1 月 27 日，两年多惊心动魄的厮杀声与昼夜不停的炮火轰鸣，终于渐渐隐去，从列宁格勒（现圣彼得堡）四面八方传来的欢呼声浪震撼人心。这座文化名城解除了一场空前的浩劫，赢得了命悬一线的最后胜利。风雪苦寒之中，全城军民喜极而泣。

900 天前的 1941 年 9 月 8 日，德国法西斯军队以不可一世的嚣张气焰，扑向列宁格勒。酷爱文化，行止典雅的人民，以难以想象的毅力，宁死不屈，与家园共存亡，在几乎弹尽粮绝的困境中，坚守了900天。900天的围困，900天的死守，900天的拼杀，人民以最终的胜利谱写了战争史上这篇壮丽的英雄史诗。在900天的攻防拼杀中，列宁格勒城外，尸横遍野，守城将士血流成河。在900天的坚忍困斗中，列宁格勒城内饿死了63万居民。

当我得知这骇人听闻的悲惨数字，当我接触到每一位老人、青年和孩子，请他们叙述这惨烈的往事时，我时时被一阵感动的辛酸冲击得不能自已。

如今灿烂的阳光驱散了战争阴霾，人们平静地接受我们的采访。一个坚韧不拔的群体，对待已经做出的牺牲和已经取得的胜利，早已不再悲痛欲绝，也不再喜形于色。他们是幸存者，是幸存者与牺牲者的后代。他们牢牢记住是由于先辈的英勇奋斗，使得他们今天能拥有这座城市的和平与安宁、光荣与梦想。

我从未见过一座美丽的城市，会有这么多胜利纪念碑，有这么多牺牲者的墓地，有这么多英烈的塑像，有这么多战场实物的保留。

在我们住宿地不远的一条大路上，有三座水泥地堡。50年来，街道翻新，楼房修缮，唯独这些当年防备敌人一旦攻入城来所建筑的工事，依然如故，屹立于街道两旁。当年如果希特勒匪帮攻到这里，攻陷这座城市，俄罗斯将会怎样、世界将会怎样，后果不堪想象。幸好历史是铁的事实，是不容假设的。这段辉煌的往事，以人民的胜利记录在史册上，记录在这座文化名城的街头、广场、公园等引人注目的地方。沿着三座地堡所夹峙的道路，再往前走，就是胜利公园。列宁格勒保卫战的指挥者之一——朱可夫元帅的雕像矗立在公园中央，在周围，分列着保卫战中牺牲的英雄雕像群。在浓荫下，在草坪上，在湖水旁，数不清有多少雕像，其中令我久久不能忘怀的是卓娅的塑像，她英姿挺拔，肩背步枪，矗立湖旁。

在这座公园里，我见到许多老年人安详地坐在长椅上，或独自阅读书报，或三三两两地交谈，孩子们在远处欢快嬉戏。人们经过烈士塑像前，都会注目敬仰，鲜花或松枝每天都会献在烈士像前。50年的岁月，50年的阴阳两界，

50 年的生死永别，50 年不断地生生死死，绵绵不绝，死者与生者，在这座公园里，在这座城市里，永远相依相伴。

二

在这座城市里我们仅有三天时间，在匆忙紧张的拍摄过程中，我总在思考着一些不可思议的问题。在当年最后一道防线，布洛夫高地，我们拜谒的是这里的战地见证——一幢石壁，上面的浮雕与文字记述着 900 个日日夜夜的激战场面。石壁两端，各停放着一辆 T–34 型坦克，炮口指向通往城市的大道。

名为高地，其实不过是东欧平原上一个小小的缓坡，无险可依。要不是事实俱在，谁敢相信，这里能构成一道坚不可摧的防线。900 天，枪林弹雨，炮火硝烟，这条防线承受了多少吨爆炸的钢铁，阵亡了多少士兵，我无法知晓，但在这场钢铁与意志的较量中，守城的英雄士兵，不仅用钢铁，也用自己的血肉之躯，铸成一道固若金汤的生死防线。

正在拍摄之中，我远远望见一辆汽车停在坡下，一对中年夫妻领着一双儿女走上坡来，走到坦克面前，孩子们静静地听着大人的讲解。然后，他们全家把一束鲜花，摆放在坦克车上，排成一列，默默致敬。

坡上青石漫地，坡下荒草凄迷，但这块高地永远在人们的心里屹立着。两辆坦克车上的一束束鲜花说明了这一点，有的仍在开放，有的已然枯萎。我知道，在大路上的车流里，无数双崇敬的目光正向这里深情注目，这片高地也俯视着他们，祝福着他们。

我们驱车匆忙地拍摄下几个典型的战地。感谢一位老司机谢尔盖，他听说我们拍摄的目的是宣传“二战”中这座城市的英勇业绩，主动带我们去一些外来人很难到达的地方。

在红村，游人如织，不少人是来参观普希金少年时代读书的学校。谢尔盖告诉我们，这里当年被炮火夷为平地，现在的村舍是依照过去的样子重建的。他指着村外的一片土地说，这里曾被鲜血染红，你们看，啊，那里一座血色纪念碑，四位浮雕士兵，在褐色石墙上注视着远方。在草丛中，一排排三角形的墓碑上嵌着大块的炸弹碎片，铭刻着某某师的字样，这里是集体墓葬群，那三角形混凝土石碑，是当年战斗中阻挡敌战车的障碍物。我感觉这片三角形墓葬群犹如八阵图，散发着肃杀之气，树影斑斑，绿草青青，阵亡的英烈，宁死不屈，仍巍然屹立，严阵以待。

在红村，谢尔盖突然合身扑在一个地堡的枪口上。他伏在地上，激动地向我们讲解，这里是列宁格勒解围的第一个突破口，守城士兵与城外援军像两把尖刀，前后杀向德寇。这个地堡是一个拦路虎，为部队取得胜利突围，一位名叫季班诺夫的年轻战士用自己的身体堵住了喷着火焰的敌人的枪口。他牺牲在 1 月 17 日，10 天之后，列宁格勒开始解围。谢尔盖告诉我，季班诺夫的妈妈就住在红村，为了祖国，为了母亲，季班诺夫献出了宝贵的生命。

我们怀着激动的心情，告别了季班诺夫的墓地，奔向波罗的海沿岸。上个月，我还在波罗的海对面，在芬兰湾的西岸，遥指这里，但我自己也没想到，一个月后，我竟会又一次来到波罗的海的另一面。昔日的炮火与昔日的敌机，在海面上疯狂般扑来，是英勇顽强的波罗的海舰队组成了钢铁堡垒。其中基洛夫巡洋舰屡立战功，在射向敌舰的炮弹中，有 200 发重创敌军，成为英雄舰艇。

如今，海岸上，一座巨型胜利纪念碑前，停放着两尊炮塔，即是当年基洛夫巡洋舰上的战舰炮，炮口指向敌人来过的方向。

今天的波罗的海，风平浪静。海边居民，在夏日的沙滩边享受风的轻拂，水的漂摇。我想起在旅途中一位法国大学生对我说的话："现在欧洲战火不断，令人担忧，我们真诚地盼望，悲剧不再重演。"

三

我们在圣彼得堡三天时间，主要采访了"二战"的有关现场。接待单位向我们介绍说，圣彼得堡犹如一座"二战"战史纪念馆。然而，这座俄罗斯第二大城市尽管经受过深重的战火灾难，但到过这里的人们仍把它誉为世界上最美丽的城市。

圣彼得堡位于涅瓦河流入波罗的海的河口处。从 1703 年建城以来，它形成了一座城市建筑艺术博物馆。由于河网密布，众多的桥梁形成了这座城市的特色。417座配有黑色铁栏杆的各式各样的桥梁，与饰有浮雕的各色楼宇，与在蓝天白云下熠熠生辉的金顶教堂，与多处俄罗斯风格的哥特式建筑，加之浓荫、绿草、碧水的映衬，使这座城市更加美丽迷人。

600多平方公里的城区，只有近500万人口，又使得这里宁静宜人。楼房之间的大片草坪，洒满金光闪闪的蒲公英花朵。冬天的雪，秋天的月，夏日的风，春天的花，使它如诗如画。

这座城市由于曾拥有过众多的文化、科学名人，由于冬宫与俄罗斯博物馆拥有大量举世瞩目的艺术珍藏，由于街头矗立着众多的名人雕像，又使它成为一座艺术博物馆。

我们每天都要经过罗蒙诺索夫生前工作的楼房；每天都要经过门捷列夫的雕像，就在他的雕像旁，爬着常青藤的一面墙上，雕刻着他所发明的化学元素周期表；格林卡、柴可夫斯基……都安葬在这里。民主主义先驱车尔尼雪夫斯基的塑像，面对胜利公园。“美即是生活”，这是他在这座城市里写下的《生活与美学》中的一句哲言。在俄罗斯博物馆前，有一座最能体现俄国著名诗人普希金精神的雕像。周围草坪布局，象征诗人充满自信的诗篇“我为自己建立了一座非人工的纪念碑，在人们走向那儿的路径上，青草不再生长”。园林布局圆了诗人的梦，塑像前细沙铺路，供人们踏着这条小路，仰望这位不幸诗人的翩翩英姿，并在普希金像前合影留念。

“二战”后，无数英雄纪念碑更为这座城市增添了壮美的色彩，这是由文明、文化和英雄气概构成的多重性格的名城。文明与文化支撑着这座城市群体的自尊、自傲与自信的内心。所以当年德寇妄图摧毁这座城市时，他们遇到的是出乎意料的顽强抵抗。冷兵器时代，以强凌弱，以孔武欺侮弱者。野蛮侵凌文明的时代结束了，50年前的“二战”胜利，就表明文明已经拥有实力，懂得自卫，也有能力自卫的时代到来了。

四

战争教育了人民，人民赢得了胜利。当年，希特勒等国际法西斯主义，向人类发动突然袭击时，纳粹的闪电战，确实曾使一些弱小国家顷刻沦陷。接着就发生了天怒人怨的血腥屠杀、疯狂掠夺和肆意蹂躏。

这激起了当年列宁格勒军民与敌人血战到底的同仇敌忾之心。城外将士血流成河，城内居民饿死了63万。胜利后大部分死难者，被安置在一处公墓。

告别列宁格勒的那天，1995年8月7日上午，我们来到了位于城郊的彼斯卡廖夫公墓。这里安葬着49万军民。

进入这广阔的墓地，一股肃穆的氛围，令人震颤。一盏长明灯，在风中翻卷着火焰，象征不屈的英灵光照千古。两行红玫瑰花圃一直延伸到远处的花岗岩石墙，墙壁上的浮雕像，铭刻着安息的人们生前的英勇顽强，祖国母亲的青铜塑像高高屹立，石壁上刻着女诗人别尔戈利的诗句：

这里躺着列宁格勒人，
这里有市民（男人、女人和孩子），
和他们一起的还有红军战士，
他们用自己的生命保卫了你，
列宁格勒——革命的摇篮。
他们在这花岗岩的护佑下是那么的多，
以致我们无法将他们的名字一一列举。
但是只要你注视一下这些石块，
你便会知道，
谁也没被忘记，一切都没被忘记。

这一天，阴云密布，寒风习习，细雨淋淋。雨中的墓地空旷忧伤，远处，两三凭吊的人们在行进，天际中，舒缓的哀伤乐曲，如烟如雾，如泣如诉。

最令我难过的，是在墓前展厅中的一幅小女孩的照片。在这可爱的小姑娘的旁边，附有她的日记，纸片只有火柴盒大小，稚拙的字体，记下的是令人不寒而栗的往事：

1941.12.28. 12：30 热尼亚去世；

1942.1.25. 下午，祖母去世；

1942.3.17. 列卡去世；

1942.4.13. 夜两点，瓦西尔叔叔去世；

1942.5.10. 下午 4：00 廖沙叔叔去世；

1942.5.13. 早 7：30 玛莎死了；

萨维切夫一家死了，都死了，只剩下一个塔尼亚。

可怜的小女孩塔尼亚，你在那四下炮火震耳欲聋，寒风刺骨，堆满尸体的苦难环境中，孤弱无援，最后也被饥饿夺去了生命。

我那时在苦难的中国，刚呱呱坠地，我无法为你送去救命的食品，无法为你取暖，拥着你，温暖你的身心，抚去你的惊恐。时至今日，我只能，默默地祝你在冥冥中得到安宁。

塔尼亚以她年幼的心灵记下的是她短促一生凄惨的悲剧，纸片虽小，叙述虽平淡，但所传递的却是可歌可泣的伟大人民的不屈不挠的业绩，是以她幼小的生命写出的声讨法西斯的檄文，也是弱小生命的凛然正气。

天地有正气，杂然赋流形。

下则为河岳，上则为日星。

在人日浩然，沛乎塞苍冥。

是气所磅礴，凛烈万古存。

当其贯日月，生死安足论。

——文天祥

我不知是怎样离开这里的，我仿佛还留在这里，我在心潮翻涌中，看到这座城市最后的身影，那是一座雄伟的胜利广场，一盏盏不灭的火焰，照耀着其中的一行文字：1945 年，列宁格勒被授予英雄城。

南非掠影

我曾在南非完成过一组专题节目，去了好望角，到过约翰内斯堡和开普敦，参观了克鲁格国家公园。看到在《动物世界》画面里出现过的角马、犀牛、狮子和鸵鸟，此外还参观了钻石公司和工艺品商店。没买钻石，买了一大堆杂色的石头子儿，上面确有许多引人遐想的图纹；还买了几个鸵鸟蛋壳。我当时收获的也就是这些杂七杂八的小玩意儿了。

但是没想到，真的没想到我还买了一张油画，买到了这张当时令我震撼，而至今仍越看越喜欢的油画。它完成于19世纪，是一幅热带风情画。颜料全部是由矿石等天然原料加工而成的，油彩厚重、艳丽，长久不变色。这幅画历经200年沧桑而依然鲜艳。我尤其喜爱画布上的蓝色。这蓝色十分华丽，而且那么宁静和安谧。蓝色代表忧郁、深沉，当然也有些优雅，而这幅画上的蓝却被处理成明亮的调子，所以全部的蓝色充满活力且并不忧伤。它表现得那么美丽、宁静。我把它从南非带回国内，一直挂在墙上，朝夕相处，足慰我心。我的一位友人早就对我说，别乱花钱，吃喝玩都不值，但买一件心爱的东西，花多少钱都不冤，因为这叫投资快乐。这东西叫你高兴、愉悦、舒心，把喜兴、健康带给你，什么时候想到它，瞧见它都乐而忘忧，花这点钱换来长久的心满意足，值！喜欢绘画的友人，看过这幅画都对它赞赏有加。

CAPE OF GOOD HOPE
SOUTH LATITUDE
KAAP DIE GOEIE

CAPE OF GOOD HOPE
SOUTH LATITUDE

在好望角

看着这幅充满了异国情调和华丽色彩的油画，我脑海中就依稀想起那远在万里之遥的神奇的大地，想起好望角的海风，想起约翰内斯堡黄昏时的街景，想起非洲原野上奇形怪状的山丘，想起形形色色似曾相识的动物，尤其想到蓝色大海上的海狗岛和海滩上的南极企鹅。这一切记忆都似乎储存在我从南非带回的油画中。虽然它充盈着南非的情调，但其实它的作者是欧洲画家。很多往事越来越模糊，但购得这幅画的过程却历历在目，我清晰地记得很多细节。

有一天，摄制组到一个小镇去拍摄当地风情。这儿游人稀少，不是因为工作，我们也不可能来到这个镇上。工作完了要吃午饭，有人点菜。我和两三个同事打算闲逛一下，于是信步走进一家卖旧家具的店铺，里面摆有不少欧式古典家具，但只能是看看，我们短期出国人生地不熟，买了也带不回去。忽然，我被一件东西吸引住了。我走了过去，在很多挂在墙上的旧照片和旧画中发现了这张画，不知为什么，它让我怦然心动。我看了又看，已经走向门外，但它仿佛钩住了我，于是我回转身，指着这幅画问："这幅画，多少钱？"店员说了一个价钱，我又叮问："请再说一遍。""80 美元！"啊！梦一样的画，梦一

吹吹海风

样的价格，太便宜了。我又怕他们卖错了价钱，等会儿追上我，于是我问她，可不可以有折扣，她笑着拿起电话问这幅画的主人。放下电话，她说："对不起，这幅画的主人说不想让价。"她又说："你有眼力，这是一幅19世纪的画。欧洲画家回老家去了，东西带不动，就把这些家具连同画一块儿委托我们店卖。这儿很少有游人，所以东西比较便宜。"行，只要没开错价，她愿卖，我愿买，就行了。

于是我带着它穿云破雾，回到中国，回到家中。一路上我都在想，这些年很多老外在中国不是也到处踅摸咱们的旧货吗？不是也有很多其实很好的东西，却被我们仨瓜俩枣就卖给人家了吗？我想象得出他们偷着乐的情景，因为一路上，我也偷着乐呢。

这几年咱们国家日子越来越好，于是在古玩行就有了文物回流这个现象。流回一些好东西，但也可能有些是又看走了眼，二次上当，花了不少钱买回一些破烂。

文物行就是斗眼的地方，"有眼不识金镶玉"或"拿个棒槌认个针"，虽是俗语，却实实在在有这种情况，过去有，现在有，将来还会有。

不过我常和朋友说，花钱买个假货，打了眼，在所难免。古玩行或学界、鉴定界，没谁敢保证从不上当。就算如今公认您是火眼金睛，难不成您胎里带，一出生就会看古董。谁不是一回生二回熟，在不断地欺骗，反欺骗，蒙人反蒙，真真假假中打几回滚，上过若干次当，然后，学乖了，练精了，眼毒了，能耐长了，才会少上当，甚至不上当。其实卖你假货的人，未必是制假和故意贩假，人都可能上当，他上了当并未自知，您一接手，得，他脱套了，您打眼了。反过来，由于持货者"有眼不识金镶玉"，把一个十分好的物件当破烂卖了，这才有了捡漏儿这个词。卖货的没眼力，收的是破烂，卖的也是破烂。买的人懂行，少花钱多办事，这算不得骗。我这么多年，从摆摊的或戏称卖破烂的人那儿收了不少破烂，七七八八，拉拉杂杂，累积起来也花了不少钱，光玉件就买了几百件。当然每件单价是便宜得不能再便宜了，再砍价就等于白拿了。而我的收藏水平有限。您要听说捡破烂捡成大收藏家，超过张伯驹，那是梦话。张先生当年靠慧眼，发现了超国家级的宝贝，人家是变卖房产换回的东西。可没听说张先生是上破烂市场找宝。赵先生比张先生，那是王奶奶比玉奶奶，还差一点，不过就这一点可差大发了，“失之毫厘，谬以千里”。但也有一次朋友看我的东西，拿了一件，给了我一笔钱，这笔钱够我这么多年在这些破烂上的开销了。那还成？我最终还给了他，并把那件东西赠送给他。这其实对我是一个肯定和安慰。

现如今，捡漏越来越难了，买货的人山人海，真有高人。卖货的既然吃这碗饭，也就越来越精，第一口价要的是“天价”，是这摊上的天价，绝不是张伯驹当年买《平复帖》的价。开了价，还价就是学问了，不是不让人挣钱，少赚点儿，可以交个朋友。光这门学问够写一本书，以后有机会再慢慢细说端详吧。

说溜嘴了，越扯越远，还是说说到外国捡破烂吧。我到过很多国家的旧货市场，在英国，在波兰，在比利时，在俄罗斯和奥地利，还在奥地利几个城市逛旧货店时买了几幅画。那是我们摄制组的陪同丹·纽带我到处转悠，他人真好，没到过中国，却年年接待我们转播“维也纳新年音乐会”。他可以用多种语言带旅游团，但他不会中文，只能用英语与我们沟通。在他的帮助下，我有空就去外国的小胡同找黑黢黢的旧货店。我其实不太好意思说要买什么，但他好像知道我的意向，每到一处就对店主人用德语说有没有画一类的东西。

有一天，丹带我去了一间挂满了油画的华丽的大厅。啊！我眼前一亮，那么多水平很高的油画。我看上了两幅，一幅是 18 世纪的人像画，一幅是海滨风情画，而且标价公道，应该是不砍价我也能承受。当我跟丹说，我想买这两幅画时，丹一耸肩一挤眼，对我说：“今天不能买。”“why ? ”（为什么）他耐心地告诉我，这是一个拍卖会预展，要想买东西就得竞拍，现在的标价是起拍价和估价。

他告诉我 10 天以后就开拍了，可那时候我已在北京了！他好像跟我开了一个玩笑。不过，这也让我见识了一下维也纳的拍卖场。